厉彦林 / 著

山东文艺出版社

山东是革命老区，有着光荣传统，军民水乳交融、生死与共铸就的沂蒙精神，对我们今天抓党的建设仍然具有十分重要的启示作用。

# 目录

# 虔拜沂蒙山

　　沂蒙山，从远古的大海浴盆中耸肩出世，绵延泰岱之侧、黄海之畔，纵数八百里、横数八百里。这是一片英雄辈出的土地，遍地英雄儿女、英雄传奇、英雄史诗。沂蒙红嫂用甘甜的乳汁为战争淬火，沂蒙儿女用独轮车碾碎精良的美式大炮，沂蒙人民沐浴着新中国的曙光和沂蒙精神的光辉，搬掉贫穷落后这座大山，守护绿水青山，建设美丽家园，奏响脱贫攻坚与乡村振兴有效衔接的壮丽凯歌。

　　历史从来都不是史实和数据简单冰冷的堆砌，而是即时又鲜活的镌刻，是民族反复打磨的集体记忆和民心憋不住的自主书写。石库门、瑞金、井冈山、遵义、延安、西柏坡、天安门，革命先辈留下无数足迹和革命遗址，撒下成千上万颗红色种子。这些地方无一例外，都是因为红色历史而穿越时空，成为一代又一代中国人永久的向往和精神殿堂。

　　沂蒙革命根据地具有鲜明特点，无论在革命、建设、改革时期，还是步入伟大复兴的新时代，始终青春涌动，朝气蓬勃，展现出强大的意志力、战斗力和生命力。

　　作为土生土长的沂蒙人，我亲身经历、目睹了沂蒙山区城乡面貌和人民生活的伟大变革和沧桑巨变。花甲之年的我又重整行装，兴奋地穿山越涧，亲近山川河流、田间地头，和父老乡亲一起品茶、畅谈，品尝菜肴和佳酿，探寻铭记心头、启迪后人、烛照未来的鲜活记忆和思绪，寻找那百折不挠、乐观向上的青春气质。

走在蒙山沂水间，脑海中总会响起那些熟悉的旋律。这片土地上，有讲不完、写不尽的壮阔景象和感人故事。当我们其乐融融地生活在春天温暖的怀抱里，对于很多人来说，先辈们的苦难、牺牲和流血成为老掉牙的一帧帧电影或一段段依稀熟悉的乐曲。懂得铭记、珍惜、感恩、饮水思源者，与喝上蜜水便不知昔日酸咸苦淡，甚至自喻理性的冷嘲热讽者，却是两种心境和命运。

沂蒙山以其巍峨、延绵的神态，沂蒙人民以其勤劳善良、坚忍顽强、拼搏无私的品格，目睹五千年文明的思悟与觉醒，一个年轻的共和国在腥风血雨中诞生，亲历改革开放和社会主义建设的艰辛历程，正气凛然、自然而然地融入党的精神谱系和伟大建党精神的血脉，回答着：为什么沂蒙人民选择共产党作为自己的救命恩人？为什么选择今天的发展道路和发展方式？为什么日子越过越美好、越过越甜美？

2013 年 11 月底，习近平总书记来到位于山东临沂的华东革命烈士陵园，向革命烈士纪念塔敬献花篮，参观沂蒙精神展，听取沂蒙地区革命战争历史介绍，并会见当地先进模范和当年支前模范后代代表。他深情地说："我一来到这里就想起了革命战争年代可歌可泣的峥嵘岁月"，"沂蒙精神与延安精神、井冈山精神、西柏坡精神一样，是党和国家的宝贵精神财富，要不断结合新的时代条件发扬光大。"这是党中央和党的领导人首次把沂蒙精神提升到与党的几大精神并列的地位来阐述，山东人民、沂蒙人民倍受感动和鼓舞！

人心都是肉长的，一个群体、一个民族也是如此。中国共产党全心全意为人民的初心使命，是沂蒙精神的逻辑起点，沂蒙人民一心向党的这种群体意识和集体自觉，是其逻辑必然。"水乳交融、生死与共"的精神特质，融入党群心连心、同呼吸、共命运的精神谱系和灵魂图腾。中国共产党的百年历史是一部奋斗史，是党同人民群众血肉相连、同甘共苦的奋斗史。中国共产党走过百年辉煌、着眼千年伟业，更需要党群、军民想在一起、干在一起，风雨同舟、同甘共苦。从这个意义上讲，沂蒙精神在党的精神谱系中闪耀着独特的光芒与品质。

"忠诚印寸心，浩然充两间。"沂蒙精神的红色基因已融入沂蒙子弟的血脉，变成我的血、我的肉、我的骨头、我的生命，给了我无穷的力量和能量。心中有信仰，脚下有力量。时代燃烧的火焰，催促激情燃烧、生命绽放，在山水、田园和心灵间，汹涌流淌着灼心的文字……

山东，是全国唯一以省命名的革命老区，无数革命先驱和 30 万革命烈士的鲜血浸润着这片古老而神奇的土地。步入新时代，山东波澜壮阔的脱贫攻坚大决战，主要集中在三个领域：紧盯"黄河滩"，聚焦"沂蒙山"，锁定"老病残"；乡村振兴的旗帜更是在山区、丘陵、平原、海岸、湖畔全域插遍。

2013 年 11 月 25 日，习近平总书记视察山东时强调："山东是革命老区，有着光荣传统，军民水乳交融、生死与共铸就的沂蒙精神，对我们今天抓党的建设仍然具有十分重要的启示作用。"他在 2018 年春参加十三届全国人大一次会议山东代表团的审议时，要求山东："充分发挥农业大省优势，打造乡村振兴的齐鲁样板。"

2017 年 6 月，习近平总书记在山西太原市主持召开深度贫困地区脱贫攻坚座谈会，要求坚决打赢"硬仗中的硬仗"。山东省委、省政府迅速行动，年底一次发出推进深度贫困地区精准脱贫、省扶贫工作重点村加快美丽乡村建设、山东省脱贫攻坚责任制实施细则等三个文件，确定菏泽和临沂 2 个市、20 个脱贫任务比较重的县（市、区）、200 个重点扶持乡镇、2000 个省扶贫工作重点村和黄河滩区为全省深度贫困地区。同时宣布，新增脱贫攻坚资金、新增脱贫攻坚项目、新增脱贫攻坚举措主要用于深度贫困地区。以此为标志，拉开了集中资源和力量，加快精准脱贫、精准致富步伐的大幕。

党领导人民不仅完成了可歌可泣的革命、建设和改革伟业，而且在沂蒙山这片土地上创造了感召人民群众、凝聚党心军心、同心协力拼搏奋斗、"水乳交融、生死与共"铸就的沂蒙精神。习近平总书记对山东的要求、对沂蒙革命老区的热切期待，深深鼓舞和激励着沂蒙人民，化作打赢脱贫攻坚战、建设幸福美好家园的巨大精神力量。沂蒙人民听党话、跟党走，继承和弘扬沂蒙精神，立下"愚公移山志"，如期打赢脱贫攻坚这场新的"孟良崮战役"，续写着脱贫攻坚与乡村振兴有效衔接的英雄传奇。

2018 年 8 月 25 日，在临沂市兰陵县召开的"弘扬沂蒙精神 做脱贫攻坚乡村振兴带头人"座谈会上，中共兰陵县代村党委书记王传喜与莒南县厉家寨村、平邑县九间棚村、沂南县后峪子村几位村党支部书记一起带头向全市农村基层党组织书记发出倡议："当好带头人，打赢脱贫攻坚战，打造乡村振兴的沂蒙样板。"

岁月步入 2019 年 11 月底，日照至兰考高速铁路的日照至曲阜段开通运营，沂蒙革命老区接入全国高铁网，高铁成为沂蒙革命老区脱贫攻坚奔小康的"加速器"。速度跨越时空，激发创业激情与梦想。

2020 年 11 月底，我们一行人从济南出发，怀着虔诚的心情，直奔沂蒙山区寻找脱贫攻坚的光辉历程、辉煌成就和英雄故事，凝望书写乡村振兴新篇章的沂蒙脊梁和矫健身影。

跨进冬天门槛的沂蒙大地，天空清澈湛蓝，扑面而来的是山顶平展开阔、四周陡峭如削、如同戴着顶石帽子的大山，这种山在沂蒙山区叫"崮"。山腰和山顶的松柏翠绿依旧，山下、河畔和路旁的杨树、刺槐和枰柳等树木大都落光了叶片，柿树的枝头挂满密密匝匝火红的柿子，昔日藏在树丛中的喜鹊窝清晰可数，沟壑纵横、绵延起伏的山峦若鬃毛高扬的一群烈马昂首奔腾，分明能听到响鼻和疾蹄声；狭窄地块的墙是用翻地时翻出的碎石头垒砌的，齐腰高，整齐坚固，远远望去，层层叠叠，错落有致，构造出不规则却十分精美的图案，我惊叹于山区人民的勤劳和心灵手巧；昔日五彩斑斓的田野更显空旷辽阔，到处是树林、麦田、蔬菜大棚、新修的柏油路和厂房；村庄零零星星地散落在山野与阡陌间，大都是石头墙、砖红色的瓦，许多村庄的墙粉刷上了白石灰，格外静谧古朴，还能望见密密麻麻的苹果园、桃园、葡萄园、青枝绿叶的菜园和门楼上的红灯笼，偶尔还有飘动的红旗和乳白色的炊烟，使我倍感亲切和温暖。在这片古老的土地上，人们流了太多的血泪，付出了太多的生命与情感，因而山山岭岭、沟沟坎坎都拥有高尚的灵魂和鲜活的生命。

这就是曾用甘甜乳汁为战争淬火、用独轮车碾碎美式大炮的沂蒙山。抗日战争和解放战争时期，蒙山沂水间曾发生过大小战斗四千余次，巍巍青山掩埋着十万烈士的忠骨。2001 年，李存葆在《沂蒙九章》中写道：当沂蒙山人感悟到贫穷才是他们最凶残而又顽固的敌人时，那一颗颗被泪水煮过的心开始激跳，他们肩负重轭，让青葱从荒野里萌发，令高楼在泥淖中分娩，又捧出了一篇篇描山写地的绝世文章……

"虎踞龙盘今胜昔，天翻地覆慨而慷。"沂蒙人民在党的坚强领导下，尽锐出战，发起总攻，打赢了这场脱贫攻坚战。这场大决战没有硝烟但意义非凡，史无前例地开创了在发展中脱贫、保护生态与精准脱贫共赢的可持续的绿色生态发展之路，彻底、永久地改变了沂蒙人民的命运、生活品质和生命状态，在摆脱贫穷、共同富裕的大道上留下坚实的脚印。

全面建成小康社会、历史性地解决绝对贫困问题，是当前中国重大的时代主题，优异的时代答卷。沂蒙革命老区彻底告别贫困，跨上乡村振兴的新征程，标志着以习近平同志为核心的党中央对沂蒙老区人民的关心厚爱变成现实，实现了在沂蒙山这片热土上拼杀献身的革命前辈和烈士的夙愿以及全国人民的牵挂与期望，兑现了我们党神圣的初心、使命和庄严承诺，在全面建成小康社会的伟大进程中取得历史性成就、铺展开崭新的历史画卷，为中国共产党成立 100 周年献上了一份厚礼。

我怀着感动、兴奋和自豪的心情，穿越历史、现实与未来的时空隧道，沿着历史的脚印，聆听巨变跫音，回顾昨天，珍惜今天，思考明天。烛照日月的沂蒙精神，叩问、洗涤和滋养着我们的灵魂，点亮彩色梦想……

一 『新中国脱贫故事』的精彩篇章

# 人大代表"众口一词"

我们赶到临沂时，正巧山东省委、省政府组织的脱贫攻坚估评验收工作刚结束。2020年12月3日，《新闻联播》发布中共中央政治局听取脱贫攻坚总结评估汇报的消息，大家自觉地放下碗筷，静心观看倾听这个重大新闻。每一句话、每一个字都敲击着大家的心灵。"中央什么时间正式宣布这个重磅消息呀？""经过8年持续奋斗，我国如期完成脱贫攻坚任务，这是全世界都伸大拇指的奇迹。""脱贫攻坚已经进入决战倒计时。脱贫攻坚收官之后，巩固拓展成果的任务该如何展开呀？""如何落实五中全会要求，做好脱贫攻坚与乡村振兴有效衔接这篇大文章呀？"大家心里装着一堆问题，工作餐分明变成了晚餐会……

中央宣布评估结果的那个庄严时刻，大家开心地笑了，在场的扶贫干部却激动地哭了……

2020年12月上旬，我有幸参加了山东省人大组织的"2020年全国、省人大代表专题调研和集中视察活动"，第一站是临沂。8日早餐以后，我们沿滨河大道去"沂蒙革命纪念馆"，车内正播放着优美动听的《沂蒙山小调》。窗外寒风习习，晴空万里，刚刚升起的太阳，把温暖的阳光洒在沂蒙大地上，东侧的沂河水面碧绿宽阔，蓝缎子布般平静柔软，微风吹起涟漪，波光粼粼，像无数颗钻石撒落在水面上。两只野鸭在水面上划出两条长长的波线。"六河贯通、八水绕城"，临沂是著名的北方生态水城。城市建设日新月异，主城区临水而建，有"一城绿色半城河"之说。透过道路西侧婆娑多姿的松树、银杏、刺槐等，拔地而起的高楼鳞次栉比，像幻灯片般快速闪过，让我目不暇接，这完全颠覆了我的记忆。跨进"华东革命烈士陵园"西邻的"沂蒙革命纪念馆",英雄故事感人肺腑,代表们表情凝重,心里却热乎乎的,红色精神润物无声。

接着,我们来到璀璨绽放的申通国际跨境电商直播小镇。大家冒着寒风,站在楼前听介绍。二楼顶上的半椭圆形 LED 屏正播放着创业创意的宣传片,走进共享直播间、5G 智能中心、物流云平台,商品琳琅满目,网红主播正用中文、英文推介着产品。在电商时代,沂蒙山的优质产品通过直播平台迅即红遍大江南北、境外国外,呈现给每一位消费者。过去我们只知道临沂商城发展快,有"南有义乌,北有临沂"之说,如今又插上信息化、智慧化、国际化的翅膀,彰显出蓬勃旺盛的生命力。"人们因新冠肺炎疫情宅在家里,火了网购,我们始终把产品质量和诚信服务放在首位。"据当地的同志介绍,这个项目现在看光鲜亮丽,却是盘活原来的烂尾楼开发建成的。这让我更惊叹沂蒙人民紧跟时代、垂美天下的创造力!

许多人大代表是第一次来临沂。座谈会上,代表们一致称赞,沂蒙革命老区发生了翻天覆地的巨大变化。不看不知道,一看吓一跳。在固有印象中,沂蒙革命老区是"老少边穷",往往把沂蒙老区与贫穷落后画着等号,带着几丝苍凉和悲壮。"我去过一些革命老区,相比而言,沂蒙老区是变化最大的、发展最好的,令人刮目相看。"这次实地察看,完全改变了脑海中的印象。沂蒙精神已经走入沂蒙山区人们的生活,深入人心,融入生命。沂蒙老区人民在党的坚强领导下,继续发扬沂蒙精神,在摆脱贫困的伟大斗争中,率先打了个大胜仗,也为革命老区树立了摆脱贫困、全面建成小康、享受美好生活、打造乡村振兴样板的榜样。沂蒙人民认死理,中央号召的,就横下一条心,一张蓝图绘到底,不达目标不收兵。

# 渴望"吃饱穿暖"

临沂的变迁史，其实就是山东省和国家变迁史的缩影，是波澜壮阔改革开放伟大实践结出的硕果，是"新中国故事"的一个精彩章节。临沂人民填写了一份革命老区脱贫攻坚的优异答卷！

巍巍蒙山高，滔滔沂水长。沂蒙山这片古老而神奇的土地，繁衍着古老东夷民族一支优秀的分支，是中华文明的重要发祥地之一，纳蒙山之灵气，汲沂水之膏泽，在苦难中站立，在逆境中奋起。这片神奇沃土养育了许多优秀后裔，诞生了无数圣贤奇才，可谓群星璀璨。"智圣"诸葛亮、"书圣"王羲之、"算圣"刘洪、"孝圣"王祥、"宗圣"曾子、孔子老师郯子、大秦砥柱名将蒙恬、东晋名相王导、民族英雄左宝贵、大将羊祜、文学家刘勰、著名天文学家何承天、文学家鲍照、西汉著名丞相匡衡、荀子、王献之、著名教育家《颜氏家训》作者颜之推等。他们灿若星辰，光照千秋，折射着沂蒙大地人杰地灵、钟灵毓秀的光辉。这里更是哺育和催生中国革命的摇篮，上演过诸多惊天地、泣鬼神的英雄史诗和革命故事，那许多情节催人泪下，肝肠寸断，让人感动、感叹、感激、敬佩、敬仰、敬畏。

"沂蒙山"，在地图上找不到，地理上也没有。因为它不是一座山，而是沂山、蒙山等山脉的总称，主要分布在今临沂市境内。沂山、蒙山是沂蒙山的主峰。沂山位于临朐县南部沂山镇，主峰海拔1032米，蒙山位于蒙阴、平邑、费县三县交界处，主峰龟蒙顶海拔1156米。两山相距百余公里。

"沂蒙山"这个名字是神圣庄严的。"沂蒙山"这个名称明确响亮地提出，始于1938年党中央、毛泽东主席对——五师东进的电文："要建立沂蒙山抗日根据地。"1927年，沂蒙山区就建立了党组织。1938年12月，抗日斗争进入残酷的战略相持阶段，为领导晋、冀、鲁、豫等华北地区的抗日斗争，中共中央山东分局、八路军山东纵队相继在这里成立，党领导的抗日武装一步步发展壮大，立下赫赫战功，从而揭开了山东等华北地区抗日斗争的新纪元。山东党政军首脑机关、八路军第一一五师司令部、八路军第一纵队、新四军、华东局机关、华东野战军曾长期驻扎在这里。在这里成立了中国共产党领导下的第一个省级政权——山东省人民政府，它的诞生掀开了共产党领导人民当家做主的新篇章。刘少奇、罗荣桓、徐向前、陈毅、粟裕等许多老一辈无产阶级革命家，都在这里留下工作战斗的足迹。沂蒙山根据地成为全国著名的根据地、抗日杀敌的坚固堡垒之一，素有"华东小延安"

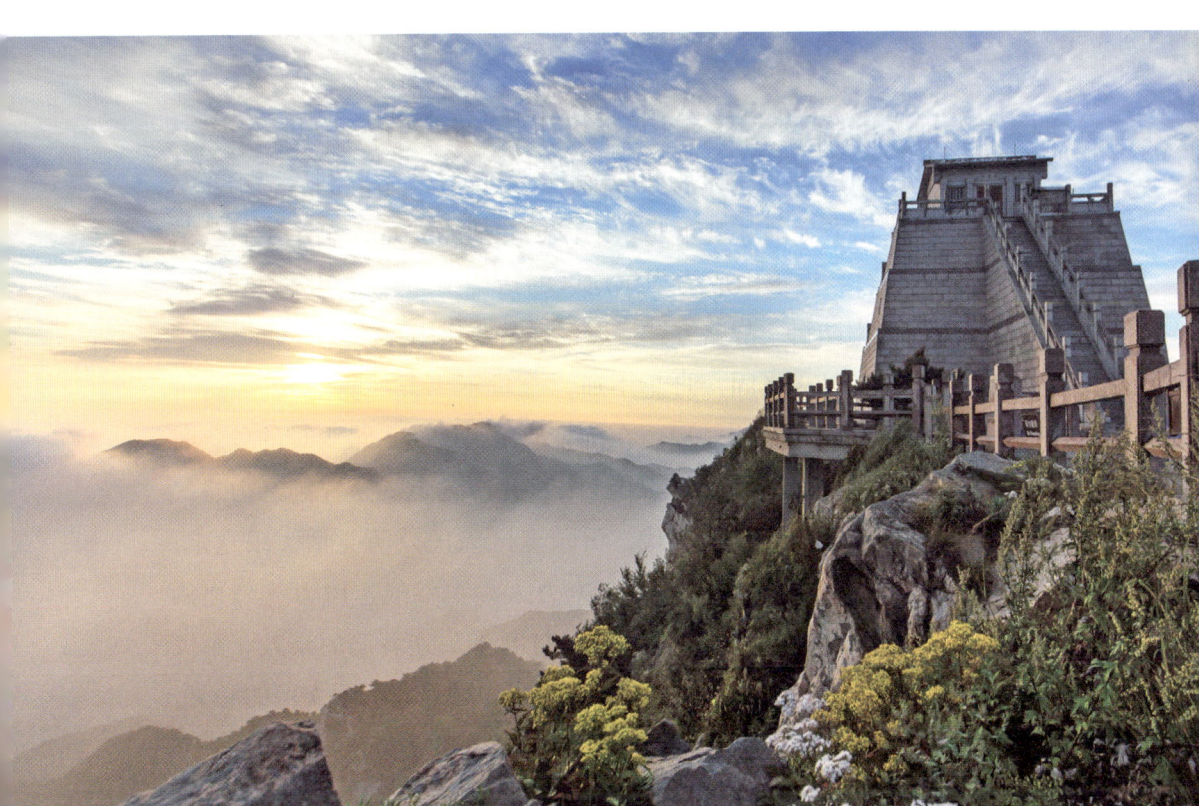

龟蒙顶（明森祥／摄）

派兵去山东（沂水县夏蔚镇党委供图）

的美誉。抗战开始后，毛泽东主席就以伟大战略家的胸怀和眼光说道："山东这盘棋下活了，全国的棋也就活了。"抗日战争胜利后，山东八路军主力部队几乎全部开赴东北，抢占东北战略要地，奠定了解放战争的第一块基石。沂蒙山成为华东地区的指挥枢纽，对中央顺利实施"向北发展、向南防御"战略方针，产生了重要作用。

史书记载"四塞之固，舟车不通，土货不出，外货不入"。这里长期贫穷落后，"穷根"很顽固。在抗日战争最困苦、最艰难的危急时刻，沂蒙人民用生命和热血谱写出《跟着共产党走》这铿锵有力、气势磅礴的歌曲。在革命战争年代，沂蒙老区人民就听党话、跟党走，420万人口中有120万人拥军支前、20万人参军参战、10万先烈血洒疆场。党为民，民爱党，党和人民成了打断骨头连着筋的亲人。军民水乳交融、生死与共铸就的沂蒙精神，洗礼和滋养着沂蒙人民的心灵，创造和成就了沂蒙山区的历史性巨变和人民群众的美好生活。

沂蒙山是片神奇伟大的土地。每一座山、每一道梁，都曾发生过惊天地泣鬼神的英雄故事；每一把土，仿佛都能攥出烈士的鲜血来；每一个家庭，都默默守护着为国为民、"顶雷"冲锋的秘密。

山东革命老区诞生于抗日战争时期，延续至解放战争时期，为民族独立和新中国诞生做出了重大贡献。毛泽东等老一辈无产阶级革命家对山东老区给予极大关注；新中国成立以来，历代党和国家领导人都怀着深切的敬畏之心、感恩之情，对加快沂蒙老区发展和改善沂蒙老区人民生活做出重要指示。

沂蒙山传奇的故事和英雄的名字，被时间和岁月打磨成熠熠生辉的明珠，镶嵌在党史、新中国史、改革开放史和社会主义建设史的火红史册，光芒耀眼夺目。

沂蒙精神的红色基因代代传承。"红嫂精神""厉家寨精神""九间棚精神""商城精神"，是沂蒙精神在不同时期凝结出的一粒粒珍珠，与党同频，与时代同步，与民心同向，成为推动沂蒙老区改变贫穷落后面貌、彻底摆脱贫困束缚、追求丰衣足食美好生活的澎湃动力。新中国的成立，铲除了导致贫困的制度性根源，沂蒙人民挺直腰杆、擦干血泪，开始了自力更生战胜贫困、过上好日子的艰辛探索，谱写下壮丽的篇章。也就是说，沂蒙革命老区彻底摆脱贫困，是有骨气、有血性、有志向的沂蒙人民，擦干战争残留在身上的血渍和眼角的泪水，在党的坚强领导下，不向命运屈服，自力更生，艰苦创业，几代人伴随新中国的铿锵脚步和改革开放的汹涌大潮创造的。在社会主义建设和改革开放时期，沂蒙人民在农耕文明的土地上，探寻着新的途径和方向；在工业文明的新挑战里，寻找着新的机遇与突破，涌现成长出众多可歌可泣的新典型。

"愚公移山，改造中国，厉家寨是一个好例。"1955年至1957年，毛泽东主席三次亲笔批示，肯定莒南县厉家寨、王家坊前、高家柳沟三个村的典型经验，指导新中国成立初期的农村、农业工作。为了改造穷山恶水，厉家寨村首任党支部书记厉月坤带领全村群众，战天斗地13年，粮食亩产由七八十公斤递增到276公斤。王家坊前村勤俭办社、解决生产资金不足的困难，高家柳沟村团支部创办"记工学习班"、解决社员文盲、不会记工分的问题。这三个村的经验，聚集到一点，都是为了解决农民群众的吃饭问题。的确，自古以来，民以食为天，悠悠万事吃饭为大。

平邑县南部龙顶山上的九间棚村，据传乾隆年间一户刘姓夫妇讨饭至此，穴居石棚，刀耕火种，繁衍子孙，砌石为墙分为九室，故名

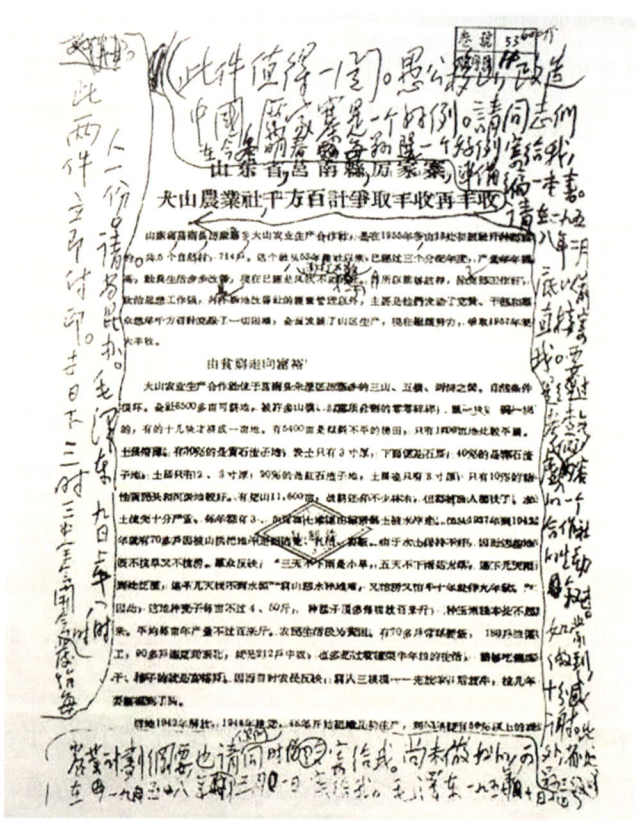

毛泽东主席 1957 年批示厉家寨手迹

九间棚。112 亩土地挂在 23 条山梁上，数下来，零零星星 3100 多块，当年穷得远近闻名。1984 年，这个拥有 177 口人的小山村，光棍汉就有 13 人。1984 年底，刘嘉坤担任村支书后，九间棚村的 9 名党员干部，创造了带领群众向贫困宣战、豁出命来拔穷根的奇迹。沂蒙精神成为九间棚村党员带领群众扭转乾坤的巨大精神力量。在 1990 年党中央召开的"莱西会议"上，时任中央政治局常委、中组部部长的宋平数次表扬九间棚村。他说："九间棚村靠党员带头苦干、拼了命地干，威信是干出来的，社会主义是干出来的。"如今，以九间棚为核心的景区里，自然风光优美，5 万亩果园连成片。同时，依托平邑县金银花优势，先后研发了"九丰 1 号""百花 1 号"等优质品种，形成了金银花的全产业链，自己富了不忘带领周边乡亲们致富。

费县南部有座芍药山，青石坡上寸草不生。1943 年 5 月，八路军鲁南军区在此发起过著名的天井汪战役。自 1996 年，全乡干部群众立足自然条件，发扬蚂蚁啃骨头的精神，在青石板上炸出树穴，背土上山，开发出万亩优质核桃基地，走出了一条靠山吃山、依山发展林果业、改善生态环境、拉动经济增长的青石山区小流域治理的路子，光秃秃的芍药山变成了林果繁茂的花果山，成为山东省面积最大最集中的优质核桃生产基地。

沂蒙大地上，先进典型一代又一代生生不息，为百姓谋福造福，为国家排忧解难，为子孙立标树杆。

沂蒙人民把上级的关心扶持作为强大的动力，立足实际，不断探索创新。1989 年 8 月 4 日，《人民日报》在第一版显要位置刊发《山东临沂地区扶贫经验：给钱给物更要建设好支部》的报道。导语称：国务院贫困地区经济开发领导小组办公室近日发出通知，向全国贫困地区推荐山东临沂地区扶贫实践中的"给钱、给物、更要建设一个好支部"的做法，指出加强基层党组织建设是扶贫工作的一项根本性经验和重要保证。"据了解，在国家重点扶持的全国 18 片集中连片的贫困地区中，沂蒙山区的扶贫工作成绩比较突出。全区 1984 年原有 90 多万贫困户，到 1988 年底已减少到 18 万户，有 79.95% 的户脱贫了。临沂地区之所以能较快地解决大面积的农民温饱问题，原因就是临沂地委近几年坚持了'给钱给物，更要建设一个好支部'的原则。为什么一些村庄长期贫困？前几年地委通过调查分析发现，这原因，那原因，一个共同原因是党支部领导班子弱。事实使地委的领导同志认识到，群众说的'不怕有个穷摊子，就怕没个好班子'是很有道理的。在建设好支部的工作中，他们坚持思想整顿与组织整顿相结合的办法，在大胆启用优秀党员的同时，妥善安置退出班子的老同志。几年来先后调整了 7232 个村级党支部，占支部总数的 57%，选拔了 7500 多名优秀党员进入领导班子，使组织健全、班子团结、群众威信较高的支部由 1984 年的 26% 提高到现在的 75%，而软弱涣散、威信不高的 3 类支部由 42% 下降到 3%。"

在我的记忆里，改革开放前，我的故乡——那个地处沂蒙山区东部的小山村，和周围村庄一样，地薄久旱，吃饭困难。那时各家孩子多，靠种地为生，经常断炊、揭不开锅，偶尔能看到拖着讨饭棍挨家挨户要饭吃的。广大农民日出而作、日落而息，靠勤劳的双脚和双手在土里刨食，"靠天吃饭、靠鸡花钱、靠脚出行"，生活在自给自足的农耕文明生活方式里。一代代农民是那些房屋、树木、粮食、风俗的设计者、建造者、生产者、使用者和贡献者。他们的厮守与坚持，使村庄得以存在、延续。年轻人考学、当兵，最基本的动机是为了吃饱饭。也许思想观念显得落后、保守、贫穷，但他们从不抱怨，依旧像土地一样朴实、谦恭、乐观、悲悯。我的读书生涯正巧横跨"文革"十年。我的同学们也曾焦虑困惑，还激情十足并浪漫地传抄俄国诗人普希金那首《假如生活欺骗了你》，"相信快乐的日子将会来临"，坚信苦涩童年后面藏着甜美。

新中国成立后，党和政府一直十分关心沂蒙老区、牵挂着沂蒙老区人民。下拨的救济粮、救济款、救济衣虽然缓解了一时之急，却没能从根本上改变贫困户没粮吃、没钱花、没衣穿的状况。据资料记载，到 1984 年，临沂地区尚有人均纯收入在 150 元以下的贫困村 2896 个、贫困户 78 万户、贫困人口 288 万人；有 4434 个村不通车，3910 个村不通电，2007 个村、183 万人吃水难；有 7 个县被国务院列为重点扶持贫困县，是全国 18 个连片贫困地区之一。

党史、新中国史、改革开放史和中国特色社会主义建设史，从一定意义上讲，都是一部鲜活生动的脱贫史。沂蒙人民在战争时代跟着共产党走，搬掉头上的"三座大山"；新中国成立以后，拼搏奋斗 70 多年，终于搬掉贫困落后"这座大山"。回顾沂蒙革命老区摆脱贫困的辉煌历程，基本轨迹是：建国初期的经济救济式扶贫阶段（1949 年—1984 年）；伴随改革开放兴起的区域开发扶贫阶段（1985 年—1996 年），治穷与治愚并举的综合扶贫阶段（1996 年—2012 年）；步入新时代侧重提高贫困人口脱贫能力与保障贫困人口权利并重的精准扶贫阶段（2013 年至今），这是一个由低层次扶贫向高层次扶贫阶梯式递进的伟大进程，形成持续减贫、共同富裕的发展走势。中华民族千百年来的绝对贫困问题，已在 2020 年历史性地画上句号，这是令世界刮目相看的伟大成就，是让国人骄傲自豪的特大喜讯！我们都说生活需要有"诗和远方"。坐着高铁，跑着高速，感受日新月异的变化，这就是最现实、最生动的"诗和远方"！

# 先转脑筋先通路

当滚滚的历史车轮驶入 20 世纪 80 年代中期，改革开放取得巨大成就的中国，把解决革命老区的贫困问题提上了重要日程。1984 年 9 月，中共中央和国务院发出《关于帮助贫困地区尽快改变面貌的通知》。年底，山东省委、省政府召开沂蒙山区开发建设座谈会，成立了沂蒙山区开发建设指挥部。从 1985 至 1988 年，省委、省政府负责同志带领省直部门连续 4 年到沂蒙山区的临沂、临朐、沂南现场办公，研究解决扶贫开发中的重大问题，并组织 16 个省直部门和济南、青岛、烟台、威海、淄博 5 市来沂蒙山区包点扶贫和对口支援。国家商业部从 1986 年开始也派出多批工作组进驻沂水、平邑、蒙阴、沂南、沂源、费县，指导帮助扶贫工作。

1985 年，青岛市对沂水进行对口扶贫支援。在青岛食品厂的援助下，在沂水县城北郊的河滩上建起了食品厂，取名"青援"。"上钙奶饼干！"全厂职工自己动手挖地基、砌炉灶、安设备，1989 年 5 月，青援食品厂第一条钙奶饼干生产线正式投产，到 1994 年成为沂水县唯一利税超千万元的企业。

为更好地落实中央农村扶贫开发政策，进一步摸清摸准农村贫困状况，1985 年 8 月，临沂地委组织 2725 名干部到沂水、沂南、蒙阴、平邑、费县等县的 2139 个村，进行了 170 多项内容的调查。调查发现，到 1984 年底，全区农民人均纯收入 150 元以下的贫困村 2896 个、57 万户，加上插花贫困户，共 78 万户、288 万人没有解决温饱问题。为全面解决贫困问题，1985 年 9 月，临沂地委召开地直机关副科级以上干部大会，决定抽调 302 名地直机关干部，组成 57 个工作组，到贫困村包点扶贫，人员实行一年一轮换，直到脱贫。各县也都从机关抽调大批干部到贫困村帮扶。这一做法，在临沂一直坚持下去，在扶贫工作中发挥了重要作用。针对农村领导班子软弱涣散、缺乏驱贫致富志气的现状，临沂地委、行署确定把扶志、扶本、扶班子作为扶贫致富的重点，先后组织了4600多名党政机关干部，分别到6个山区县的1767个贫困村蹲点，开展全面扶贫工作。各级党组织把农村班子建设作为扶贫工作的重点，对全区4086个农村党支部班子进行调整和整顿，占农村党支部总数的63%，选拔了4576名优秀党员充实支部班子，使一类党支部由原来的26%上升到76%，三类党支部班子由过去的42%下降到10%。与此同时，积极扶本，帮助群众发挥当地资源优势，制定短期和长远的脱贫致富规划，因地制宜地调整农业内部结构，增强山区自身的经济活力，提升山区发展经济的"造血"功能。

改革开放是一首波澜壮阔的壮丽史诗，精彩纷呈，这其中也经历了几次思想的大碰撞、大解放。在思想观念更新上，临沂市委、市政府下大气力抡了"三板斧"，大胆摒弃那些落后的、愚昧的、腐朽的东西，克服那些安于现状、思想懒惰、惧怕变革、墨守成规的习惯势力和缩手缩脚、前怕狼后怕虎的行为方式，充分调动和保护了各方面的积极性和创造性。

首先，冲破"一大二公"传统观念，深化农村改革。在巩固完善生产承包责任制的基础上，对农、林、牧、副、渔、山、水、荒、滩、路全部承包、长期承包和立体承包，对荒山、荒坡、荒沟、荒丘、荒滩等"五荒"和小水利设施进行拍卖，让广大农民吃了"定心丸"。

接着，通过第二轮思想解放，放下"农业大区"的思想包袱，工业农业一齐抓，解决农民粮食丰收之后兜里"缺钱"的问题。

自1992年开展第三轮思想解放后，打破了"姓资姓社""姓公姓私"的疑虑，推进各种所有制共同发展。自从这个时期，沂蒙山区的扶贫由传统的救济救急转向整体开发、激发内生动力。沂蒙人民借助中央的扶贫政策，掀起了大规模的筑路架桥和摘"贫困帽"的热潮。

要想富，先通路。1993 年 12 月 17 日，全长 163 公里、纵贯沂蒙山腹地的第一条大通道——沂蒙公路竣工。沂蒙公路北起蒙阴县贾庄乡井旺庄，南至苍山县向城镇，穿越蒙阴、费县、苍山 3 县 27 个乡镇 76 个行政村，结束了沂蒙山区交通闭塞的历史，是党和政府为沂蒙老区人民修筑的一条希望路、致富路、幸福路，接续承载着沂蒙人民恒久信仰和彩色梦想，成为助推临沂经济繁荣的"大动脉"。《沂蒙公路落成碑记》的石碑，立于费县城北。

1986 年 1 月 1 日，随着一声汽笛长鸣，兖石铁路正式开通运营，沂蒙山区从此告别不通火车的历史。从此，沂蒙人民伴随着哐当哐当的铁轨声，可以去往天南海北。从 1991 年开始实施百万亩砂石山开发工程，炸石头、整梯田、栽果树，全面向荒山开战，从根本上改变了生产条件。沂蒙山区呈现出"山顶松柏戴帽，山坡果树缠腰，山脚梯田平整，河滩粮丰菜茂"的兴旺景象。到 1995 年底，全区原有贫困村 100% 通汽车、98% 通电，大多数村解决了吃水难的问题；7 个贫困县的农民人均纯收入达到 1544 元，比 1985 年增长了 4.2 倍，达到全国平均水平。历经多年艰苦奋斗，涌现出大量战胜贫困的先进典型，谱写了发扬沂蒙精神、摆脱贫困的美丽篇章。

费县的西红峪村坐落在蒙山角落，只有 8 户人家，通往外界的只有一条蜿蜒曲折的羊肠小道，"红峪子、山连山，吃饭喝水全靠天"。1996 年 2 月 18 日，大年除夕，这个躲在山旮旯里的小山村彻底告别了祖祖辈辈点煤油灯的历史，亮起了 8 盏电灯，现代文明照进渴望光明的心灵，也为山东省在全国率先实现"户户通电"的目标画上了句号。百姓门上贴着"千里银线送深情，万家灯火谢党恩"的大红对联，道出了无限的喜悦。

1995 年，沂蒙革命老区在全国 18 个连片贫困地区中率先实现整体脱贫。1996 年 3 月 23 日，《人民日报》在头版头条位置，以《造血工

沂蒙公路（临沂市交通运输局供图）

程结出硕果，沂蒙山区整体脱贫》为题，宣布沂蒙老区率先整体脱贫的重大喜讯。当然，整体脱贫并不是全部脱贫，全市仍有50万人口，其中比较集中连片的有155个村、94万人还没完全解决温饱问题；已解决温饱的村民，其中还有相当一部分经济基础薄弱，返贫风险高。我这次来临沂，专门请教当时的临沂行署扶贫办主任孔令玉："当年的脱贫标准是多少？"他略微沉思一会儿说："那时，社会总体经济发展水平比较低，以县为单位，农民人均年纯收入超过500元就算脱贫。"

1994年底，国务院批准撤销临沂地区和县级临沂市，设立地级临沂市，临沂步入经济和社会发展的快车道。

1996年6月，临沂通过省政府严格评估验收，"基本扫除青壮年文盲"。青壮年避免了"睁眼瞎"，掌握了"走出门""迎进门"的知识拐杖。

1999年秋，京沪高速公路像飞舞的彩带穿越临沂市，沂蒙老区在全国革命老区中第一个开通了高速公路。

2019年12月26日，鲁南高铁日照至曲阜段建成通车，沂蒙人民在家门口享受到高铁带来的便利，标志着沂蒙革命老区步入"高铁时代"。目前还有多条高铁线路在建，出行会越来越便捷。

沂南县是诸葛亮和第一位红嫂明德英的故乡，这两位智慧与奉献的代表人物家喻户晓。说来也许是巧合，在这次调研中了解到，山东省委、省政府出台的《山东扶贫开发纲要（2010年—2020年）》，还是在沂蒙老区起草的。谈到这个过程，时任省扶贫开发办副主任的宋民异常兴奋。他介绍说，当时，省委、省政府要求省扶贫办集中省社科院、农科院、省直有关部门的专家，组成智囊团集中调研起草。2011年元旦刚过、春节之前，这群"小诸葛"肩负着神圣的使命，奔赴了沂蒙山。他们冒着一场十多年不见的特大暴雪，在沂南县竹泉村的一个农家院里讨论起草初稿。夜已经很深了，屋外寒风凛冽，雪已经没膝盖那么深了，屋里的灯火依然那么明亮，大家围坐在煤炭炉子旁，眼睛放光，情绪高涨，你一言我一语，畅谈建议和设想，有时还争论得面红耳赤。令人欣喜的是，当时的规划如今都变成了现实，心血和汗水变成了沉甸甸的果实。

# 精准铲 "穷根"

党的十八大以来，我国实施精准扶贫、精准脱贫，全面打响了脱贫攻坚战，扶贫工作取得了决定性进展和历史性成就。临沂市上下牢记习近平总书记视察临沂时的殷切嘱托，始终把脱贫攻坚作为头等大事和第一民生工程来抓，带着对老区人民的深厚感情，带着全面脱贫的历史责任打好攻坚战，改变过往的粗放式扶贫方式，走出了一条帮扶措施多重覆盖、扶贫政策多层叠加、贫困群众多方受益，具有临沂特色的精准扶贫路子。一位在临沂从事了 20 多年扶贫工作的同志很感慨："应当说，实施精准脱贫战略，脱贫攻坚的目标任务更精准，力度更大，覆盖面更广，效果更显著。"

根据山东省扶贫办介绍：在扶贫工作领域，沂蒙革命老区主要包括临沂全市 12 个县区（兰山、罗庄、河东 3 个市辖区和郯城、兰陵、沂水、沂南、平邑、费县、蒙阴、莒南、临沭 9 个县），潍坊临朐县，淄博沂源县，济宁泗水县，泰安新泰市，日照五莲县和莒县等 18 个县（市、区）。2015 年底共有贫困人口 55.6 万人。

沂蒙革命老区的主体在临沂市，它的面积和人口约占全国的 1%。据统计，2016 年以来累计落实财政专项扶贫资金 56.9 亿元，发放扶贫小额贷款 82.8 亿元，先后建设了 3251 个产业项目、276 个扶贫车间，带动48.9万人次贫困群众增收，建档立卡贫困户人均纯收入由2016年的2620元增加到2020年的7514元。近几年，全市人民大力弘扬沂蒙精神，全面落实精准扶贫、精准脱贫方略，一丝不苟"摘穷帽"、全力以赴"拔穷根"，1275个贫困村全部摘帽，农村贫困人口累计减少45.1万人，贫困发生率由2015年底的4.85%，到2018年底基本"归零"，圆满完成脱贫任务。经过2019、2020两年巩固提升，已有效衔接乡村全面振兴，逐步向全面提升乡村发展质量迈进。

没受过穷、挨过饿的人，很难真切感受和体味穷的滋味。悬疑小说《十宗罪》中有这么一句话："有时我们的眼睛可以看见宇宙，却看不见社会底层最悲惨的世界。"的确，我们有时需要借点微弱的光亮，用敏锐的、俯视的目光去捕捉现实生活中需要帮助的人。对贫困群众而言，生活没有那么多"诗和远方"，尽全力求生存，熬岁月过寻常日子是最基本的生活状态。

贫困山区之所以贫困，基础设施建设滞后是主要制约因素。打赢脱贫攻坚战，首先要破解基础设施建设的瓶颈和短板。临沂市坚持把基础设施建设作为脱贫攻坚的重要支撑，着力打破城乡阻隔，让贫困群众走好"富裕路"。多年来，尤其是"十三五"期间，集中财力办大事，随着高速铁路、高速公路、机场建设的发展，临沂交通基础设施日新月异，不仅方便了群众出行，拉近了乡村与城市的距离，更让临沂的经济社会事业，以"加速"的姿态起飞。在扶贫领域，资金重点向深度贫困地区以及库区、湖区等重点区域倾斜，支持做好产业扶贫发展项目、"三无"失能特困人口护理补助、危房改造等保障工作。同时，以疫情防治为切入点，突出农村人居环境整治，增加贫困村村内道路、农村饮水等小型公益性生产生活设施投入。持续巩固"两不愁三保障"和饮水安全等成果，补齐贫困村基础设施和公共服务的短板。

临沂市一位长期从事扶贫工作的同志告诉我：扶贫工作是个系统

工程，涉及诸多领域和各个方面。临沂市这些年的实践，概括起来讲，就是"坚持'两面一线'，彻底把'穷根'铲断"。

"两面"是指贫困群众分贫困可逆转和不可逆转两类，也就是有劳动能力及弱劳动能力、无自我脱贫能力两大类，因户、因人制宜，精准地帮助贫困群众拓展致富门路和保障办法。对可逆转的，千方百计地创造条件把他们引上脱贫路。从路径上看，有企业带动、承接生产、百姓众筹、资源整合、代管养殖等"精准扶贫三十六计"；从措施上看，有土地流转、产业经营、园区务工、金融扶持、政策兜底、合作社助力、管理服务等"八仙过海、各显神通"的办法；从方法上看，有连片开发、点对点帮扶、村企共建、户企结对、资产入股、辐射带动等多种"锦囊妙计"。对不可逆转的，一句话，就是充分地、足额地使用好国家扶贫和社会保障等政策，譬如低保、临时救助、医疗救助、扶贫资产收益等，同时组织社会力量伸出温暖的手。

"一线"是指政策措施细水长流不断线，也就是要建立长效机制和办法。重点是靠普惠性的政策措施，不断提高社会化的保障水平，既保证贫困人口的生活水平"水涨船高"，又能防止一些人"不患穷而患不均"引发的问题；行政成本相对低，群众满意度还高。

行走在沂蒙大地上，我们时常被"八仙过海，各显神通"，蓬勃兴起的致富产业所鼓舞，能感受到"产业引擎"动力强劲，农业供给侧结构性改革走向纵深，农业领域新旧动能正在转换，绿水青山的自然生态得到恢复和保护，绵延的群山显现出山清水秀、云霞飘飞的灵性和灵气。尤其是 2020 年，突如其来的新冠肺炎疫情，打乱了正常的经济社会秩序和人们的生活，贫困群众的生产生活雪上加霜。临沂市坚持战疫情、战贫困"两手抓、两手硬"，各级挂牌督战，抓扶贫政策落地，抓贫困人员就业，抓消费扶贫，努力拓宽致富门路，多数贫困群众被扶持和镶嵌进扶贫产业的长链条中，用自己的勤劳和汗水分享着劳动成果。建档立卡贫困户年人均纯收入,已由 2016 年的 2620 元增加到 2020 年的 7514 元。许多村庄已经呈现美丽经济、生态经济、股权经济和电商经济融通、融合发展的萌芽,新产业、新动能和新业态一时难以准确描绘。

依托村庄资源禀赋、产业基础,发展特色种植、特色养殖、乡村旅游、农产品加工等产业,创新产业发展模式,确保每个贫困村有一个特色主导产业,每个贫困户有一项增收致富的门路。沂南县马牧池乡常山庄一带,是沂蒙革命根据地的中心,红色文化史迹和故事众多,沂蒙红嫂纪念馆坐落于此。几条崎岖的石板巷顺山而下,幽深曲折,树木错落有致。小巷两旁是石头砌成的老屋,形状各异的灰色石头记录了百年古村的历史沧桑。常山庄村仍是原生态、纯自然的古村落,每间老石屋都经历过战火纷飞的年代,见证了乡亲们英勇支前的故事和军民鱼水情深的场面。我问路边的老人:"为什么常山庄村仍然留着小巷和石头屋?"老人说:"石头是有记忆的,为给子孙后代留个念想呀!"随着影视基地、红色纪念馆和写生基地等项目的落地,实现了"村脱贫,户增收,日子越来越红火"的目标。

适应信息化时代,发展电商扶贫。依托农产品资源丰富的优势,积极对接阿里、京东、苏宁等大型电商平台,加快实施电子商务"百乡千村"和"千家电商帮村"工程,扶持农村电商平台、电商服务体系和电商园区建设,畅通"农产品进城"流通渠道,让农产品搭上互联网的快车道。兰山区打造"直播电商 + 扶贫助农"新模式。合作社提供种苗和技术,订单式种植让农户没有了销售的后顾之忧,网红带货又为农户的农产品打开了新的销售思路。"咱们的方城甜瓜甜度高、口感脆,纯绿色生态种植,喜欢的老铁尽快下单啊,今天限量只有 600 箱……"2020 年 4 月 14 日上午,兰山区方城镇西方城村的甜瓜种植大棚前,直播电商梁小梁正在镜头前为粉丝介绍手中的甜瓜。短短半个

沂蒙红嫂纪念馆。红嫂故事传遍全国（艾雪健／摄）

小时，就帮助农户卖出甜瓜 1700 公斤、黄瓜 500 公斤、西红柿 100 余公斤。沂水县、费县等 5 个县被列为国家级电子商务进农村综合示范县，镇村电商公共服务站点超过 2000 个。

激活旅游扶贫。立足山水生态、红色文化、民俗风情等特点，以创建国家首批全域旅游示范市为契机，对重点贫困村进行分析梳理，对适合发展旅游的项目进行开发，让贫困户在景区内打工、售卖特色农产品，农业与旅游业融通，达到农业产业链延伸、价值链提升、增收链拓展，"绿水青山"真正转化为"金山银山"。地处蒙山深处的蒙阴县椿树沟因《舌尖上的中国 2》播出了椿树沟的美食——煎饼后，这个不为人知的小山村声名鹊起。随着名气越来越大，蒙阴县对椿树沟景区进行了全方位、系统化改造提升，将其打造成集沂蒙民俗文化、传统美食体验、原生态慢谷生活为一体的休闲乡村旅游项目，全面打造"椿树沟"旅游品牌，形成以孟良崮红色文化教育为主导、椿树沟美食体验为特色的以"红"带"绿"，以"绿"托"红"的乡村休闲度假全域旅游发展新格局。椿树沟正由"藏在深山人未知"的偏僻山村，转换成古朴又现代、传统且开放的美丽田园，生态优势转化为发展优势，带动5个行政村、253户、498人实现了脱贫致富。兰陵县压油沟、沂南全域旅游助力革命老区扶贫2个案例，入选"世界旅游联盟旅游减贫案例"。

临沂市针对贫困人口70%以上是老弱病残群体的现状，构建特困帮扶学有所教、病有所医、居有所安、弱有所扶、老有所养"五线联保"机制，织密贫困群众的保障网。通过减免费用、专项助学等方式资助贫困学生8.9万人次，阻断贫困"代际传递"。在全省率先探索"扶贫特惠保险"，在农村基本医疗保险基础上，为贫困群众购买商业补充保险，综合报销比例达90%左右，有效防止了因病致贫返贫。全

椿树沟景区山门（公茂栋／摄）

面落实低保、助残等政策，采用邻里互助、日间照料、集中供养等模式，解决特困人员生活难题。对全市 2360 名"三无"失能人员进行护理救助，保障失能贫困群众衣食无忧。通过成立扶贫理事会、设立孝心养老基金、签订赡养协议、完善村规民约等方式，引导群众赡养、孝顺父母，构建"子女尽心、集体尽责、社会尽力、政府尽职"孝老体系，惠及全市 70 岁以上农村贫困老人。

# 精准脱贫长效"方剂"

沂水县是山东省 20 个脱贫任务较重的县之一，全县有 7.1 万贫困人口，居临沂市第一位。近年来，沂水县牢记使命，勇于探索。在开展精准扶贫之初，为了打牢数据信息基础，确保脱贫对象精准，创新实施贫困人口脱贫状态"一册清"。实施建档立卡"托底清零"专项行动，扶贫办与县不动产、房管、民政、人社等 9 个部门数据信息比对，确保贫困对象应纳尽纳、应返尽返、应退尽退。如何建立"精准脱贫长效机制"呢？他们又对全县贫困人口进行了具体分析。从人口分布来看，85% 的贫困人口集中在边远乡镇、库区；从致贫原因来看，因病因残致贫的占 83%，因缺资金、缺技术致贫的占 7%。在"精准识别、精准对接、精准施策、精准评估"的过程中，许多问题引起了决策者的思考：如何防止上级宝贵且有限的扶贫资金资产成为"一锤子买卖"？扶贫资金建成的经营性扶贫资产归谁所有更安全、收益更稳定、群众更满意？贫困群众普遍文化程度偏低、年龄偏大，因病、因残致贫占比高，绝大多数无劳动能力、无经营能力，如何将建成的经营性扶贫资产经营好？扶贫资产产生的收益如何持续稳定？收益分配到贫困户怎样分配更科学合理？贫困户稳定脱贫后如何防止一顶贫困帽子戴到底？建成的经营性扶贫资产数量多、规模大，哪些部门监管，如何监管，以确保资金、资产安全和基层干部安全？针对上述问题，沂水县在实践中探索建立了扶贫资产所有权归村集体，经营权归合作社、龙头企业、专业大户等新型农业经营主体，受益权归贫困户，监管权归农业局的扶贫资产"四权"分置管理机制，在严管与放活之间找到了结合点、平衡点，让能挣钱的人去花钱，让需要帮扶的能收益，让每分钱都在阳光下运行。这一做法，已在全市、全省、全国推广；2019 年 12 月，还被国扶办编入《中国减贫奇迹怎样炼成——脱贫攻坚案例选》，这是山东省唯一入选案例。目前，临沂市农村集体"三资"管理平台已登记管理扶贫资产 35.8 亿元，巩固提升了脱贫成果。

结合小城镇、农业园区和新农村建设，稳妥推进易地扶贫搬迁，临沂全市共完成 1675 户、3884 名贫困群众易地搬迁任务。完成 1275 个贫困村的饮水安全提升工程，让贫困群众喝上放心安全的自来水。

让我感动和受鼓舞的是贫困群众大都保持着沂蒙人的大爱情怀，信念坚定，充满信心，摒弃等、靠、要的依赖思想和懒贫、赖贫的心态，积极响应党和政府的号召，努力靠双手创造自己的美好生活。

沿着新修的水泥路，我们走进了沂源县鲁村镇草埠二村危房改造户安置点。一排排红瓦黄墙灰裙的精致小院，干净的水泥地面，统一模式的厨房、厕所、自来水、小菜畦、花池子。这些按统一规划建成的房舍，是村里利用各级贫困户危房改造资金，在村内一处闲置厂房地基上翻建的，产权归村集体，由贫困户用原来的危房置换，免费居住，循环使用。他们称这些房子为"周转房"，全村 34 户老年危房户全部住在这里。

贫困户郭忠花激动地说："以前住的房子是 20 多年的土坯房，又矮又暗，夏天漏雨，冬天透风，早就该翻盖了，但是俺两口子年纪大了，老伴儿身体又有残疾，实在没能力修建。多亏了党的好政策，村里为像俺这样的贫困户建了统一的安置房，干净明亮，真是做梦也没想到这辈子还能住上这么好的房子！"

在战争年代，沂蒙人民与山东党政军一起，共同创造了伟大的沂蒙精神；新中国成立后，沂蒙人民在党的领导下，继续发扬沂蒙精神，创造了摆脱贫困、改变贫穷落后面貌、提高人民生活质量的奇迹，临沂市正逐步实现"由大到强、由美到富、由新到精"的战略性转变。

二　党是脱贫致富的靠山

沂蒙山，辖区内较大的山头有 800 余座，呈西北至东南向延伸状。沂山、天宝山、文峰山、甲子山、银雀山、马陵山、蒙山、苍山、艾山……都以独特的雄奇、胜迹、史事、人物、传说、物产闻名遐迩。英雄的沂蒙人民恰如这波澜壮阔、高高耸起的沂蒙群峰。高歌沂蒙山，不是因为山的雄奇、崮的独特，而是共产党人、人民军队和沂蒙儿女水乳交融、生死与共铸造的革命精神、谱写的英雄诗史。所以，沂蒙山不是一个区域概念，而是一种精气神，是在中国共产党历史、新中国历史、改革开放历史、社会主义建设历史上，具有特殊地位、意义、作用的精神高地和基因标识。

# 抱犊崮下日子红火

2021 年 5 月 11 日，我再次怀着虔诚的心情，小心翼翼地走进延安杨家岭中共中央七大会址。来自全国各地接受党史学习教育的党员在听讲、宣誓、合影留念。我仔细品读每一个物件，眼前仿佛再现延安时期那惊心动魄、艰苦卓绝的历程和场景。大会主席台两侧张挂的贺幛，左侧是陕甘宁边区的，右侧是山东分局和一一五师及山东纵队的。这充分说明中共中央对山东抗日根据地为中国革命事业做出历史性贡献的肯定。

这让我想到远方的沂蒙山区，包括在山东根据地初创期做出过历史性贡献的抱犊崮地区。当地，曾流传过这样一首歌谣："正月里来正月正，东进支队到山东……"

1938年，抗日战争进入相持阶段，党中央提出"巩固华北，发展华中"的战略，毛泽东从全国抗日战争全局战略考虑提出"派兵去山东"，1938年12月19日，罗荣桓率一一五师从晋西交口县双池镇一带出发东进，与八路军山东纵队并肩战斗，巩固扩大山东根据地。1939年3月6日渡过运河，进入泰山以西地区，5月初发生在泰山西的陆房战斗毙伤日寇1300余人，是继平型关大捷之后取得的又一次重大胜利，促进冀鲁豫抗日根据地的迅速发展。9月，率八路军一一五师师部、六八六团到达抱犊崮山下，并把师部设在此地。他们放手发动和解救群众，灵活运用统一战线政策，团结一切可以团结的力量，收编了一些地方武装，创立了以抱犊崮山区为中心的抗日根据地。11月，在抱犊崮西麓的王家湾（今山亭区凫城镇）成立鲁南第一个红色政权——峄县抗日民主政权。紧接着，鲁南山区根据地基本连成一片。

这里的地势险要，纵深和回旋余地大，像插在日本侵略者脊梁上的一把钢刀，是华北连接华中的枢纽，也是华中地区通往太行山和延安的红色通道。后随着斗争形势和任务的发展变化，党政军机关逐步走向沂蒙山腹地。

山亭区地处沂蒙山区西南麓，境内有"天下第一崮"抱犊崮。抱犊崮位于枣庄、临沂两市所辖的山亭、苍山、费县三县交界处，海拔584.3米。据《峄县志》载：昔有王老汉抱犊耕其上，后仙去，故而得名"抱犊崮。"

据罗荣桓回忆，八路军一一五师驻地抱犊崮山区和天宝山区，田少石头多，是山东著名的穷地方。部队日常吃的饭同当地老乡一样是煎饼。它是用高粱面或穇子面糊糊，在一种叫鏊子的平底锅上摊成的。高粱煎饼又黑又硬，咬嚼起来十分费劲，额头直冒青筋，得把帽子脱下来。那稷子煎饼中糠很多，吃下去容易便秘。为了便于下咽，在天宝山区烙煎饼时，还在面糊糊里掺一些山梨或柿子。蔬菜十分罕见，战士们时常将柳树叶子腌一腌，卷在煎饼里吃。师部有一些知识分子是南方人，不会卷煎饼，就双手拿着煎饼吃，样子颇像读报。于是，当开饭吃煎饼时，他们便开玩笑地说："读报了，读报了。"

一一五师曾在平邑桃峪召开了桃峪高干会议。这是1940年全国抗日战争进入相持阶段召开的，这个地方东临山崖峭壁，南靠观音山，北、西两面视野开阔，且居高临下，便于保密警卫。目前这个旧址院里还有一棵楸树和一棵梧桐树，虽历经八十多年风雨，走过峥嵘岁月，却依然枝繁叶茂，枝丫相连，象征和纪念当年在一些重大问题上"求（楸）同（桐）存异"。

受交通、自然条件等因素制约，"十二五"期间，山亭区还有86个村被列为省级扶贫重点村，11个村被列为市级扶贫重点村，占全区村居总数的1/3以上；至2016年初，仍有精准识别贫困户20356户、35686人，贫困人口占枣庄市全市的50.6%，精准扶贫任务十分艰巨。山亭区立足当地自然禀赋，挖掘地方特色资源，以产业扶贫为重点，落实精准措施，下足"绣花功夫"，圆满完成脱贫攻坚任务。

山亭区北庄镇双山涧村是一个红色山村，重点展现着抱犊崮抗日革命根据地的历史场景，建有八路军一一五师纪念馆、一一五师政治部、一一五师司令部、王麓水纪念馆、鲁南区党委、鲁南行署、鲁南军区等七个历史展馆，还建有抱犊崮剧社、八路军抗日夜校、八路军被服厂、枪械所、八路军食堂、八路军军粮作坊等功能性场馆。同时，这也是一个典型的山区贫困村。近几年，村党支部以抗日战争红色文化激发党员干部群众脱贫致富、走向共同富裕的积极性，依托红色资源，发展乡村旅游。利用抱犊崮国家森林公园和八路军一一五师抱犊崮抗日纪念园，领办抱犊人家农家乐旅游专业合作社，流转闲置民宅，为游客提供居住、就餐、体验农家生活等服务。另一方面，相继引领创办果蔬种植专业合作社、抱犊金土地土地流转合作社，流转土地 100 亩发展暖棚蔬菜，主要种植黄瓜、辣椒等。通过调优种植结构，打破了过去以小麦、玉米种植为主的单一的传统农业种植模式，形成了以蔬菜为主的产业发展新格局。全村劳动力 70% 实现转移再收入，人均增收达 4000 元，村民和村集体"双增收"。短短几年时间里，双山涧村就发生了蝶变，跨入先进列。在抱犊崮景区西门，从杭州返乡创业的青年人王松桥和家人一起修建了君山人家饭店，他的梦想就是让红色旅游更有味道、更持久。他高兴地说："红色旅游不仅让我吃上饭，吃饱饭，还让村里的其他人增收。村民们春天卖野菜，秋天卖五谷杂粮和山鸡蛋，冬天卖柿饼干货，一年四季都有收益。老百姓的日子越过越红火。"

抱犊崮景区景色独特，松柏茂盛，奇花异草，满崮烂漫，或轻盈灵动，或慷慨激昂，或曲径通幽，或跌宕起伏，轻声述说着沧桑巨变、人间繁荣。尤其是秋季的红叶，依山势起伏，色彩浓郁，呈现出层林尽染的绚丽景观。

每棵树和每株草都有生命、有感知，它们坚定地凝望和守护着抱犊崮山区，不亢不卑地绽放生命的姿态和光彩。深秋时节，漫山遍野的柿树枝头挂满红柿子，那熟透了的柿子甜滑如蜜，再配上漫山红叶，真是令人陶醉的绝色秋景。

# 《跟着共产党走》这歌越唱越顺口

1940 年 1 月，在抗日战争最艰苦的阶段，抗大一分校近 4000 名干部和学员到达沂南县孙祖镇东高庄村。为了迎接建党 19 周年，文工团决定创作一首新歌，向党的生日和抗大一分校党代会献礼。由王久鸣作曲、沙洪作词的《你是灯塔》（又名《跟着共产党走》）就诞生在这里。沂蒙人民在抗日战争最困苦、最艰难的危急时刻，用生命和热血谱写的这首歌曲，铿锵有力、气势磅礴，成为中华人民共和国开国大典的伴奏曲。

2020年12月1日黄昏时刻，我们一行追溯《跟着共产党走》凝重高亢的旋律，赶到了东高庄村正南，金马河桥南200米处的"《跟着共产党走》诞生地"。此时，奔跑在马路上的汽车已经打开了车灯，村庄保留如初的驼背的老房子披上了一层薄纱，田地的小麦长得郁郁葱葱。村支部书记张克利介绍说，本村建档立卡享受政策贫困户118户183人，已经全部实现"两不愁三保障"，过上富裕知足的好日子。乡亲们觉着《跟着共产党走》这首歌越唱越顺口。

据记载，两位年轻人创作这首歌曲时只用了10分钟。也许创作者本人也想不到，这短短的十分钟留下了传唱恒久的红色旋律。历经八十多年的风雨，只见山坡上建有一座灯塔，一块刻着歌谱、歌词的花岗岩纪念碑等。当中一块石头上刻着中共中央组织部原部长张全景题写的"红色旋律传拆（播）基地"等几个红字。茅草亭前，两位青年坐在上边创作这首歌的那块岩石风雨如磐，冷峻如初。我走上前，轻轻抚摩，那温厚硬朗的凉意让我一激灵。周边几棵粗壮高大的椿树和楸树仿佛正在静心倾听我们交流什么。

一个民族最深沉的精神追求，一定要在其薪火相传的民族精神中进行基因测序。红色基因就是要传承。党带领人民经历了多少坎坷，创造了多少奇迹，要让后代牢记。村民住着用石头垒砌、本地称为"干茬墙"的老房子，有的已有近百年历史，保留着一丝原始古朴的神韵。

返程时，夜幕已经降临。云雾一会儿就遮蔽了车窗。陪同我们的沂南县县长孙德士同志高兴地告诉我们，县里为迎接建党100周年，

"红色旋律传播基地"纪念石碑（杨杰／摄）

正在重新设计改造提升诞生地的方案，他忙着打电话调度和安排。

淮海战役，国民党称"徐蚌会战"，是 1948 年冬打响的。人们在询问：到底是什么力量，能在短短几天就消解敌军优势、弥补我军劣势？

当年在淮海战役后方，各解放区人民掀起了一场轰轰烈烈的支前运动，其规模之巨大、任务之浩繁、动员人力物力之众多，为古今中外战争史上罕见。据统计，淮海战役中，华东、中原、冀鲁豫、华中四个解放区前后共出动民工 543 万人。1948 年秋开战时，正值山东解放区迎来丰收年。沂蒙革命老区的广大农民兴奋地收割完自家的秋季粮食，便扛起扁担，推起独轮车，顶着敌机的狂轰滥炸，毅然加入支前队伍，高喊着："部队打到哪儿，我们就跟到哪儿！"残酷的战争，力量的对比不但是军力和经济力的对比，更是人力和人心的对比。

中国社会的每次重大变革，都离不开土地的变革，或者说是从土地变革开始的。我们的前辈曾为土地进行过数次积极探索。从孙中山的平均地权思想，到梁漱溟、黄炎培等先贤的乡村建设实验。中国共产党领导的新民主主义革命，从一定程度上讲，实质上就是农民革命。调动农民积极性最灵验的办法，就是解决好农民最关心的土地问题，实现"耕者有其田"的梦想。高举起"打土豪、分田地"旗帜，有组织、有纲领的中国革命就轰轰烈烈地点燃了。这场革命一扫学者们改良主义乡村建设运动的书生意气，坚持"枪杆子里面出政权"的真理，"星星之火"呈现"燎原"之势。我国改革开放的帷幕也是从土地上拉开的。安徽小岗村18个鲜红手印，按下了大包干的启动键。第二年全村粮食总产13.3万斤，是前十余年产量的总和，一举结束20余年吃国家救济粮的历史。我国人多地少、农村人口占比大是基本国情，必须立足实际，着眼维护和保障广大农民群众的切身利益，探索道路办法。生搬硬套国外理论和模式，肯定没有生命力。

沂蒙精神是临沂创造各种发展奇迹的精神密码。饱经苦难的沂蒙人，不忘救他们于水火的中国共产党和党领导的人民军队。在战争年代，以红嫂为代表的沂蒙人民，与党荣辱与共、生死相依——"最后一口粮做军粮，最后一块布做军装，最后一个儿子送战场。"中华人民共和国成立后，沂蒙人民成为土地的主人。为改变贫穷落后的自然面貌，像支援淮海战役一样，肩挑人扛，建起岸堤、跋山、许家崖等大大小小901座水库，接着又镢刨锨铲土筐抬、削高填洼垒石沿，硬把倾斜的山地整成层层梯田。

2017年7月初，我曾专程到沂南县乔家庄看望当年108岁的离休干部徐乃荣同志。那是一个普通的农家小院，他正在用竹扫帚打扫大门口。他于1939年2月加入中国共产党，曾在抗大一分校、北海区抗联等地工作。这位经历抗日战争烽火考验的老人，胸中有段军号催心的激情岁月，日子如潺潺流水一般波澜不惊，生活规律，乐观知足，身体硬朗，精神矍铄。"我生活幸福的根和源，在于一辈子跟党走。"一切苦难经过岁月的洗礼沉淀，都在那微笑之间淡然融化，心中涌动着美好与感激的浪花。

凡被后人景仰和追崇的历史人物、英雄先烈，都是胸怀天下、心系苍生，小我而大天下。很多时候，他们面前并没有鲜花和掌声，而是面对常人难以忍受的困难、难以忍耐的寂寞，却能始终保持进取状态、奋斗姿态，心中始终有一团燃烧的火焰。

"天下至德，莫大于忠。"沂蒙精神在这场脱贫攻坚的伟大战役中得到升华。有的党员说："面对脱贫这场大战、硬仗，对党忠诚，就得打冲锋、当先锋、不掉队。"许多贫困群众说："有党的领导，我们一定能搬掉贫困这块大石头。"

2015 年，临沂市开启了为期五年的脱贫攻坚行动。全市上下牢记习近平总书记视察临沂时"要紧紧拉住老区人民的手，决不让他们在全面建成小康社会进程中掉队"的殷切期望，把脱贫攻坚作为重大政治任务和头号民生工程，坚持战时思维、战斗理念和战胜决心，坚持"摘穷帽"与"拔穷根"并举、村集体增收与村民致富并重，坚持点面结合、长短衔接、多方融合、启动内力，注重因地制宜、科学规划、分类指导、精准施策，走出了一条具有临沂特色的精准扶贫、精准脱贫、融入乡村振兴的新路，努力取得扶一人带一户、扶一村带一片的多赢效果。一张张沉甸甸的绿色发展和脱贫攻坚成绩单，一户户脱贫的坎坷历程和实况记录，书写下一段段感人至深的生动故事，谱写了一曲曲迈向全面小康的壮丽凯歌。

走进临沂，享受的是田园秀美、岁月静好。沂南县竹泉村是"中国十大最美乡村"，徜徉在这个桃花源般的古村落，享受着洋溢时代气息和品质的风光，可以看到山、泉、竹、村相映成趣，感受绕泉而居的怡然自得和"家家泉水，户户竹林"牧歌式的田园生活，品读一

沂南县竹泉村

部厚重的沂蒙民俗风情史，这种景色在地处中国北方的沂蒙山区更显得珍贵。漫步椿树沟，可以卷一张刚烙好的煎饼，在流水潺潺中，品味沂蒙山村的质朴与醇厚。跨进兰陵县农企园，让我大开眼界，真实感受农产品高品质和农业4.0时代的神奇魅力，真给农业插上了科技的翅膀。我拿起一枚200元一斤、市场供不应求的"白雪公主"草莓，仔细观赏，掂一掂现代农业科技的分量。兰陵县委常委（挂职）、代村社区党委书记、村委会主任王传喜说："在群众眼里，村干部代表着党的形象。通过我们去组织带领广大党员群众，党的声音'一竿子到底'，群众跟着党走，这就是最好的效果。"凭一股子"傻劲"治好了"老大难"村的王传喜，1999年上任时，村集体负债近400万元。他立志带领乡亲们"拔穷根，摘穷帽"，带领党员群众把代村发展成为集体经济强、村民生活富的先进村，成为乡村振兴的领头雁。2019年村集体经济总产值达到30亿元，村集体纯收入1.3亿元。村民人均纯收入达到6.9万元，比20年前翻了30多倍。王传喜带领群众坚持边发

兰陵县代村夜景（杨祥亮/摄）

展边巩固扩大脱贫攻坚成果，2012 年以来，先后建设"印象代村"等 6 个产业扶贫项目，实施了党建、科技、资金、人才等多种扶贫办法，帮助 200 多个村、10000 多个贫困户稳定脱贫，扶贫总投资超过 1 亿元。王传喜充满自信地说："我们在中央 20 个字乡村振兴战略总要求的基础上，加了一个'更'字，就是让群众生活更幸福、更有获得感和安全感，努力建设一个'宜居、宜业、宜游'，而且'生产美、生活美、生态美'，最后达到'农村美、农业强、农民富'的乡村振兴样板区、先行区。"

改革开放的春风吹遍沂蒙山区的村村落落，各个村庄都在变化，有的变化大，有的变化小。成功和失败彼此相互依存，而且在一定条件下互相转化。经验和教训都是我们党的宝贵财富，都应当珍视。把握成功与失败、正确与错误互相转化，当然要经历不少的曲折失误和挫折。

2021 年 4 月 27 日，我们来到位于新泰市东部龙廷镇北九顶凤凰山脚下的掌平洼村。因四面环山，山涧沟底聚成洼地，形似手掌而得名。谁能料想，这里的人祖祖辈辈缺水吃，真得靠天吃饭。大旱年份，人畜吃水都得到十几里之外的山下去挑。20世纪60年代，村支部合计着凿石打井时，村里几乎所有人都摇头，认为是异想天开。

水，记载着掌平洼村几代人的艰辛血泪；

水，托举着掌平洼村几代人的祈求梦想；

水，演绎着掌平洼村美丽而神奇的传说。

水利技术员经过周密勘探，摇着头说，"这地下肯定有水。但是，打这口井太难了！"

"只要有水就行！为了老少爷们，为了子孙后代能喝上水，再难，也得豁上命干！"村干部意志坚定。

那个年代物资匮乏、条件艰苦。没有机械，铁锤钢钎也买不起，只能靠镢刨锨挖，血水汗水泪水融为一体，感人的故事每天都有。我听说，支部书记白天在工地上领着大家干，晚上还要接受批斗。即使这样，他们也没动摇和放弃把井打成的执着梦想。

村里那口螺旋井真的让我震撼，让我开眼。只见井体为直壁式、螺旋形、漏斗状的石砌结构，在井壁上砌着108级石头台阶，一直延伸进深深的"地宫"，接近底部处的台阶还是穿岩而过，增加了几丝神秘感。井上口周长26米，深28米。在井的边缘建造了一条"水龙王"，龙头在上，龙尾盘旋而下，深入地宫，非常壮观。此井始建于1967年，1977年完工，历时11年。这口井的建设史、全村人打井的奋斗史，感天动地。如今，掌平洼村已经发展成为以"杏梅古村"为特色的乡村旅游示范村。

# 红色收藏震惊世界

开国元帅陈毅在转战鲁中南地区时写过一首《如梦令》:"临沂蒙阴新泰,峰回路转石怪。一片好风光,七十二崮堪爱。"首句"临沂蒙阴新泰",把三个地名并列,可见当时的战况。2021 年 4 月底,我来到泰安市的新泰市,这也是国务院批准沂蒙革命老区参照执行中部地区政策的 18 个县(市、区)中唯一的县级市。当地的同志知道我了解沂蒙山区的红色历史故事,就直接把我带到了"毛泽东文献博物馆"。

去到之后,令人震惊。博物馆里典藏着琳琅满目的毛泽东选集和毛泽东图书,有许多珍贵的照片在外面是见不到的。该馆由新泰市委、市政府资助,柏钦水提供藏品,藏品包括汉文、11 种少数民族文、44 种外文及盲文等各种版本的毛泽东选集、语录、诗词、单行本著作,共计 30 余万册(件),其中可列为国家级文物的文献资料有 170 余种(件)。2003 年 12 月,被大世界吉尼斯总部确认为"收藏毛泽东著作版本最多的人"。在中国书店 2010 年秋季书刊资料拍卖会上,一册只出版了 66 年的书籍,竟然拍出了 21.28 万元的惊人高价。这本书是 1944 年 5 月晋察冀日报社出版的一册精装本《毛泽东选集》。

柏钦水 1954 年出生于新泰的一个小山村——陈角峪村。他的父母在解放前逃过荒、要过饭,饱尝旧中国的苦难。他在父母的教育下,从小就懂得"翻身不忘共产党,幸福不忘毛主席"的道理。柏钦水从学生时代就开始学习、收集毛泽东著作。1964 年,刚满 10 岁正上高小一年级的柏钦水,在帮助一位刚调来的老师搬运行李时,发现老师有一本《毛泽东选集》。他爱不释手,提出借阅时,老师欣然同意。后来,老师见他如此珍爱这本书,就主动提出让他永久保存。从此,他便与"毛选"结下不解之缘。

1966 年,学"毛著"形成了热潮,柏钦水因事迹突出,被评为学习毛主席著作积极分子。他收藏的第一本《毛主席语录》，就是当时的县委书记颁发给他的奖品。由于经常参加各种会议和活动，柏钦水每次都能得到一本语录或一套"毛选"，不到半年时间，他就积攒了上百本毛泽东著作。到20世纪60年代末，在亲朋好友及老师、同学的帮助下，藏品就达到500多册。为收集毛泽东著作，从小学到高中，一到暑假，柏钦水就给生产队养牛场割草，上山抓蝎子、挖中草药，一天挣四五角钱，得来的钱几乎全部用于购买毛泽东著作。此后几十年，柏钦水矢志不渝，十分痴迷地收集毛泽东著作。

为了收集更多毛泽东著作，他曾扮成收破烂的，挨家挨户串门。一次，他无意中敲开老县长的家门，却被老县长一眼认了出来。老县长说："这不是小柏吗，怎么干起这个行当了？"他羞得扭头便跑。几天后，老县长知道了柏钦水的用意，便把自己多年来所收藏的毛泽东著作全都送给了他。

1996年春，柏钦水听说石家庄市一位离休干部家中珍藏着一册新中国成立前出版的《毛泽东选集》。他前后四次登门请求转让，这位老干部动情地说："我今年86岁了，还从未见到过对'毛选'如此痴迷的人，我把它送给你，请你永久保存吧。"柏钦水从20世纪60年代开始，半个多世纪来，满怀对伟人毛泽东的挚爱之情，以超乎寻常的毅力，倾尽所有，足迹踏遍祖国的大江南北，收集收藏近百年来各个历史时期出版的毛泽东著作。他的执着，他收藏的著作，教育和感动了许许多多的人。

那天，我们进门时都自觉佩戴起毛泽东主席头像纪念章，心头涌起无限敬畏感和神圣感。离开时，又来了几批学党史、接受红色基因滋养的党员。

当下，我们走在沂蒙山区尤其是一些偏远的山区农家，经常能看到承载着几代人集体记忆的非常亲切的老版毛主席像和毛主席像章，甚至还有《毛泽东选集》。沂蒙人民在长期实践中形成的先进群体意识、爱憎分明的正义感、不甘忍辱屈从和勇于顽强反抗的革命精神，化作对人民领袖的认同以及对生活的热爱。人民领袖的光辉思想、高尚人格和慈祥微笑，又像一面镜子，真实、透亮，你哭他哭，你笑他笑，日子平淡却味道十足。

# "红色群落"遍沂蒙

2011年7月初，在建党90周年的重要时刻，日照市莒县在济南山东省博物馆举办《本色——老党员"红色群落"》大型纪实图片展，展出了近200幅沂蒙革命老区老党员的生活照，引起很大轰动。

这是一群脚踩泥巴、头顶国家的人；

这是一群为党尽忠、为民舍命的人；

这是一群胸口有火、眼里有光的人；

这是一群朴实厚道、感天动地的人；

这是一群散发光芒、给人力量的人！

莒县属沂蒙革命老区，是山东省建立党组织较早的县之一，党的基础和群众基础好。中华人民共和国成立前入党的老党员最多时曾达到13341人。截至2020年12月25日，尚健在319人，平均年龄91.73岁，年长者已过100岁。这些老同志平静的乡村生活，昭示着一种淡定与从容，无论什么情况，他们对党的忠诚不变色、不变质、不变心。小店镇盛家埠庄村夫妻老党员盛佃忠、戴还秀，夏庄镇北汀水村夫妻老党员肖善有、田香廷，结婚前分别在各自村里入了党，结婚后仍严格保守党的秘密，彼此都不知道对方是党员。直到中华人民共和国成立后党员身份公开，才相互知道实情。这些老党员在战争年代踊跃参战支前，不怕流血牺牲；建设时期，抢着干苦活累活，没有任何怨言。中华人民共和国成立后，这些老同志如果出来工作，都会享受到国家离休干部或职工政策，但他们热爱家乡，担心给国家添麻烦，毅然留在了农村，为建设家乡贡献着力量。给我印象最深的是龙山镇杨家沟村90岁的卢翠秀老人，她17岁入党，是当时日照市年龄最大的在任村党支部书记。她说："我是党的人，就要听党的话！"她在村支书岗位上，带领群众治山、治水、修路、致富，一干就是60多个春秋。到了安享晚年的年纪，子女们都不愿再让她连任了，可村里的党员和群众还是坚定不移地推选她。这些老同志当年对党的要求一呼百应，耄耋之年仍然不忘责任。村党组织开展活动时，只要身体允许，他们总是去得最早；村里有矛盾纠纷时，他们总是热心调解，有的自发成立了调解委员会、"夕阳红"巡逻队，在他们的有生之年发挥余热，用自己的品行影响带动年轻党员和青年。这次我委托当地的同志看望请教了几位老同志，他们说："党带领我们闹革命，让穷人吃饱穿暖过上了好日子，如今国家不让一户贫困家庭掉队，这是多么了不起呀！"

"微光汇聚，终成星河"，没有人生来就是英雄，是平凡成就了伟大。平凡人的微光，能为每一个陷入困境、身处危难的人照亮前方的路。这些老党员都是带光的人，虽然看起来微不足道，但一直努力地亮着，照亮自己，也照亮家人和众人。在黑暗中寻找光明，我们享受光明时不能忘记昨天经历的黑暗，也不能忘记凝聚光明的微光。

岁月更迭，"听党话、跟党走、服务人民"的基因一脉相承。莒县峤山镇大朱家庄村是省定贫困村。朱长庆是有55年党龄的老党员，已经76岁了，儿女均已成家立业，老两口衣食无忧。可朱长庆把党员这份责任看得比天大，对村里和老少爷们的事一直很热心、很上心。他主动承担了本村3户年老体弱贫困户的卫生清理工作。2017年，中央

孟良崮"三把刺刀"纪念碑（刘笃龙/摄）

彩票公益金项目确定为该村修建 3 公里长的环山路，并新建和维修塘坝 4 座等。消息传来，全村人特别高兴，朱长庆义务担负起质量监督员。一有空儿，他就拎着个马扎，提着茶杯，坐在工地上监督施工，严把质量关。一次施工方拉来 3 车石子，他发现车上的石子当中有渣土，不符合质量标准，就站在车跟前不让卸车，任凭施工方怎么解释也不行，最后施工方只好将石子退回。还有一次，朱长庆发现施工方在搅拌混凝土时有偷工减料现象，他立刻跑到电闸前拉闸断电，直到施工方拌料整改合格。"国家拿钱给我们贫困村治山治水，你们绝不能糊弄俺们。"施工方知道朱长庆是一个犟脾气，私下跟他商量："我雇你给我看工地，按照一个整劳力的标准每天给你 120 块钱。"朱长庆把头一扭，十分生气地说："修路这可是关系子孙后代的大事，不能半点儿马虎！我可不稀罕你的钱，你是看错人啦！"

遍布沂蒙山区的党性教育基地，各有千秋，异彩纷呈。鲜活真实的历史实物、人物、故事、场景感天动地，看着、听着、想着，感情的潮水经常喷涌而出，让我泪如雨下。这些星罗棋布的基地、场馆，日益成为激发爱国热情、凝聚人民力量、弘扬民族精神、传承红色基因的重要场所，成为中国共产党人的精神殿堂、中国人民的精神家园、中华民族的精神高地，极大地增强了党员群众的神圣感、仪式感、参与感、时代感。在这里，讲述红色故事，高唱红色歌曲，吟诵红色经典，树立红色信念，大力学习、弘扬、践行沂蒙精神，持续打造沂蒙红色文化传承示范区。

2018 年 12 月 20 日清晨，104 岁的沂蒙红嫂张淑贞在山东省沂南县马牧池乡东辛庄村家中病逝。她 1914 年生于沂南县马牧池乡西官庄，后嫁到东辛庄，于 1939 年 3 月加入中国共产党，是百岁沂蒙红嫂、"沂蒙母亲"王换于的儿媳妇，沂蒙红嫂精神传承人于爱梅的母亲。她也是亲历抗日战争、临沂市党龄最长、年龄最长的沂蒙"红嫂"。

说到张淑贞，就联系到她的婆婆王换于大娘。王换于 1938 年冬就加入了中国共产党，她家是著名的抗日堡垒户。王换于和儿媳妇张淑贞一起在当地党组织的协助下办起战时托儿所，先后收养了 41 个孩子，抚养了一批革命后代，成为与孩子们虽没有血缘却永远的娘亲。这些孩子最大的七八岁，最小的才出生三天。在烽火连天的抗战岁月，贫瘠的沂蒙山区缺衣少食，生活异常艰难。王换于经常教育她的儿媳们："让烈士的后代吃奶，让咱的孩子吃粗的。咱的孩子就是死了你们还能生育，烈士的孩子死了，可就断根了！""是，咱不能让烈士断了根！"为了养育好这些革命后代，张淑贞和弟媳妇把奶水让给那些年龄小、体质差的寄养孩子。战时托儿所的孩子个个健康成长，张淑贞和弟媳妇的孩子却因营养不良先后有四个夭折。

张淑贞离世前，让女儿于爱梅帮助找出一直惦记着的那个首饰盒。

首饰盒里有三枚熠熠生辉的党徽。张淑贞一边擦拭着党徽，一边嘱咐于爱梅："我当了一辈子党员，马上就 80 年党龄啦，是党给我一切。你记着可别把我的党员'挂'（耽误）了。一定要帮助我把党费缴了。"老人过世后，于爱梅激动地说："让我最震惊、最感动的是，母亲直到离世，左手一直攥着一枚党徽，要求我一辈子跟党走。正因为如此，我母亲走得很平静、很安详。"这位令人敬佩的老共产党员，是在用生命擦亮党徽，把党徽置于自己的生命之上，这是要把党永远揣在自己的心窝里呀。

张淑贞的逝世，预示着亲历过那场战火的红嫂，都已被匆匆的岁月带走。乡亲们得知张淑贞逝世的消息都惋惜不已。不少人聚集到张淑贞的家门口，来送最后一程，有的想来帮把手。远在几百里之外的我，作为沂蒙后代，为了表达崇敬之情，次日下午专程赶往沂南县马牧池乡东辛庄村悼念这位百岁红嫂，向这位经历战火洗礼和血泪浸泡的革命母亲深情地三鞠躬……

对待历史、对待历史人物的态度，反映了一个政党、一个地方的价值导向、道德良知与行为方式。为进一步关心关爱建国前老党员，体现党对他们的政治关怀和尊崇厚待，临沂市在山东省率先推出建国前老党员补充医疗保障政策，按财政经费 60%、党费 40% 的比例，设立"补充医疗保障基金"，建国前老党员患病住院费用实现应报尽报、兜底保障，解决了他们看病就医的实际困难，让建国前老党员安享晚年、共享改革发展成果。建国前老党员主要生活在农村，年龄大都在90 岁以上。截至今年 3 月份，已为 2956 名建国前老党员实施补充医保报销 556.7 万元，有效发挥了健康兜底保障作用。河东区芝麻墩街道小岗村 95 岁的老党员李玉春，1944 年参军入党，参加过淮海战役、渡江战役，曾荣获中国人民抗日战争胜利 60 周年、70 周年纪念章等多种荣誉。2020 年 7 月，他因急性心梗住进市人民医院，医疗费总共花了

7716 元，居民医保报销了 2761.31 元，补充医疗保障基金补充报销了 3259.25 元，个人仅承担了 1695.44 元基本医保目录外的自费部分。李玉春高兴地说："我当年为革命做了点贡献，党一直没有忘，还惦记关心着我。"

# 俺不给"地下党"丢脸

我被赵娟平凡的故事打动了。

莒南县十字路街道戴家扁山村的贫困残疾人赵娟，逢人便诉说自己对党和政府的感激之情。

她出生在远近闻名的虎园村抗日模范家庭，当年她的三个舅舅、大舅母和她母亲，全家五位"地下党"，她姥姥、姥爷和二舅母、三舅母也积极地支前、做军鞋、送军粮。20 世纪 60 年代初出生的赵娟自幼患有先天性脊椎裂，瘫痪在床，父母花光所有积蓄，为她求医治病，保住了生命，能勉强行走。1995 年，她组建了自己的家庭，生育了两个女儿。由于身体残疾，夫妻俩务农收入微薄，再加上常年医药费和孩子上学的费用，生活的艰辛一度让赵娟一家愁苦不堪。2016 年 9 月，赵娟抱着"俺不给'地下党'丢脸"的心态，在大家的帮助下，借助富民农户贷资金，利用自家院子北侧的空地，建起了一处 400 平方米的蔬菜大棚。她每天忙碌在棚内棚外，春节期间蔬菜上市，就赚了 3000 多元。她手握在家门口挣到的钱，感觉生活一下子有了奔头。接着，医疗扶贫和教育扶贫也一齐发力，解决了她家的医疗费和孩子学费这两大开支难题。

刘贤友是戴家扁山村的第一书记，他了解到赵娟家的特殊情况，在帮助解决赵娟的医疗、经济收入等家庭基本困难的同时，重点关注两个孩子的学习。他多次向赵娟说："让两个孩子把我当亲叔吧。有经济困难我给解决，一定别打击了孩子学习的信心，只要孩子肯学，咱就坚决不要下学。"两个女儿张爱玲和张溶梅还真争气，先后在山东司法警官职业学院（济南）和中国石油大学胜利学院（东营）读专科和本科。2017 年，考虑到蔬菜大棚有了一定的收入，赵娟一直琢磨如何用自己的微薄之力，帮助村里的剩余劳动力找点儿活干，就成立了一个生蒜加工点。同年，两个女儿也受她的影响，利用寒暑假开设学习班，把自己在学校学到的知识教给村里的孩子们。

饮水思源，2020 年新冠疫情期间，赵娟的两个女儿请缨到村里抗击疫情一线，白天在村值守点执勤，夜间巡逻值班，还主动总结村里抗击疫情的做法。姐妹俩省吃俭用，每人捐出 200 元奖学金，支持抗击疫情。她们找到驻村第一书记刘贤友说："叔，我们全家特别是我们姐妹俩，得到国家和乡亲们的大力帮助，真是感激不尽。如今疫情给国家出了难题，别嫌少，这是我们姐妹俩的一点儿心意！"姐妹俩说这话时，眼里没有自怨自艾的悲伤，只有坚强和刚毅，看不出一丝贫困家庭孩子的痕迹。这句话感动得村支书流出泪水，他十分动情地说："你这俩懂事的好孩子呀！"

我听到这个故事的时候，泪水也禁不住在眼眶里涌动。那天我们座谈结束后，赵娟要求合张影，我欣然同意："你了不起呀，不仅自己脱了贫，还培养了两个好孩子。"

我又开玩笑说："你要不是留这种齐肩短发的话，肯定会'小辫朝天'（方言，比喻骄傲）呀！"

姐妹俩去年相继报考了研究生。从小经历和见证家庭变迁的风雨，就不是温室里的花朵。树的种子埋进大地，就有长成参天大树的可能。2021 年 4 月 17 日晚，莒南县扶贫办的同志打来电话，兴奋地告诉我：

"赵娟报考研究生的俩女儿都被录取了！姐姐张爱玲是贵州大学法律专业，妹妹张溶梅是西南政法大学民法专业。"我期待这个消息很久了，高兴得噌地站起来："请你一定转达我的祝贺！"

冯德英在《苦菜花》中写道："苦菜的根虽苦，开出的花儿，却是香的。"我感觉用此话比喻赵娟的心境非常恰当。

人生路上有风有雨是常态，风雨无阻是心态，风雨兼程是状态。在与贫困做斗争的路上，赵娟等人身上展现出的自强不息和积极奉献精神，正是她对革命家庭红色家风的一种传承。"我是贫困户，但我思想上不贫穷，精神上很富有。与其祈求生活富足点儿、安稳点儿，还不如自己强大点儿。"是啊，人的一生会邂逅很多维系命运所需的状况甚至缘分，需要用心发现和坚守。不管道路多难走、多崎岖不平，只要每天努力一点点，都会比站在原地不动，更接近自己渴望的高度。

那天，夜幕四合时，路旁那两排参差不齐的树，在晚风中低舞着。大街上，路灯下的行人脚步匆匆，一辆驴车叮叮咚咚地跑过，若倦鸟返途。我看见一对夫妇，女人疲惫地用手牵着虎头虎脑、蹦蹦跳跳的孩子，一手用塑料袋提着大白菜、卷纸还有洗衣粉什么的。男人扔掉烟头，顺手接过妻子手中的货物。妻子陪孩子在前面跑起来，孩子仰头大声喊着什么……这时村口传来家长呼唤小孩回家吃饭的声音，还有轻轻合大门的响声。晚归的路途，感到的不是孤独，而是亲人的等待和温暖的团聚。人们都在默默地努力拼搏，平凡地生活着。

远处路口的那盏灯一直亮着，没有行人，那灯在为它自己亮着。

位于平邑县流峪镇东南8公里的下崮安村，明朝建村，因坐落在马家崮山坡下故得名。早年，在下崮安村建了大型水库，村里大部分适宜栽种的土地被水库占用了。没想到，水库建成后，下崮安村成了受害村。天旱时，需要放水浇地，水库水位下降，而本村的地却浇不上水；到了雨季，雨水一多，水位上涨，又把下崮安村的庄稼淹没了。

村里没电没路，吃水全靠人抬肩挑。当时人均收入只有 86 元。商业部的帮扶干部帮助解决了电的问题、路的问题、吃水的问题，组织群众养鹅、养羊，还建了一个河库汊浇地养鱼。第二年，人均收入就达到 200 多元，解决了温饱问题。当年的村支书袁本兴说："1987 年 5 月，俺下崮安村的截水大坝完工，村里的庄稼有了水浇，村民脸上露出了笑容，高兴得像过大年。"脱贫后，村里自发为扶贫工作立了功德碑，上面刻着两行字："脱贫不忘扶贫人，致富全靠党指引。"该村现有脱贫户 42 户 62 人，以种植丹参、金银花、山楂等中药材为主，2020 年人均纯收入 6000 余元。

沂蒙山不仅是沂蒙儿女出生、成长的地方，更是坚定信念和人生方向的精神家园，因为血管里流淌着父辈的热血和祖先的遗传密码。奥秘无穷的真理如天空的闪电，如自由飘舞的风，如粲然绽放的花，也如田野上质朴的庄稼，鲜活、真实，深藏着无穷无尽的精神动力。

无论一个政党、一个民族，还是一个现实的人，忘记历史就意味着背叛，没有记忆也就没有未来。沂蒙山脱贫攻坚和乡村振兴的鲜活实践，不仅佐证了中国共产党人"从哪里来"的问题，而且诠释和回答了我"要到哪里去"的时代之问，为建设社会主义现代化国家注入了无穷的信心与自强不息的磅礴力量。

三　红火日子大家一起过

毛泽东同志在 1925 年就曾指出，革命就是要"使中国大多数穷苦人民得享有经济幸福"。

习近平总书记指出："勤劳勇敢的中国老百姓，日子一定会越过越红火！我们伟大的祖国，前程一定会越来越远大！"

沂蒙人民在战争年代，没有水救急，就用乳汁；没有武器，就用镢头独轮车；没有桥，就拆门板扛着搭桥。在和平建设时期，敢于改天换地。到改革开放时，勇敢打开山门，连创传奇。在脱贫攻坚的战场上，沂蒙人民紧跟历史进程，不等不靠，互相搀扶和帮衬，先富带后富，努力实现共同富裕。尤其令人感动的是众多贫困群众，自己刚脱下贫困帽子，就响应党中央"脱贫路上一个人也不掉队"的号召，最大限度地帮助别的贫困群众，"别人日子苦眼里酸，别人脸露笑心里甜"。

# 沂蒙小棉袄温暖人间

我至今记得 2017 年底《人民日报》在头版刊发图片，报道临沂市沂水县杨庄镇吴家楼子村的妇女们在晾晒手工缝制的"沂蒙小棉袄"。

这次我们见到了吴楼子村沂蒙小棉袄的创办人、返乡创业青年带头人吴照京。他告诉我们："沂蒙人民在战争年代，把最后一件老棉袄盖在担架上……"乡亲们也说："闺女是娘的贴心小棉袄。" 2013 年他回家时，几位蹲墙根晒太阳的老人跟他说："你这个小孩别光顾着自己发财，也给俺这几个老嬷嬷找个活干呗。"这虽是玩笑话，却深深刻在他心里。几位留守老人期盼的眼神，像针尖一样刺疼了他。后来他偶然发现了手工绗制小棉袄的商机，坚信伴随人们生活品质的提高，包含民俗文化基因的纯天然的棉袄会有市场，就多次拜访村里众多的老奶奶、老大娘，详细了解缝制棉衣的细节和技巧，在村里办起了"沂蒙手工棉花袄"加工厂。

2015 年，吴照京的父亲意外离世。悲痛之中，他感觉在这村里没有了根，心里空落落的，可老奶奶们一直默默地疼着他、护着他。有一天他外出回来得很晚，看见院子里灯火通明，心里咯噔一下，以为发生了什么意外，于是就给一个缝棉袄的大娘打电话询问。大娘说："今下午你几个老奶奶临走时，叮嘱了多遍，说这俩孩子今晚回来，咱把门锁好，把灯给开着。她们担心你们回来晚了害怕呀……"挂了电话，吴照京号啕大哭，夫妻俩感动得泪流满面。"村里的老人们不是亲人却胜似亲人，她们给我点亮了回家的灯，也照亮了我回家的路，我有什么理由不带着她们好好致富呢？"

2016 年，吴照京把"扶贫车间"搬进了村，新增就业岗位 20 个，厂里的用工达到五六十人。老人们舒展开满脸皱纹，乐呵呵地说："没想到种了一辈子地，到老还当上了工人。"

吴家楼子村北边是汞丹山，村东是秀珍河。沂蒙小棉袄不仅形成了一份产业，让这些有手艺的贫困户、留守妇女以及空巢老人实现了在家门口就业，还传承了沂蒙山区的一份针线民俗文化手艺，流传下温暖人心的故事。2020 年，新冠肺炎疫情防控阻击战打响后，他召集起十几位老奶奶，连夜赶制了 200 件沂蒙小棉袄，及时送到严寒中坚守在防疫一线的工作人员手中。沂蒙人民的这份温暖，一线防疫人员穿在身上，暖在心里。

# "沂蒙六姐妹"续新篇

山东沂南县马牧池乡常山庄村的沂蒙红嫂纪念馆，珍藏着 200 多位红嫂的感人故事。我曾数次到这个纪念馆倾听讲解员讲述沂蒙"红嫂"的故事，每一次都听得眼含泪水。

"红嫂"的称谓，起源于沂南县妇女明德英的故事。1941 年 11 月，因病致哑的明德英机智地躲过日本兵的搜查，在坟地里，抢救了一位遍体鳞伤的八路军小战士。当时，小战士因负伤流血过多已经昏迷，用微弱的声音喊着："水……"周围没有水源，怎么办？人命关天！危急时刻，明德英毅然将自己的乳汁喂进小战士干裂的口中，这便是红嫂"乳汁救伤员"的故事原型。新中国成立初期，伴随各种电影、戏剧、舞蹈作品，"红嫂"的故事家喻户晓，沂蒙山也名扬四海。红嫂乳汁救伤员，集中展现了沂蒙山区数以万计的红嫂的大爱情怀，在人们心中树起崇高而神圣的精神丰碑。红嫂救活的不只是一名战士，更是党和人民的希望。

如果说"红嫂"明德英、"沂蒙母亲"王换于播撒的是母爱的柔情和温暖，"沂蒙六姐妹"则是沂蒙老区在战火中绽放的铿锵玫瑰。她们居住在蒙阴县野店镇烟庄村，分别是张玉梅、伊廷珍、杨桂英、伊淑英、冀贞兰、公方莲。在 1947 年的莱芜战役、淮海战役，特别是孟良崮战役期间，在村干部和民兵都上了前线的情况下，她们主动承担起支前重担，发动全村男女老幼，为部队纳军鞋、护理伤病员等，为中国革命的胜利做出了重要贡献。

"我们的爷爷、奶奶，我们的前辈，为了新中国，命都可以豁出来。我们作为沂蒙子孙，面对脱贫攻坚的碉堡，也必须敢冲、敢拼，不能服输，不能败阵。"这是红嫂的后人发出的铮铮誓言。

幸福不会从天降，好日子是干出来的。在沂蒙精神熏陶下成长起

沂蒙六姐妹

来的沂蒙儿女，始终秉持"听党话、跟党走"的坚定信念，在脱贫攻坚这场战役中，不等不靠，自力更生，"贫困不光彩、勤劳最光荣"，依靠自己的双手实现脱贫奔小康，又以"打赢脱贫战怎能少了我"的使命，自觉加入脱贫扶贫队伍。在脱贫攻坚这场战役中，临沂市涌现出新时代"沂蒙扶贫六姐妹"。

曹淑云、刘加芹、于学艳、林西臻、牛庆花、王洋等6名沂蒙女性靠坚毅改变自身命运的同时，积极响应党的号召，以扶贫救困为己任，主动投身到反贫困斗争大决战，靠微薄收入帮扶贫困群众，靠点滴善事汇集人间大爱。

"沂蒙扶贫六姐妹"之一、临沂市沂水慧阳制衣有限公司负责人曹淑云，以扶贫救困为己任，开办扶贫车间，带动近150名贫困群众在家门口打工，实现脱贫致富。她说："扶贫不仅是党委、政府的事，也

沂蒙扶贫六姐妹（邱明／摄）

不仅是贫困户的事，而是我们自己的事、大家的事。要让大家过上好日子，需要每一个人都努力，有钱出钱，有力出力。众人拾柴火焰高，党中央号召了，我们就要抓紧跟上，不能掉队。"

平邑县咸家巷村贫困户刘加芹，两次患大病欠下巨额债务，心脏安装了起搏器，左腿险些截肢。经历贫穷和残疾的刘加芹咬紧牙关，在各部门支持帮助下，申请金融贷款开办了服装厂，不仅自身脱贫，还坚持贫困户和残疾人招工、工资双优先，为周边群众提供就业岗位50多个，吸纳23名残疾人、12名贫困群众务工，每人月均增收2000多元。

莒南县坪上镇安琪儿幼儿园的创办人林西臻，为感谢好心人的帮助，在农村办起幼儿园，带动村民开展志愿服务，资助孤寡老人和贫困群众100余人，到贫困户家里送饺子、粽子、月饼以及米、面、油、牛奶等生活物品。她说："一个人的力量再大，也是微不足道的。我希望身边每个人都能参与进来。"

莒南县莫家龙头村村民于学艳说："我知道贫穷的滋味，并不渴望政府今天给一袋子米，明天给一袋子面，我渴望自己能有一个长久可以赚钱的地方。"刚嫁到莫家龙头村那年，她不仅没有新房住，连买双鞋的钱都拿不出来，鞋子都是有破洞的。为了早日脱贫，卖鞋、办酒厂和棉纺厂……只要能打工赚钱，于学艳都试了个遍。如今她家从居无片瓦到建起现代化厂房，从一贫如洗到拥有国内最大的西瓜塑料网袋生产企业，生产的西瓜网袋、西瓜网兜，主要销往日本、韩国等国家和地区，广受客户青睐。她靠勤劳编织起了自己的"致富网兜"，不仅兜着自己的幸福生活，也兜起身边脱贫路上的穷乡亲。她的企业安置当地群众近3000人就业，其中1/3是老人、妇女和残疾人等困难群体。

被誉为"电商玫瑰"的牛庆花远近闻名，她的娘家、婆家同是蒙阴县野店镇北晏子村。2015年底，当时还是留守妇女、在家养猪种地的她，参加了北晏子村组织的电商扶贫培训。2017年秋，在临沂接受电商培训时，得知山楂可以在网上销售，她就立即请本村的姐妹帮助在家里采摘发货。那次，她在网上卖了10斤山楂，净挣了11元。万事开头难，这可是她的第一单，她高兴得不得了。回到北晏子村，她给了帮她采摘发货的姐妹10元，自己留下了1元。1元钱确实干不了什么，可这是一缕曙光，也是她的信心。她认为，乡亲们的信任和支持比黄金更贵重，成功的喜悦花钱买不到。后来她创办了网店"孟良崮果园"，丈夫也非常理解她的良苦用心，主动放弃青岛的工作，回村帮她到乡亲们家里拉运刚刚摘下来的蜜桃。销售旺季，蜜桃月销达到20多万斤。

一天黄昏时分，本村住在村外果园里的76岁的姬同德老人挑着两筐柿子来到她的网店："听说你这里什么都能在网上换钱，麻烦你把我这两筐柿子卖了吧！"从来没销售过柿子的牛庆花犯了愁，但她一想：

"说啥也不能伤了老人的心。老人家来找我是信任我，无论如何我也得给他卖！"不几天，她给姬同德老人送去了卖柿子的260元钱。从此，姬同德每年秋天都把柿子挑来，每次都能卖上200多元。那天，我们到姬同德家看了看那两棵柿子树，问起此事，今年78岁、身体很硬朗的姬同德老人，有些腼腆地告诉我："牛庆花这孩子把乡亲们的事当事办，我信她。"那年秋天，本村一位老大娘为表达谢意，给牛庆花送来了俩南瓜。牛庆花看到年事已高的老人感谢她，非常感动，亲切地说："二奶奶，这都是我应当做的。这样吧，您明年房前屋后好好种这南瓜，到时我帮你换钱。"第二年，老大娘还真推来了一车南瓜，牛庆花帮着卖了365元钱。这几年，牛庆花不仅自己在家门口致了富，还带动北晏子村16户贫困户全部脱贫，通过网店带动和促进了蜜桃种植，从种植、管理到销售、物流都有涉及，实现了产业融合。

牛庆花是沂蒙山区一位普通的农家妇女，她纯朴善良，待人真诚，善于接受新事物，学什么、干什么有一股子拗劲，这成了她成功的秘方。

为表达我的敬意，我为她们全家拍了"全家福"，背景是墙上的"小康路上姐妹同行"一行红字。她们一家人幸福的微笑，温暖着大家的心田。

王洋是沂蒙扶贫"六姐妹"中年龄最小的一位，多年在临沭县曹庄镇朱村担任大学生村官，眼下在临沭团县委工作。她是位城里姑娘，参加工作时其实有多种选择，但她最终放弃了可以在城里就业的机会，响应国家号召来到了条件艰苦的农村，把青春奉献给了扶贫事业。由于常年在农村扶贫一线奔劳，她皮肤都被晒黑了，也曾两次推迟婚期。她千方百计探索贫困村户增收渠道，办起"快递＋电商"村级服务站，帮助13名贫困户开起了自己的淘宝网店，还依托朱村传统手工制品——柳编，打造了"朱村味道"农产品品牌，通过建立微信平台、淘宝店铺等多种渠道推广销售"朱村味道"系列产品，为贫困群众和朱村产业发展打开了一扇新的大门。

朱村 94 岁的独居老奶奶王传俊，由 5 个外嫁的女儿轮流照顾，王洋是帮扶责任人。她抽空就去陪老人拉呱说话。王传俊每次看见王洋来，都拄着拐杖高兴地迎出堂屋门，亲亲地喊着："孙女来啦！"然后拉着手进屋。朱村的残疾人贫困户张田英，王洋帮扶她已经快 5 年了。张田英享有低保，她的孩子有助学金，如今她在扶贫车间务工，生活还算稳定。2020 年王洋结婚时，张田英精心送上一段祝福视频："这几年你一直忙活我们脱贫的事，多次耽误婚期，姐姐真诚地祝你幸福。"在场的所有人都深受感动。脱贫群众对扶贫干部的亲情问候和祝福感天动地，能融化所有的艰难辛苦和误解委屈。

一勤天下无难事。汗水浇灌催绽梦想之花，结出芳香的果实。"沂蒙扶贫六姐妹"是几百万奔跑在脱贫路上和奋战在扶贫战线上的沂蒙

新时代"沂蒙扶贫六姐妹"到沂蒙六姐妹纪念馆参观学习（邱明／摄）

女性的优秀代表。她们是我们这个大时代里的小人物，没有显赫的社会地位，多数曾经是贫困群众，论个人财富和致富能力都很普通，但她们都是脱贫路上身披铠甲、勇于战胜困难和挫折的拼搏者、奋斗者，是希望的点燃者。她们天地澄明的思想境界、山高水阔的胸怀格局、助人为乐的大爱情怀，令我们这个时代敬畏、敬佩、敬重。

　　沂蒙人民始终有知党恩、报党情的好传统，鲜活的事例如同漫山遍野的大石头，虽然普通，却很有分量。1977年底，临沭县常林大队女青年魏振芳在翻地时发现一颗全透明、色淡黄的特大天然优质金刚钻石，重达158.786克拉，成为当时中国发现的最大一颗天然金刚石，被命名为"常林钻石"。魏振芳把它献给了国家，使其成为国宝。当国家要给物质奖励时，魏振芳想了半天，提出了唯一的要求："俺大队太穷了，要奖的话就给俺大队买台拖拉机吧！"面对着公与私、义与利的人生考卷，魏振芳用她那钻石般纯洁的心灵给我们写下钻石般恒久的答案。

# 脱贫户"请战"抗疫情

　　我数次跑到临沂调研，一路上听到许多贫困群众感谢党恩国情的事例，无数次被感动，思想被洗礼。我国率先走出了疫情阴霾，是全党、全社会的功劳，也有贫困群众的贡献。中国非凡之年，书写出非凡的抗疫"答卷"。"人到世间的几十年，经历各种各样的灾难实属正常，危急时刻恐慌焦虑没有用。我们最大的敌人是自己，墙在心里，门也在心里。必须动手拨云雾、望曙光。"

　　"明天会比今天更美好"，这是中国人的价值观，也是中国人处于低谷或逆境时的积极心态。儒家文化讲究"耕读传家",引导人们奉行演化论的价值观,力争上游,"相信奋斗和牺牲可以改变命运"。一场突如其来的新冠肺炎疫情打破了庚子年春节的平静。多少人,舍生忘死,舍小家为大家,越是艰险越向前,关键时刻,尽显英雄本色。难能可贵的是,无数的普通人,包括刚刚摆脱贫困的群众,自发地捐款、捐献物资,主动投入防疫斗争,尽自己的微薄之力。

2020年春节期间,在临沂市抗击新冠疫情的战场上,活跃着一个特殊的群体。他们几年前还是贫困户,得到政府和社会的关心帮扶。当疫情来临,他们却勇敢地站出来"请战",贡献自己微薄的力量,用实际行动感党恩、报党情、跟党走。沂水县诸葛镇耿家王峪村因股骨头坏死致贫的贫困户崔以庆急切地找到村干部:"这些年党和政府对我照顾这么多,帮我脱了贫,不能老是政府来帮我们,现在特殊时期,我必须得上!咱村防疫值班,必须算我一个!"

在疫情防控的重要时刻,临沂市罗庄区盛庄街道孙对河社区办公室收到了600个儿童口罩和50斤消毒液的爱心捐赠,捐赠人是社区居民孙浩、王晓蒙夫妇。孙浩很小的时候父亲就去世了,他和身患残疾的妈妈相依为命。他对社区干部说:"我家是贫困户,这些年没有党和政府的扶持,没有村里的帮助,就没有我现在的幸福生活,我们应当回报社会。东西虽然不多,可代表着我为疫情防控出一份力的心愿。"

2020年2月4日清晨,临沂市沂南县苏村镇牛家小河村68岁残疾老人牛本来,在家属的帮助下来到村防疫指挥部,希望村委会帮忙向武汉捐款1000元。牛本来是村里的贫困户,还是一名残疾人。他说:"钱都是国家给的残疾金和帮扶款,我自己生活已经够用了,武汉现在很困难,我就想出一份力,钱不多,但这是我的心意。"

自脱贫攻坚战打响以来,山东兰华集团帮扶了兰山区方城镇郭兴庄村。这些年为了改变村里的贫困面貌,兰华集团为村里捐款60余万元，并捐建蔬菜大棚。疫情发生后，山东兰华集团社区封闭，生活物资供应出现不足。村里知道这个情况后，向村民发出捐赠蔬菜、解企业燃眉之急的倡议："企业捐款捐物帮我们脱贫，眼下企业遇到了困难，我们就该力所能及地帮助企业。" 3000 多名村民积极响应，短短一天时间，就捐献出一万多斤高品质的新鲜蔬菜。

陪同我们调研的临沂市扶贫办副主任唐艳芳，她车内的后视镜上一直挂着一个大红的荷包，一边绣着"福"字，另一边绣着一朵荷花。虽然谈不上精美，但很喜庆。这位胶东姑娘在沂蒙山区找到了知音丈夫，从事扶贫工作已经二十多个年头。她兴奋地告诉我："这是 2016 年 5 月省领导到沂水调研召开座谈会时，参加座谈会的郯城县红花镇党委书记王国富受脱贫群众委托现场赠送的，每人赠送了一个，是红花镇大院子南村建档立卡贫困户郑怀玲亲手做的。"郑怀玲出生于 1968 年，因肢体原因走路需挂着拐棍。通过产业扶贫，她在家里从事中国结编织，由企业上门送原料和回收产品。她有了固定可靠的收入，还能照顾家，丈夫打工有收入，儿子女儿上学又享受扶贫政策，她说啥也要"用这香包感谢党，感谢各级政府"。唐艳芳说："我从事扶贫工作这么多年，这是我收到的最贵重的礼物，我觉得贫困户对扶贫工作的肯定是至高无上的荣誉，贫困群众的祝福最为珍贵。所以回来我就挂在自己车上了，一直没动过，当成'护身符'了。每当看到它，我就充满力量，什么艰难、辛苦、委屈都烟消云散啦。"这是脱贫干部的真心话，也是暖心话。

脱贫攻坚取得的重要成果，可以用经济、社会、政治和生活指标衡量，但村民脸上露出的幸福笑容，则是最有价值的。当你走过世间繁华，阅尽世事，你会明白：人生不可能太圆满，再苦也要笑着面对。笑是人美好生动的表情，是心中没有枯萎的花朵，是春天没有荒芜的彩色风景。

　　2020年，尽管突如其来的新冠肺炎疫情给脱贫攻坚工作带来很大的挑战，但脱贫攻坚的信心和目标从未发生改变，脱贫群众的脱贫步伐从没放慢。泰安市的新泰市把镜头和关注点朝下，在2020年全国第七个扶贫日到来之际开展了"聚焦脱贫攻坚，定格最美笑脸"主题摄影展，在马路边上搭起棚架，集中展示全市1017位贫困群众生产生活中的笑脸。用光影叙说一幕幕精准扶贫的感人故事，用镜头定格一位位贫困群众脱贫后开心幸福的精彩瞬间。

　　那一张张饱经风霜、毫无掩饰的脸庞，那微微翘起的嘴型，那眯成一条缝的眼睛，那真诚友善的笑脸，好似灿烂开放的花朵让我们领略到返璞归真、天然去雕饰的自然之美。

　　行走在沂蒙大地上，随时随地都会被感人故事所激励。2021年"世界读书日"这天，我正在用午餐，突然接到曾长期担任民办教师的全国优秀共产党员张在军同志打的电话，他兴奋地告诉我他在沂水县"活水饺子店"看到了推崇读书的动人场景。店外挂着"全民阅读，让中国灵魂飘香"的红横幅，好奇心使他拐弯走进了这家饭店。一楼墙上挂着"活水饺子请您品尝千年美食，精品阅读让您感受经典魅力"的横幅，吧台西侧张贴着《山区留守儿童阅读工程捐赠说明》，音响里正在播放我的散文《童年钟声》。这篇文章他太喜欢了，已经无数次被他编入青少年阅读读本。这位执拗的阅读推广人，仿佛穿越千年遇到知音，越说越激动。我劝他别着急，慢慢讲给我听。

　　事情是这样的，沂水县一位叫刘晓的80后女孩，出生在姚店子镇一个小山村。她从小喜欢读书，但高一时由于家庭变故，不得不中断学业帮着家人打理生意。

　　刘晓是听着"刘秀和活水饺子"的故事长大的。西汉末年王莽篡汉，各路英豪举兵讨伐，汉室后裔刘秀在南阳起兵，后被王莽包围追赶，逃至沂水境内，在"东水旺村"被村民救治。一次，刘秀吃到刘老汉家皮薄劲道、馅鲜味美的水饺时，眼前一亮，当得知这饺子从和面到煮制全用的流淌的山泉活水时，便称赞这"活水饺子"是"天下第一饺子"。

刘晓自己创业时，就注册了"刘掌柜活水饺子"品牌，努力包出高品质、好口感的饺子，生意越做越红火。2019年秋天，刘晓去西山里考察食材，路经一个偏僻的山村时，看到有个孩子趴在村头的大石头旁看书。她好奇地下车去看，见小男孩正在读一本《读故事学作文》。经攀谈得知，孩子父母在外地打工，他跟爷爷奶奶住，难得有本书看，书破点也不碍。刘晓听到这里，想起自己的童年，心头一酸，眼睛湿润了。她暗下决心，一定要帮更多山里的孩子读上喜欢的书。

2020年因防控新冠疫情，很长时间饺子店不景气，年底生意开始抬头。刘晓就把一直埋在心里想助力山区留守儿童阅读的想法跟家里人说了，得到家人的全力支持。就这样，一个助力山区留守儿童阅读的计划酝酿诞生了。在慈善基金、团委、妇联等方面的支持帮助下，2021年2月，"刘掌柜活水饺子山区留守儿童阅读工程"正式启动。

具体规则办法是：顾客每次消费总额的个位数零钱，都以现金的方式返还顾客。如果顾客自愿捐入捐款箱，活水饺子店即向顾客颁发"捐赠证书"。捐款箱每半年开启一次，所有捐款由相关方面购买优质书籍，捐赠给山区学校留守儿童。

现在很多家庭书刊成堆，孩子看过，大部分都当废品卖掉了。刘晓又倡导顾客把家中品相好的书捐献出来，并在扉页上给下一位读者写上几句勉励的话，比如："读者朋友您好，我是某某某，庆幸我读过的这本书又找到了新主人，希望您用心阅读，读后再把这本书漂流给更多的人。""让我们共同助力漂流阅读，助力全民阅读，让中国灵魂飘香！"

这几项活动得到饺子店消费者的热捧，他们也渐渐形成了爱书读书的好习惯。很多出差旅行的外地顾客也慕名而来参加阅读活动。过去顾客等人时一遍遍地电话催促或焦急地来回走动，现在顾客等人时，大都会在店里的阅读区选一本自己喜欢的书，安静地阅读等待。家长带孩子到店，孩子们也不再追逐打闹，而是安静地坐下来翻书、听诵读。

家长结账捐款时，大都让孩子来做，引导孩子为山区同龄小伙伴献爱心，为社会献爱心。渐渐地，光盘行动的多了。孩子在家里挑食的少了，爱护书、准备捐书参与阅读漂流的多了。

短短几个月，参与"阅读漂流"的顾客已达到1000多位，捐款的顾客达到了2000多人。一缕缕书香气与菜香、饺子香融合在一起，旺了饺子店的人脉和财脉、人气和财气。

# 金银花开昆仑山下

习近平总书记视察临沂时接见沂蒙山区的先模人物，其中就包括刘嘉坤，并对他在扶贫开发方面的工作给予肯定，称九间棚"虽然地处偏远，但风景这边独好"。九间棚村这个沂蒙山区昔日的穷山村，在艰苦奋斗、脱贫致富后，积极响应党和国家东西部扶贫协作和对口支援的号召，不忘回报社会，积极带动甘肃、新疆等西部乃至全国的贫困户实现共同致富，目前已发展金银花种植面积20余万亩。

昆仑山被称为"万山之祖，万水之源"。莽莽昆仑，冰峰雪岭绵延，滋养着脚下的广袤土地。昆仑山在中华民族的文化史上具有显赫地位。近些年，沂蒙山区的九间棚村，通过金银花产业，把昆仑山和沂蒙山紧密联系在一起，把内地与边疆、汉族与维吾尔族群众勤劳致富的双手拉得更近、更紧。2015年，九间棚把"北花一号"金银花引入新疆种植，被列为山东省产业援疆项目，在山东省对口帮扶的喀什地区的疏勒、麦盖提、英吉沙、岳普湖4县试种。历经3年，在多点成功试种总计2000多亩的基础上，与当地政府合作，规划、确定了40万亩的金银花种植项目。此外，还在甘肃定西等地发展金银花产业，帮助农民（牧民）增收。

金银花喜光、耐旱、耐寒、耐贫瘠，根系发达，管理相对粗放，采收劳动强度小，防风固沙效果特好，经济和生态效益俱佳，非常适合干旱少雨、光照强、昼夜温差大、沙性土壤多的西部地区。刘嘉坤早在21世纪初就带队到南疆地区发展了一万余亩金银花，长势很好，结花也多，但因当时的传统品种采收成本高，金银花市场价格低，而棉花价格高且国家统收，农民慢慢放弃金银花改种棉花。

现在，九间棚村的金银花已形成"新品种繁育—推广种植—技术指导—干鲜花回收—金银花等中药材贸易—金银花食品、日化品和药品系列产品研发生产销售"的全产业链，金银花业务遍及全国十几个省区。尤其是最新培育的优良品质"北花一号"采收成本大大降低。

新疆九间棚农业科技有限公司（陈凡莉／摄）

近几年，金银花市场价格高且稳定，种植金银花亩均年收益在 5000—10000 元，是种植棉花、粮食作物的好几倍。种植金银花见效快，一次种植持续收益几十年，干鲜花由九间棚公司包回收，并在当地建厂进行初深加工，完全是订单式全产业链发展模式，是保证当地农民增收脱贫，增加政府财政收入，增加绿化改善生态，政府认可支持、农民欢迎受益的最好的扶贫项目之一。

这次我到九间棚村时，正巧党支部书记刘嘉坤在家，和他聊起在新疆种植金银花的事，他高兴地说："我们山东承担着援疆任务，九间棚作为率先富起来的村庄，有责任、有义务参与山东援疆，为助力祖国西部脱贫贡献微薄力量。新疆人坦诚豪爽、热情开朗、勤劳善良，我们合作很愉快。"西部地区有特殊的气候和土壤等条件，在那里种植的金银花，质量甚至比传统主产区的还好，九间棚去西部发展金银花，在帮助新疆乡亲们脱贫致富的同时，还通过提供种苗、回收产品和初深加工等提高附加值，企业自身也获得了很好的经济效益。

有的新疆群众说，金银花，既是"金"，又是"银"，确实是脱贫致富的好项目。

2020 年 5 月中旬，岳普湖县阿其克乡 6 村的 560 亩金银花喜获丰收。这时阿其克乡 6 村 1 组的阿布都吾甫尔·艾合提就主动向当地农办申请成立岳普湖县吾斯塘博依村发展农业农民专业合作社，作为阿其克乡金银花栽植户与企业联系的枢纽。

阿布都吾甫尔·艾合提是阿其克乡 6 村 1 组的建档立卡贫困户，他自己也有 10 亩地金银花。去年政府免费提供了金银花苗子，除此之外他还享受国家退耕还林补贴资金。阿布都吾甫尔·艾合提高兴地说："现在我们这边的金银花都开了，我们按时采摘，每公斤花按 28 元的价格卖出去。我作为合作社将他们采摘的金银花送到九间棚的初加工车间，企业还给我们合作社每公斤 2.2 元补助。整个金银花采收期，我们家获得 18000 元收入，合作社收入 55000 元。金银花既带动了我们增加收入，也给我们合作社创造了 6 个人的就业，金银花产业是真的好，金银花就是我们的脱贫致富花。"

2020 年 5 月中旬，麦盖提县昂格特勒克乡托万昂格特勒克村的金银花花蕾已经挂满枝头，满地的金银花在微风中摇摆。田野地头上有一位叫依米尼·土地的维吾尔族老人，正看着自家 2 亩地的金银花笑得合不拢嘴，他说："我今年 60 多了，在村子里干其他活也没多少收入，我这 2 亩地栽植快 4 年了，去年收入了 7000 元，今年怎么说也能到 10000 元。比种其他的要好很多，一亩地的收入相当于种五亩地的棉花呢。我会按照公司的技术要求好好管理，让我的地里的金银花长得好好的，卖更多的钱。"

2021 年 2 月，岳普湖县九间棚金银花专业合作社荣获了"全国脱贫攻坚先进集体"荣誉称号。

沂蒙山的金银花，开放在昆仑山下，绿映塔里木盆地，香飘塔克拉玛干沙漠，成为西部地区百姓心中的"幸福花、和谐花、致富花"。

那天我再次来到被称为"沂蒙明珠"的九间棚村，正淅淅沥沥地下着春雨。刘嘉坤带我们到九间棚党性教育展览馆和九间棚村旧址，给我们解说创业的艰辛历程。还特地带我们来到九间棚西侧正在整修的有机农田参观，描述搞好优质高效农业的计划，"咱农村发展产业，啥时也不能离开土地做文章"。还有意让我们去了一趟村里建在和尚崮山坡上的 3A 级公共厕所。前边是山间小塘坝，那水纯净澄澈，岸边长着几棵皮肤黝黑的老杏树。卫生间干净整洁，还有洗手的热水，完全颠覆了我对于农村厕所脏、乱、差的印象。这个不足 300 人的小山村，在九间棚山上建设了 1000 多亩的生态农场，全力实施乡村振兴和"六不用"有机农业高质量发展战略，发展乡村旅游，形成了农业、旅游和药业三个发展板块，把一个人类几乎无法生存的干山顶、穷山村，变成了"全国文明村""全国乡村旅游重点村""国家 AAAA 级旅游风景区""山东省沂蒙党性教育基地"。

沂蒙山人自己富了不忘众乡亲，坚持好日子大家一起过，更坚信更好的日子还在后头。

自力更生、艰苦奋斗，扶危济困、奋不顾身，一方有难、八方支援，这样的时代精神，具有排山倒海、一往无前的磅礴气势。沂蒙人镌刻进骨髓的豁达与善良，穿越时空，照亮现实，直达远方，永不泯灭，或坚持，或奉献，或担当，都是感天动地的精彩华章……

四　凤凰涅槃

传说，天方国有一对神鸟，雄为凤，雌为凰。满五百岁后，集香木自焚，高达十米的烈焰从山顶喷薄而出，焰瀑飞流直下，在水与火的交融中，凤在歌鸣，凰在和弦，最后复而重生，演绎着一个流传千古的美丽传说。这就是"凤凰涅槃、浴火重生"的故事。

这个流传千古的美丽故事，告诉我们一个道理：只有在肉体经受巨大的痛苦之后，才能获得重生，寓意不畏痛苦、义无反顾、不懈追求、自我革命的执着精神。正如郭沫若诗歌《凤凰涅槃》中"我们欢唱，我们翱翔／我们翱翔，我们欢唱"所洋溢的强烈爱国激情和狂飙突进的时代精神。

临沂迄今为止已有2000多年的建城史。50万年以前，这块土地上就孕育了人类远古文明，历史文化源远流长。传说，黄帝轩辕与嫘祖的长子少昊出生之时，有五色凤凰飞落院内，因此他自称"凤鸟氏"。因其懂鸟语的天赋异禀，又有"百鸟之王"的美誉。后来他当上大部落联盟首领之时，便以凤凰作为部落图腾。祝丘城外有一座山岭，常有凤凰栖息于此。这座山岭就是现在的河东区凤凰岭，岭的形状很像凤凰，岭上还长有梧桐树。

临沂城东西稍长，南北略短，整体呈椭圆形。南北门相互错落，南门偏东，北门偏西。东西门在一条直线上，形成东西大街；东西门出口却不向东西，出瓮城而折向北，俗称"雁别翅"。出南门向南一公里处，还有一座带瓮城的南闸子门。整体形状就像一只展翅南飞的凤凰，故临沂城又被称为龟驼凤凰城。"凤凰文化"已深深地植根于临沂文化之中，滨河西岸的凤凰广场及其主题雕塑，创意便源于这东夷文化中唯美的凤凰图腾。

# 历史在追问

山东是农业大省，素有"全国农业看山东"之说。北魏时期贾思勰所著《齐民要术》是我国保存最完整的古农书巨著，一个重要贡献是阐述了因地制宜、因时制宜的先进农业思想。建设什么样的乡村、怎样建设乡村，是近代以来中华民族面临的一个历史性课题。

沂蒙革命老区如何立足山区实际，"打造乡村振兴齐鲁样板"，做好实施乡村振兴战略这篇大文章？只要做好乡村振兴大文章，巩固脱贫成果就能"药"到"贫"除。

"踏平坎坷成大道，斗罢艰险又出发，敢问路在何方？路在脚下……"《敢问路在何方》这首歌契合了沂蒙人民勇于探索创新的品格。

中央明确指出：脱贫攻坚任务完成后，要全面推进乡村振兴，这是"三农"工作重心的历史性转移。推动乡村振兴是巩固脱贫攻坚成果最根本的措施。近年来，沂蒙人民按照习近平总书记对山东工作的重要指示和要求，把脱贫攻坚融入乡村振兴战略，把保持绿水青山作为乡村振兴的底色，贯穿脱贫攻坚全过程和各环节，持续改善农村基础设施和人居环境，建设"看得见山、望得见水、留得住乡愁"的美丽乡村，迈出乡村振兴的铿锵步伐。"打造乡村振兴齐鲁样板"的生动实践，在辽阔的沂蒙大地上描绘出一幅耀眼夺目、令世人叹为观止的长卷，农业高质高效，乡村宜居宜业，农民富裕富足，具有很高的鲜活度、知名度和美誉度。

天蓝，地净，山绿，水碧，人和。空气清爽，心情舒畅，是群众对

石泉湖村风景（刘惠芳／摄）

生态环境、生活品质改善和获得感、幸福感、安全感的现实检验指标。

　　1959 年，新中国成立 10 周年之际，莒南县卧佛山脚下的十字路街道石泉湖村，曾被国务院誉为"全国第一个社会主义新农村样板"。村落是由复旦大学设计院设计的，采用中国古代传统建筑做法，依山而建，房屋整齐，道路宽窄适当，与身后的山体山林浑然一体，别具原生态的韵致。我们走进舒同书写的"山东水库之母"（山东最早的一座水库）一侧的石泉湖村村史馆，瞪大眼睛寻找历史的足迹。据村史记载：1942 年前，村里只有 28 户贫苦农民，123 口人，其中 13 户雇工，3 户佃户，4 户讨饭，5 户逃荒下了关东，剩下的 3 户也是勉强度日。加上地主的压迫刁难和天灾人祸，人们在苦难中煎熬。特别是 1938 年日本军队侵占山东后，经常"扫荡"，到处烧杀淫掠，实行"三光"政策，老百姓的日子就更没法过了，被迫拿起简陋的武器奋起自卫。因石泉湖地理位置特别隐蔽，所以山东军区和八路军一一五师后勤部的仓库设在这里，机密文件、武器弹药、银行的银钞、医院药品、大众日报社印刷用纸，还有大量被服、布匹等军需用品，一车车、一捆捆、一箱箱，堆积如山。遇到鬼子来扫荡，就要全部疏散隐藏起来。

1959年，全国各地来参观的人络绎不绝。新村建筑全部为石墙瓦屋，配套建设了办公室、礼堂、公共食堂、会议室、学校、卫生所、图书室、幼儿园、广播室、民兵连部等公共设施，并安装了电话。这是莒南县第一个通上电话的村庄。根据新中国初期经济社会发展水平，一个小山村能达到这样的标准，确实是四邻八乡老百姓羡慕的样板村。

2019年6月1日上午，山东省推进乡村振兴暨脱贫攻坚现场会议观摩团全体成员来到石泉湖村，只见漫山遍野的山杏露出青青的小脑袋，甚是喜人。大家肯定了该村坚持红绿结合，建设宜居家园、美丽乡村的做法。跨进党旗广场和开山治水雕塑广场，与会者深深感受到这个村庄浓浓的历史厚重感和现实成长感。

石泉湖村后的青山卧佛山，被誉为"莒南天佛，世界奇观"。整座山像惟妙惟肖的卧佛，端庄安详、洒脱超逸、风采动人，让人不得不叹服大自然造化之神奇。

# 沂蒙最高山庄脱贫忙

"良宵出户庭，极目向青冥；海内逢康日，天边见寿星。"老人星，距离地球约310光年，中国古人认为它象征长寿，故为寿星。亮度在恒星中仅次于天狼星，或许是目前宇宙中最明亮的恒星。因它的位置太偏南，在我国北部看到的可能性极小。

众里寻他千百度，蓦然回首，它在天晴夜深处。2021年3月11日，我们来到临朐县西南边陲淹子岭村的高山房车露营基地，当地的同志介绍说，这里是齐鲁最佳观星地。天气条件极佳时，可看到第二亮星——老人星。这也是国内已知可见这颗亮星的纬度最高的地方。

"天苍苍，野茫茫，风吹草低见牛羊。"这番美景，虽有些苍凉，但很难得。遵循自然规律，治理环境污染，守住绿水青山，子孙后代才能享受美好生活，才有可能遥望星空、看见青山、闻到花香。

淹子岭村山势逶迤，林茂草密，视野壮阔。村西有悬崖，崖下有池，名曰龙泉。民国《临朐续志》载："山半有渊，水深莫测"，故名淹子。此村位于沂源、淄川、青州、临朐四县交界处，海拔876米，离沂山主峰直线距离四十公里，"一脚踏四县，鸡鸣闻三市"，它是沂蒙山区海拔最高的村庄。

临朐县淹子岭村（梅建/摄）

　　小村躲在深山里，原来村民赶个集要走二十里路；挑一担水，来回得走五六里山路；桃子、佛手瓜卖不掉，在地里一烂一片。这几年，淹子岭村喜讯不断：2016 年，临朐"全域旅游"发展步入快车道，成了可以凭借的"东风"；2018 年，惠及整个临朐嵩山 10 个建制村 13500 多人的"天路"建成通车，发展"乡村游"让原省定贫困村摘了帽；市长专程跑来调研，给予极大鼓励和政策扶持。小村发展起了以原始石头村落为载体的民宿和农家乐，吸引了大批游客前来。淹子岭村还入选了"齐鲁最美田园"，名气越来越大，原来卖不了的农产品成了旅客装后备厢的宝贝。如今这个只有 38 户的小山村，已有 22 户买了私家轿车，村里还专门建起了停车场……

　　村民李善霞没想到闲置多年的石头房经过修缮，还能挣钱。她这位"隐逸雅居"民宿的主人，过去和丈夫在外务工，辛苦一年也就能挣万把块钱。现在开农家乐，有时一天十几桌，虽然很辛苦，但她说："现在一年的收入，能抵过去十年！""真没想到，过去的村子、房子都是空的，现在活过来了，人气旺了，生意和日子都红火了！"

　　从山脚沿崎岖山路旋转而上时，我看到山峪间贫瘠的田地里立了许多竹竿，竿顶还架着网，一问才知道是种佛手瓜用的。佛手瓜耐旱，繁殖力和攀缘力强，一亩能产上万斤，肉质细嫩，市场走俏。深秋季节，佛手瓜叶蔓茂密，绿叶成荫，像绿地毯一样铺满了整个山坡。嵩山生态旅游区党工委书记王楷介绍说："目前，我们临朐县嵩山生态旅游区涉及的 7 个村已经全部脱贫。昔日人迹罕至，如今许多游客专程来休闲旅游。"想想，在星空下睡去，在鸟鸣中醒来，采花摘果，品茶畅谈，真正亲近自然、放松心情，是何等惬意呀。

　　历史上行政区域的交界处、边缘处，往往滴守边戍，大都人迹罕至，各种势力林立，老百姓生活相对困苦。具有历史价值的穆陵关就在临朐境内。穆陵因西周周穆王爱妃盛姬陵墓在此而得名。穆陵关是战国时期齐国修建的军事防务齐长城上的重要关隘，位于潍坊市与临沂市交界处大岘山山口，有"千里古长城第一关隘"之称，也是春秋战国时代齐国、鲁国的边界线。《山东考古录》载："齐之边境，青州以南，则守在大岘山；济南以西，则守在泰山。"昔日的雄风已经飞逝，沉积起记忆的厚重与沧桑。据说，姜太公、周穆王、齐桓公、管仲、孔子、齐威王、齐宣王、李世民、赵匡胤、李白、苏轼、蒲松龄等众多历史名人，都在穆陵关留下史迹和传说。当年，李白颠沛流离至此，写下："穆陵关北愁爱子，豫章天南隔老妻。一门骨肉散百草，遇难不复相提携。"一杯酒，离人愁，冷月清秋。古人的愁绪已飘散，恒定的山河，绽放着明媚的阳光。一路风雨、坎坷和尘埃，掩埋不了百姓勤劳智慧绽放的笑脸。

产业振兴，各村有各村的特色和路数。临朐县五井镇隐士村又称隐士崓，由一线十村组成，三面环山，只有一条路可以进村，交通很不便利，却在一定程度上保护了这座小山村的安谧和原生态。隐士村有种柿子的传统，是远近知名的柿子崓。隐士村种植柿树1.5万亩。为把柿子产业做大做强，隐士村组织合作社收购各家的柿子，让村民集中剥皮晾晒，并进行品牌包装，统一销售。隐士村内目前有电商经营户60余家，通过电商平台，每斤柿饼由以前的5元卖到18元、25元。2020年，通过村办合作社共出售柿饼20余万斤，产品出口韩国、日本等，隐士红霜柿饼知名度不断提升。在隐士人家合作社带动下，村内柿饼合作社纷纷出现，现有5家柿饼加工合作社，最大的可年销售柿饼30万斤。

沂蒙山区这类村庄很多。沂水县就有个小崮头村，因在对崮山西一小崮下而得名。小崮头村属沙沟镇，地处沂水、临朐、沂源三县交界，长期交通不便、封闭落后。当年著名的对崮山战役就在这里打响。建国初期，县电影队来村放映《董存瑞》，有的村民听说电影上有八路军，就提水拎饭赶来慰劳。2006年，村里通上有线电视，是临沂市最后一个通有线电视的村。2020 年，小崮头村贫困户年人均纯收入达到7000 元，实现整体脱贫。这些年，党和政府特别关心这个村子，通电、通路、通自来水、通政策，这个山村同步追赶着其他村庄，吸引着更多人的目光。"山乡人家居深山，满树杏花引蜂来。"

俗话说，"秋后的蚂蚱——蹦跶不了几天"。可如今，在临朐县沂山风景区伏峪村，养殖的蚂蚱却是一年四季蹦得欢。村支部带领村民成立"临朐飞皇蚂蚱养殖专业合作社"，靠养蚂蚱和蝈蝈蹚出了一条独特的致富路。那天，我们来到临朐沂山风景区上的伏峪村时，村民正在大棚里种植供蚂蚱食用的墨西哥玉米草。村民介绍说，这种玉米草像韭菜一样，营养好，产量高，是饲养蚂蚱的优质原料。这里的蚂蚱品种是"磴倒山"，听听这名字，就知道"伏峪'磴倒山'油蚂蚱"的跳跃能力。山坡上布满规格不一、用于养蚂蚱的简易塑料棚，支部书记王俊利介绍说："蚂蚱对环境要求很高，五十米内用农药，蚂蚱就被药死了。养殖户家不能点蚊香、打灭害灵药，如果有气味，就影响蚂蚱生长。我们用蚂蚱粪栽培的草莓、西红柿，都是绿色产品，市场走俏。"

# "遥烧"村的变迁

新中国成立初期，毛泽东主席指出，水利是农业的命脉，号召"一定要把淮河修好"。旧中国沂蒙山区水患多，经常"淹了临郯苍，捎带南邳州"。新中国成立后，党和政府十分重视河流治理，临沂先后修建了陡山、许家崖、岸堤、跋山等三十几座大中型水库。1959 年 10月 31 日，《人民日报》刊发《人民公社锁蛟龙》一文并加编者按说："临沂专区不做'伸手派'和'困难论者'，以自力更生为主，国家支援为辅，依靠人民的力量，一年之内修成六座大型水库，这是了不起的成就。"莒南县自1958年开始修建、坐落在沭河支流浔河中下游的陡山水库名列其中，在山东的水库中库容量排名第九。山西头村三面环水，背后是奇石突兀、群峦叠翠的马鬐山，出行特别困难，娶儿媳妇嫁妆都抬不进村，重病号只能众人抬出村医治，农家养猪都不敢养得太大。

记得1985年夏天的一个星期天，我陪时任莒南县委书记的张怀三到山西头村调研库区交通问题。我是县委新闻干事，加上张书记的秘书，我们三人乘坐村里的小船，飘飘摇摇、提心吊胆地登岸。村里开天辟地来了县委书记，成了天大的新闻。老人、妇女站在自家房前观看议论，还说说笑笑、指指点点，孩子躲在大人身后瞪大眼睛观望。村干部专门宰了山羊，中午我们坐在农家院子的大槐树下等着喝羊汤，大家摇着蒲扇，吹着山风，还算凉爽。不一会儿，热气腾腾的羊肉汤已经端上桌了，每人先盛了半碗品尝。嫩白的汤汁上面漂着油花，看着十分诱人，嚼一口原汁原味的羊肉，顿觉一股醇香从喉咙滑过，但似乎缺了点什么。这时，乡里的一位青年急急忙忙跑来说："盐弄来了，盐弄来了！"说完，坐在板凳上边擦汗边大口喘气。原来村里所有的生活用品都要从水库外边往里运，因为水库大，风浪大，小船轻易不敢外出，这里曾发生过遇风沉船淹死人的事。村干部介绍说，前些年，国家赠送村里一台12马力的拖拉机，正巧水库底干涸时开回了山西头村，后来因为山高水阔无路可走，从此就一直停在村部，天长日久成了生锈的"铁疙瘩"。

站在水库边，我仿佛看见了当年工地上红旗飘飘，号声阵阵，父辈们战天斗地、肩挑手推，千军万马热火朝天筑大坝的情景，感到那种巨大的力量在脚底震颤。库区群众服从工程大局拆屋搬家，没有住处就投亲靠友或搭建简易临时房屋，青壮年劳力开展劳动竞赛、挖土打夯、垒墙筑坝，周边群众送粮、送草搞后勤保障。据上了年纪的人回忆，各村以连排建制，一眼望去工地上密密麻麻全是人，一面面红旗迎风招展，粗犷的歌声夹杂着轰鸣的机器声和苍劲的号角声回响耳畔，彻夜不眠。尽管没有纷飞的弹火和弥漫的硝烟，却有战场上一般的紧张和拼命劲头。

村干部讲了一个发生在本村的小故事。有位嫁到外村的姑娘非常孝顺，老父亲突然病故，她痛苦万分，赶紧带着孩子回来奔丧。正巧天刮大风，所有船只没有敢动的，她在水库西岸焦急地转了几圈，就是没有办法回家祭奠。最后实在没有办法，她扑通跪在水库西岸的地上，画了一个圆圈，把成捆的冥纸点燃，哭着说："爹呀，女儿不孝，我实在没法过这水库呀。给您送行的纸钱，就请您老人家自己过来拿吧。"类似这种"遥烧"的事情还发生过一些。因此，人们听说去"遥烧"村就头疼。

2021年惊蛰这天，我再一次到了山西头村，映入眼帘的是一望无际的水面、水库上时有车辆通过的桥、满山苍松翠柏和掩映在树林中的房舍。如今，这个只有172口人的小村，成了省级旅游特色村，靠采摘和农家乐实现脱贫致富，各家还享受着国家发给的库区移民补助，村民大都买上了轿车，山西头村成了远近闻名、令人羡慕的好地方。村干部告诉我："1987年上级就帮助修通了这条跨越水面通往外边的钢筋混凝土桥，2015年又重新加固，极大地方便了库区群众出行，这真是一座救命桥、一条致富的大道。"

我走进一户农家乐，几位妇女正在洗刷、备菜，我问她们生活垃圾和污水如何处理。主人告诉我："这水库是莒南县城几十万人的水源地，我们不忍心污染它。我们有污水池，定期把污水和残渣剩羹拉运到水库外边集中净化处理。虽然眼前是大水库，但我们更要学会节约用水，珍惜每一滴水，保护好生态环境。"

# "光棍村"里孩子闹

2017年9月14日，中央电视台播出《山东费县：易地搬迁拔穷根》的新闻："这两天，山东费县崔家沟村有件大喜事，村里为9对新人举办了集体婚礼。两年前，很少有姑娘愿意嫁到这个村。"

3月初，我们实地参观考察了崔家沟搬迁原址和新安置区，了解崔家沟易地扶贫搬迁"三区同建"和贫困户搬迁后的生活状况。

路上，市扶贫办的同志给我们介绍了搬迁前道路两旁山岭、河流、庄稼和当时遇到的阻力等，我感受到了这张成绩单背后的心酸和艰难。

费县朱田镇崔家沟村是省定扶贫重点村，位于费县朱田镇西南15公里处的深山里，辖15个自然村530户1670人，其中贫困户260户768人，长期为连片贫困所困扰。崔家沟村坐落在连绵群山中，出行困难，孩子上学来回奔波，外出就医常因路途远耽误了救治时间。因水源匮乏、土地贫瘠，村民基本上是靠天吃饭，遇到旱天，生活用水需要瓢舀肩担，灌溉农田比登天还难。村庄被概括为行路难、吃水难、上学难、就医难、娶媳妇更难等"五大难"。外面的姑娘来相亲，看到进山的羊肠小道，连车也不下，转头就走了。据说，村里有位小伙子找了城里的一个姑娘，姑娘的母亲说啥也要到村里看看。当看见连绵不断的山和狭窄的山路时，她立刻改变了主意，坚决不走了，理直气壮地告诉女儿："咱回去，说什么也不能嫁到这种地方。你要是认我这个娘，就赶紧跟我回去。如果执意要嫁，我们就断绝母女关系！"

2015年，按照国家政策，通过易地扶贫搬迁，崔家沟村整村搬迁到了15公里外的朱田镇。当年，村里开会讨论搬迁的事，大家七嘴八舌，意见不一，有位老者痛心地劝说："我也恋这个穷窝。但我们村那么多光棍汉，再这样下去，咱这村子不就自生自灭了吗？如果不挪窝，咱就活不下去呀！"老者的话句句穿心，如醍醐灌顶，乡亲们恍然大悟，心里不再别扭，转为积极支持。

费县坚持"先安置、后搬迁"的原则，整合土地增减挂钩、易地扶贫搬迁等专项资金 1 亿元，在朱田镇驻地建设了崔家沟社区，共建住宅楼 16 栋、老年房 50 套，水电暖气功能齐全，高标准绿化、亮化、美化，还配套建设了幼儿园、老年活动中心、卫生室、金融服务站、图书阅览室等公共服务设施，方便贫困群众上学、就医、生活，使搬迁居民享受到和城镇居民同样的居住条件和服务。此外，还有三个就业安置园区，800 多名村民在家门口就能就业。让我感动的是，村里在公寓楼后边的空地，为村里 70 岁以上的老人，每户（人）留了 6 平方米的菜园，地块虽小，但种菜的标准很高。虽是初春，但菜园里还长着青枝绿叶的菠菜、香菜、蒜苗和大葱等，既延续了老人对土地深厚的情感，又让孩子们认识蔬菜并知道它们成长的过程。

2017 年 9 月份，村里为 9 对新人举办了集体婚礼。新郎裴后来和新娘吴敏就是其中的一对。2013 年，在江苏扬州打工的裴后来和江苏扬州的女孩吴敏恋爱，并生下一男孩，吴敏的家人得知后从江苏扬州老家赶来看望女儿，当他们看见崔家沟的情况后，立刻把自己的女儿和所生的孩子一起带了回去，此后两年都没有回来。2015 年，崔家沟整体搬迁，裴后来和其他人一起搬进了社区，并在附近找了一份比较稳定的工作，吴敏的家人了解情况后，又把吴敏和孩子送了回来，并参加了他们村的集体婚礼。现在，他们已经是幸福的四口之家，孩子就近在知方小学上了学。

该村村民裴甲友和费县薛镇的女孩孔祥粉相知相恋。2013 年，孔祥粉的家人到裴甲友家举行订婚仪式。女方的母亲来到崔家沟村，看见周围的生活条件，想着自己的女儿以后要在这里生活一辈子，当时就流下了眼泪，不愿意再去男方家里了。因为裴甲友和孔祥粉感情非常好，两人坚持在一起，但婚后他们没有再回崔家沟村，而是选择定居在了女方娘家。2015 年，全村集体搬进社区，裴甲友也主动要了一套房子，回家住了下来。每次街坊邻居开玩笑说："现在你们娘家还说我们这里条件差吗？"孔祥粉都会笑着回答："变化忒大了。现在不会了，不会了！"

　　崔家沟村搬迁前，孩子们上学需要到 8 公里外的宁家沟村小学。早上上学要提前一个小时出发，下午放学后天黑才能回到家，遇到刮风下雨天，更是让家长牵肠挂肚。搬迁之后，新建的小学——知方小学，离社区不到 200 米，孩子们冬天再也不用天不亮就起床了，吃完热乎乎的早饭，提前 20 分钟出家门也不晚，大大缩短了上学路上的时间，孩子们还可以利用闲暇时间到儿童活动中心、四点半课堂和图书室玩耍、学习。那童稚的欢笑声和朗朗的读书声，点燃了崔家沟村的梦想与希望……

费县崔家沟社区 2017 年集体婚礼

　　村民裴超群的女儿裴笑链搬过来时正在上小学三年级，由于成绩好，被安排到镇中心小学上学，和社区相距 2 里地。在山上时，她和其他孩子一样，每天上学要起早贪黑，家里需要专门接送，"以前最怕的是下雨和下雪的时候，坡大沟深，加上路滑，就怕遇到什么危险"。搬迁到社区之后，裴超群在社区综合服务中心开了一家超市，他的女儿就经常在综合服务中心的孔子学堂、图书馆学习。每年暑假，青岛理工大学的学生都会到这里进行为期一个月的社会实践，帮助孩子们补习功课，他的女儿也经常参加。除此之外，他女儿还参加了镇上举办的舞蹈培训班。"如果是以前在山上，俺一家老少想都不敢想。"他女儿还为此写了一篇题为《蜕变》的作文，得了全县一等奖。

　　2018 年，崔家沟社区集体收入达到 170 多万元。搬得出，还要稳得住。如今的崔家沟村山脚下，村民们可以从事服装和木材加工；乡亲们"离土不离乡、就业不离家"，原先住的山上面，已经通过生态修复，修起了环山路，建起了家庭农场。从山区搬进社区成了"市民"、走进企业当了"工人"、土地流转变为"股民"的崔家沟群众，在全面建成小康社会的大道上感恩着党的好政策。

　　崔家沟村搬迁后先后办了 41 场婚礼、迎来了 46 个小宝宝，28 名光棍除 1 人患疾外，其余全部"脱单"。以前的"光棍村""贫困村"，变身为"幸福村""样板村"，成为高效农业示范片区。

　　2021 年 3 月 2 日，我们来到崔家沟搬迁的新社区。只见 80 岁的李以英大娘正在绣荷包，她一边戴着眼镜往针眼里穿红线，一边介绍说："在这里干活，每天有几十元的收入，还能与老姊妹们见面聊家常，忒好，忒好了。"她的满足与幸福都洋溢在脸上。

　　我询问楼头上的老大爷，他摸一把胡须，笑着说："搬出穷山窝，真的过上好生活。早上、晚上看孩子们蹦蹦跳跳地上学、回家，心里甭提多高兴，我都能瞅到后人未来的好日子啦。这和过去比，真是一个天上一个地下。"

我们来到乡镇幼儿园时，孩子们已经午休。我们戴上口罩，冒着小雨，小心翼翼地迈进校园，脚下能感受到绿色塑胶地面的柔韧，不远处还有滑梯等儿童拓展设施。校园十分安静，但我仿佛听到了孩子们舒缓均匀的心跳声。这些搬出山窝窝的贫困家庭的孩子，如同欢快的小鸟展开翅膀飞上蓝天，与其他快乐的小伙伴们一道，在这里留下人生中最珍贵、最美好的童年记忆。我在想，等这一代孩子当上爷爷、奶奶时，会怎么薪火相传、给他们的后人讲自己的童年故事呢？

# 为众乡亲酿造甜蜜生活

2021年2月24日清晨，我们一行来到了山东省崮里花蜂业有限公司，也就是蒙阴县岱崮镇大崮村青年王维的家。北边是天桥崮，南边是梓河，梓河里残冰早已融化，成群的野鸭在嬉闹展翅，房前被修剪过的苹果树跃跃欲试萌新芽，果园下散养的鸡正自在地刨食。村民王维介绍说，他的父亲是木匠，母亲担任过村委妇女主任，小时候他经常听八路军大崮突围的英雄故事。在他上小学三年级时，他父亲又承包了村河边这十几亩荒地，经过多年的整修种植上了果树，建成了苹果园。放学以后他就来到果园里帮父亲，受父亲的影响，从小养成了勤劳务实、不怕吃苦的品格。

他在外闯荡多年，在日照市创办了一家进出口贸易公司，从事化工、木材、煤炭进出口等业务，小有成就，得到当地政府的认同。有一次与外商华人客户谈判时，他们聊到了各自家乡的建设和风土人情。这次谈判很成功，但也深深触动了他内心深处的故乡情结。那天，他回到大崮村温馨的家中却夜不能寐，侧耳远听，崮山飘来的风犹如昔日与亲人的交谈声，脑海是全是小时候在果园里玩耍打闹的场景，梦里还重现了当年父母疼爱关心他的情景。

第二天清晨，天刚蒙蒙亮，他来到天桥崮下的石墙旁，这是他父亲在山坡上捡碎石头用整整四个冬天垒成的，他手扶这道近一人高、蜿蜒崎岖 500 多米的石墙，仿佛看到父亲躬腰劳作的身影和对他的期盼。他的喉头突然哽住，不知不觉泪水涌出眼眶，滴滴答答地落在地上。这时，从崮顶飘来的细雨噼噼啪啪敲击着石墙，和他的眼泪溶在了一起。他暗下决心："一定完成父亲的遗愿，把果园建设好，报效家乡和父老乡亲。"妻子看出他回家发展的心思，主动支持。同时，他的想法与村里请他返乡创业的心思不谋而合。

"王维决定回家种地了。"一时村里什么议论都有。

"王维没种过地，不是种地的把式，不可能种好。"村里有的老人直摇头。

王维思忖，靠传统的种植，乡亲们辛辛苦苦却挣不了几个钱，必须引进新品种、新技术。说干就干，他先后成立了蒙阴县崮里旅游开发有限公司、山东崮里花蜂业有限公司、蒙阴县崮花园蜂业养殖专业合作社。在县畜牧局的支持下，他先期带动养蜂户 5 户，不久增加到全县 100 多户，实现了养殖、加工和销售一体化。他说："我要向平凡的蜜蜂学习，做一个为乡亲们酿造甜蜜生活的人。"他与山东丰沃集团合作，引进了荷兰富士品种阿森泰克、福布瑞斯、迷你国光、软枣猕猴桃、车厘子等。发挥沃贝克高效先进的果园管理经验，欧洲最新的全套果蔬栽培技术，带动村民转变思想，推广果园现代化、标准化、规模化、可持续的新种植模式。

有一天，天刚蒙蒙亮。当年曾怀疑王维这种耕种方式的老人，背着手来到一棵"迷你国光"的树下，望了望树上个头均匀、颜色红润的苹果，闻了闻久违的清香，情不自禁、服气地点头称赞。新职业农民王维身上的成熟与自信，为父老乡亲和乡村振兴带来了希望。

原来大崮村村民到大崮山，山下都是崎岖难走的山路，修条干净整洁的水泥路，一直是全村老少爷们的梦想。2020年新冠肺炎疫情期间，外出受限，王维一直没闲着，春节前他自己投资为村里修建了大崮山下一条长2.6公里的"兴崮"路，用青春力量赋能家乡的乡村振兴。

为记录自己的心迹，王维还学写了一首诗，表达自己的感情："岱崮地貌独天下，形态各异皆成画。昔日烽火变焦土，乡亲血泪崮上挂。梦回故里崮乡情，大崮小崮一村中。纯朴民俗几千年，远在万里梦中景。"后来又找人用毛笔写下来，装裱起来放在客厅里，时刻温暖和激励着自己。

因为约好中午在王维家吃地道的农家饭，我们沿梓河一路下行，来到了蒋家庄岱崮镇知青农场的蒙阴青牧生态农业开发有限公司，这是蒙阴县乡村振兴扶贫资金项目。不一会儿，从其他大棚里跑来了一位青年，他就是这个公司的法人王栋。为避免产业同质化，他们根据岱崮海拔高、昼夜温差大、土质优越的特点，独辟蹊径，发展葡萄种植，目前已引进培植了阳光玫瑰、葡之梦、蓝宝石、浪漫红颜4个品种，带动约150位贫困人口就业。王栋介绍说："红玫瑰葡萄是肉质果，耐储存度和甜度都相当高。它的甜度能达到20个糖以上，成熟后能挂在树上储存60天。"石门峪村的公为华笑着说："以往过了农忙时节就闲在家里，主要是照顾孩子和老人，没想到在农场找到了适合自己的工作，实现了在家门口就业，一个月有近3000元的收入，家里事还不耽误。"

岱崮镇党委书记王烈锋很得意地介绍说："我们按照'红色雁阵，振兴崮乡'的思路，想方设法吸引在外人才返乡创业，加快乡村振兴。"他如数家珍地说出了一串已经在本镇崭露头角的返乡创业青年

返乡创业项目——蒙阴县岱崮镇知青农场（公茂栋／摄）

人的名字：王维、王栋、窦宝友、刘保存、魏长城、李长伟、宋增朋、张建基、王明运、王刚等。"这十位是我们镇返乡创业的带头人，也是我们精心培土浇水的十棵'青春树'。譬如岱崮镇杨保泉村的李长伟，学的专业是国际贸易，毕业后在北京从事了6年的国际贸易，他毅然回蒙阴创建了蒙阴米云电子商务有限公司，在网上销售土特产品。2019年在岱崮镇注册成立山东臻选农业发展有限公司，主要从事农业种植、果品冷鲜保存、销售等。2021年正在建设一处农业示范园，带动乡亲们致富。"

　　农，天下之大业也。在基础相对差的农村推动乡村振兴，人才是关键。那么，如何引进、培育新型农业经营主体，推动乡村振兴？如何让愿意留在农村、建设家乡的人留得安心舒心？如何让愿意上山下乡、回报乡村的人更有信心、更有底气？如何让各类有志青年甩开膀子创业？如何让基层组织负责人破除"武大郎开店"的小农意识和"家园"思想，敢让"天下英才"来振兴？在这样一个瞬息万变、遍地机遇的年代，这一批到大学读过书的青年人却逆向而行，双脚又踏上自己曾经梦想摆脱的土地，燃烧青春，创建祖祖辈辈渴望的、丰衣足食的美丽乡村家园。

我们期待由点成串、点串成面，各地能为更多青年返乡筑巢搭建平台，能有更多立志创新创业、报效家乡的青年人返乡创业、造福乡梓。

# "千里眼"随降"及时雨"

《水浒传》里宋江有个绰号叫"及时雨"，是指宋江重情义，急人所急，想人所想，帮人所需。脱贫须防返贫。有位扶贫干部形象地比喻："返贫监测"就是安上"千里眼"，"即时帮扶"就是随降"及时雨"。

2020年，面对突如其来的新冠肺炎疫情和多年不遇的洪涝灾害，临沂把防止因疫因灾致贫返贫摆在突出位置。8月份，持续暴发强降雨，有1.38万名贫困群众不同程度受灾。全市各级第一时间行动，对3296户贫困群众受损房屋逐一开展安全鉴定，及时落实修复重建措施，努力把灾害损失降到最低。

面对产业升级、技术进步、社会变迁、农业全面现代化、农村人口城镇化和信息化赋能步伐加快的新形势，是否会有返贫、新贫现象？农村的贫困解决了，城市低收入群体如何解决？

临沂市不等不靠，逐步建立返贫监测和即时帮扶机制。对易返贫致贫人口实施常态化监测，做到快速发现和响应。重视对脱贫不稳定户、边缘易致贫户的监测管理，加强农村低收入人口帮扶，抓好易地扶贫搬迁后续帮扶，将可能致贫返贫的困难群众纳入即时帮扶范围，确保脱贫人口不返贫。完善农村社会保障和救助制度，健全农村低收入人口常态化帮扶机制。率先设立即时帮扶基金——"济临扶贫协作专项基金"，规模达到3.5亿元，对收入骤减、支出骤增贫困人口动态帮扶，已累计让5万余人受益。

　　国家明确表示："扶贫不养'懒汉'。"客观上，确实还有一部分人"无业可扶、无力脱贫"，像孤寡老人、残疾人、长期患病者等受到年龄、健康状况限制的特定贫困人口，还有因灾、因病、因意外事件致贫返贫的，他们和少数"等着扶、躺着要"的贫困人口不一样，是扶贫工作的难中之难，确实"难以扶持"。有的不仅身体有伤残，往往还伴有认知缺陷、情感障碍、独立意识差，有的有心理创伤，心灵上了"锁"。解决这类贫困人员的问题，难度可想而知。

　　罗庄区针对因大病、因学、因灾、因残、因突发事件、因产业失败、因就业不稳等产生致贫风险，未纳入建档立卡贫困户的141户困难农户，整合有关部门和力量，因户因人施策，统筹实施最低生活保障、特困人员供养、医疗救助、危房改造、学费补助、就业创业、临时救助以及社会力量参与的其他救助办法，确保新致贫的能即时帮扶，一人也不能掉在地上。

　　兰山区作为临沂的核心区，建立"网格排查、关联预警、精准确核、帮扶增收"的返贫致贫监督预警长效机制，划定红色、橙色、黄色三类预警级别，加强监测预警，防范返贫风险，保证脱贫工作的质量和成色。通过精准扶贫"二维码"，加强对脱贫不稳定户、边缘易致贫户的监测管理，走进贫困户家，只要一扫，都一目了然。目前已对4057名即时帮扶人员持续开展针对性帮扶，有效防止返贫和产生新的贫困。

　　实践证明，单纯的"输血式扶贫"短时间内能改善贫困地区贫困人口的生产生活条件，但容易忽略群众更需要的东西，比如人才的培养、机制的建设、观念的转变等等。脱贫攻坚与乡村振兴有效衔接，终极目标是增强"造血"功能，增强低收入人群自我发展和可持续增加经济收入的能力。临沂市立足老区实际，围绕培育和壮大特色优势产业，因地制宜，适当发展种养业、旅游业、林果业、畜牧业等等，加强政策引导，积极而稳妥地培育农民脱贫致富的主导产业。加快培育巩固脱贫攻坚成果和乡村振兴主体的自觉意识，激发农户、农民的积极性，促进政府、市场、社会等扶贫力量形成合力，不断增强乡村振兴的内生动力和发展活力。

致贫的原因很复杂，除客观自然条件和不可抗拒因素外，最根本的原因来于自身，一些人懒惰、消极、进取心不强，受等、靠、要、索思想支配。思想的贫穷和落后，是最可怕、最难改变的。愚公移山之所以感动天神，就是因为他不畏年老体弱，自力更生，主动进取，敢于战天斗地。沂蒙革命老区的厉家寨、九间棚村，发生翻天覆地变化的原因就在于此。通过脱贫攻坚，使贫困人口找准病因、对照差距、树立信心，同贫困顽疾做斗争，走出大山、冲出重围，奔赴小康之路。"幼有所育、学有所教、劳有所得、病有所医、老有所养、住有所居、弱有所扶"，每个人都能有所作为，是我们这个社会的支点和方向。在物质丰富的今天，简单的吃饱穿暖已经不是人们追求的目标和目的，物质、精神双丰收的获得感、幸福感、安全感，才是盼望的最终目标。

脱贫攻坚战为乡村振兴奠定了良好的经济、社会和群众基础，而乡村振兴又为解决相对贫困提供了重要平台和有力支撑。只有乡村振兴了，相对贫困问题才能根本解决。从另一方面讲，只有相对贫困治理与乡村振兴无缝衔接，让产业、政策、观念、社会治理等有效对接，发挥乡村振兴战略在相对贫困治理中的功能作用，才能推动乡村的可持续发展，提高农村人口的收入水平和生活质量。

扎实推进乡村振兴，让脱贫群众逐步步入共同富裕的康庄大道，还有很长的路要走。经过这一轮精准扶贫，乡村基础设施整体提升很大，未来更需要巩固和保障它的成果，让已脱贫的低收入群众减少遭遇疾病和灾难的返贫风险。地处沂蒙山东部的五莲县将因大病、大灾、突发意外等出现重大困难，通过临时帮扶救助措施仍然不能解决的一般农户，纳入"即时帮扶"，对他们落实医疗扶贫"六重保障"政策、推进产业就业扶贫、实施扶贫基金救助、落实政策性救助、一对一联系帮扶、扶贫宣讲激发内生动力等，开展系统化帮扶。目前，全县纳入即时帮扶户 57 户 142 人，建立了"后扶贫"时代长效治贫的"五莲路径"。

# 扶老携幼享天伦

老吾老以及人之老，幼吾幼以及人之幼。崇德向善、孝老爱亲、扶危济困是中华民族的传统美德，人人献爱心能聚沙成塔、集腋成裘。

总的来看，贫困地区自然条件千差万别、经济基础参差不齐、贫困程度深浅不一，许多贫困群众致贫原因复杂多样且会发生变化。农村老年人是脱贫攻坚中的特殊群体。在家庭易地搬迁、儿孙进城之后，难以走出大山、融入城镇的他们，是脱贫子女及后代的牵挂和忧虑。贫困家庭的子女接受良好教育，是阻断贫困代际传递的根本途径。

乡村正处于摆脱贫困束缚、走向全面振兴的历史嬗变之中。还有多少低收入人群或弱势群体，渴望我们伸出双手去帮扶、去温暖？还有多少空巢老人和留守儿童，盼望着在外务工的亲人如期归来？伴随我国脱贫攻坚任务的圆满收官和经济社会迈上高质量发展的快车道，人民群众对美好生活的"需求清单"也在不断扩容拉长，教育、就业、住房、医疗、社保和文化享受等已解决了"有没有"的问题，大家更关注"好不好""优不优""满不满意"。

人生路上，常常会面对自然灾难、疾病缠身、意外变故，以及失业、失恋、失婚、失能、失望等命运转换。这些坎坷和磨难会改写人的命运轨迹，甚至套上人生枷锁。四肢健全、年轻力壮的人，只要能顶、能抗、能争，就能逆袭命运，然而对于老年人和孩子来说，他们却很难凭自身力量逆转命运。因而，"一老一少"成为打赢脱贫攻坚战和巩固脱贫攻坚成果的难点，也是党和政府最大的牵挂，更是两大民生难题。沂蒙人民敞开大爱胸怀，无微不至地关心照顾，让他们乐享人间温暖与幸福。

民生无小事，枝叶总关情。莒县针对部分青年人照顾老人不上心和投入精力、资金不够等现象，设立"亲情宝"孝德基金，每月按子女拿100元、县乡补助奖励20元建立长效发放机制，实现了70岁以上建档立卡贫困老人全覆盖。温暖的亲情和笑声被点燃，死气沉沉的村庄活跃了，心劲和人气也旺了。

老病残人员是扶贫工作中的难点。对他们能否一视同仁地对待，更多关心照顾，保证生活质量和生命质量，直接考验社会良心和文明程度。临朐县舍得"绣花功夫"抓扶贫。全县有老病残人员1.1万人，占全部贫困人口的72%。为保障这部分人稳定脱贫不返贫，按照"集散结合、三级联动"的原则，对206名重度失能贫困人员，集中到养老护理机构照料；对1338名严重精神障碍贫困患者进行集中免费救治；对不愿或不适宜集中供养的，落实专人进行日常照料。同时，加强对不稳定脱贫户和边缘户的监测预警、动态识别，认真做好扶贫对象动态调整，共纳入即时帮扶户892户1767人。老人们生活有了依靠，高兴得又谢天又谢地。

临朐县辛寨街道王家楼村王建宝，2013年10月因脑膜炎导致脑瘫，生活不能自理，需要父母和妻子常年照料。一家人心焦火燎，无法外出务工，全家收入也极不稳定。他家自2014年1月纳入低保户，现为享受政策户。2018年6月4日，在党委政府帮助下，把他送到临朐景福养老院全天候护理，费用除去个人的低保金，其他的由县里和街道承担。家人来看望时说："医院的护理又专业又用心，比在家里强百倍，我们既省心又放心。"经过近三年的按摩理疗、康复治疗，王建宝病情有了极大的好转，父母和妻子都能就近务工，家庭收入有了保障，儿子也能在辛寨初级中学安心就读。我们一行打算去他的病房看望，照顾他的医务人员介绍说："王建宝自己感觉状态好了很多。回家过完春节后又请了假，希望在家多住些日子，陪陪父母和家人。"

曾有人给我讲过《心怀大爱董振堂》的故事，让我很受感动。长征时期，董振堂率领红五军团承担长征断后的重任，面对几十倍的敌人，多次完成阻击敌人的任务，为保障中央红军主力北上立下赫赫战功，荣膺"铁流后卫"的光荣称号。长征途中，一天红军女战士陈慧清突然要生孩子了。早不生晚不生，偏偏在一场激烈突围战刚打响的关键时刻要生，而且是难产。当时陈慧清疼得满地打滚，身边没有一个医护人员，只有几个红军小战士。一公里之外，董振堂正率领战士拼死作战。眼看顶不住了，董振堂拎着枪冲回来问："到底还有多少时间能把孩子生下来？"没人能回答。于是董振堂再次冲入阵地，拼命地大声吼道："我们一定要打，一定要打出一个生孩子的时间来！"战士们死守了几个小时，硬是等陈慧清把孩子生了下来。战斗结束后，一些战士经过产妇身边时怒目而视，因为很多兄弟为此战死了，但董振堂又说了一句足以载入史册的话："你们瞪什么瞪？我们流血牺牲，不就是为了这些孩子吗？"80年前，在那样残酷的战争情形下，一个钢铁军人说出这样的话，值得钦佩。毛泽东主席曾在延安对董振堂和红五军团做出极高评价，满怀深情地说"路遥知马力"，赞誉董振堂是"坚决革命的同志"。

多少年前，因为一张《我要读书》的照片，一位"大眼睛"女孩家喻户晓。这张照片唤醒全社会关心贫困家庭孩子上学这个重大问题。贫困家庭的孩子只有接受教育，才能走出大山，改变自己的命运，从而改变整个家庭的贫困境遇。教育扶贫的根本意义在于斩断穷根，让贫穷不再代代传递。诚然，物质方面的投入能解决贫困人口一时之困，却难以帮助他们从根本上改变贫困面貌，并且容易出现返贫。教育扶贫是从"根"上着力，提高贫困家庭脱贫致富的内生动力，积蓄人力资本和社会资本。临沂市完善了控辍保学动态监测机制，通过减免费用、生活补助、专项助学等方式资助贫困学生 8.9 万人次，杜绝因贫失学辍学。这些孩子在党和政府及社会力量帮助下，像其他孩子一样能说能笑、能跑能跳、能唱歌能跳舞、能发脾气能撒娇，学会用知识改变命运，脸上绽放着自信的笑容。自信是孩子心中最闪亮的那束光，呼应着黎明、朝霞、烈日、夕阳，让人欣慰，让人向往……

疫情期间，兰山区对全区建档立卡学生"一生一策"，不让一名学生在线学习掉队。兰山区半程中心小学排查出建档立卡学生张小盛和张大盛家庭困难，不能完成在线学习。他们的母亲患有精神障碍，生活不能自理，父亲靠打零工养家糊口。帮扶老师说："我们带着一台台式电脑和一台笔记本电脑，到这俩孩子家中一看，除了一张床，几乎没有任何家具，根本没有地方放电脑。"老师们在他家院子里找到一个破旧的缸，又找来几块地板砖，临时做了一个桌子放电脑。为兄弟俩安装好电脑、连接好网络，现场耐心教他们线上学习的方法，保证孩子们能在线学习。这些在很多人看来稀松平常的事物，在一些贫困儿童眼里，却是遥不可及的奢望。

17 岁的杨加爽家住罗庄区高都街道，儿时母亲因病过世，家中债台高筑，父亲常年在外打零工，照顾他生活的奶奶因常年辛劳，身体健康每况愈下，学费、医药费、生活费等支出让这个本就不富裕的家庭捉襟见肘，杨加爽一度面临辍学。2016 年，杨加爽家被识别为建档立卡贫困户。在扶贫政策的帮扶下，学校为他免除了学费、住宿费、书本费，每学年还有 2000 元的国家助学金。杨加爽没了后顾之忧，更加珍惜来之不易的学习机会，中考时，以全区第一名的优异成绩考入理想学校。2021 年高考，杨加爽以 652 分的优异成绩，被南开大学数理科学和大数据专业录取。

地处沂河东、沭河西的河东区以水的细腻与柔情、滋养万物的独特魅力，演说着动人的扶贫故事。因新冠疫情影响，171 名困难家庭的学生无法在线学习，区里为他们统一配备了智能手机或平板电脑，为 252 名学生办理免费"线上教学专业套餐"，确保每一名贫困学生都"停课不停学"。生活不能自理的特困人员集中供养率达到 51%，还为 740 名残疾人进行家庭无障碍改造。

位于山东省最南端的郯城县努力阻断贫困的代际传递，已经实现学前教育到高等教育的精准资助全覆盖，义务教育巩固率达到 98%，保学率达到 100%。

蒙阴县根据农村贫困老人故土难离、老家难舍、亲朋难分的养老需要，建立了"四有三不离"（老有所养、老有所乐、老有所医、老有所为，不离村、不离家、不离亲）的农村"幸福院"养老扶贫模式。这正如毛姆在《人性的枷锁》里所说："人追求的当然不是财富，但必须要有足以维护尊严的生活，使自己能够不受阻挠地工作，能够慷慨，能够爽朗，能够独立。"

吉夺体石是彝族人，早年与去四川大凉山打工的丈夫相识后，来到了五莲县石场乡西邵宅村居住生活，本以为能过上无忧无虑的好日子，没想到天有不测风云，家庭不幸接二连三。公公、婆婆相继因病去世，丈夫又患重病，完全丧失劳动能力。2014 年，她家被纳入第一批建档立卡贫困户。后来，丈夫去世，儿子正在上学，债务尚未还清，自己身体又落下毛病，真是屋漏偏逢连阴雨。她感觉好像天塌了一般，一度悲观消极，失去生活的信心。乡亲们看在眼里、疼在心上，从没把她当外人，经常照顾她家的生活，有什么事都主动想着、帮着。2018

年，脱贫后的母子人均纯收入达到 11067 元。为了防止返贫，2019 年 12 月吉夺体石家被纳入了脱贫监测户，她则在互助养老站为贫困失能老人提供洗衣做饭等日常照料服务，每年可获得工资性收入 8400 元，实现了稳定增收。16 岁的儿子在教育扶贫政策的帮扶和社会好心人的资助下，在县文华双语学校读书，他表示要努力学习，让母亲和乡亲们少操心，要靠知识改变自己和家庭的命运。吉夺体石说："以前我一直感觉我命特别苦，日子过得艰难，幸亏党的扶贫政策，改变了我和孩子的命运。我能为村里的老人们做顿热乎饭，感到生活又燃起希望，精神头也好了。"

"紧紧拉着老区人民的手，决不让他们在全面建成小康社会进程中掉队。"临沂人民一直牢记着习近平总书记的这个嘱托，积极寻找脱贫工作中的弱项和短板。解决贫困问题反映着党和社会的胸怀和境界，最让党、政府和社会牵肠挂肚的是老人和孩子。尤其是孩子，更让人挂心。他们发现还有一个容易被忽略的特殊群体——孤贫儿童。

2021 年 3 月 17 日，央视《焦点访谈》以《用爱奉献用心传递》为题，点赞临沂孤贫儿童志愿者服务团 8000 余名志愿者"一对一"帮扶 5317 名孤贫儿童，用实际行动诠释新时代沂蒙精神。

志愿者服务团团长徐军出身于兰陵县长城镇，幼年时因家庭贫困，只上完初中就外出打工、摆摊。自己经济条件好了，但始终惦记沂蒙山区的贫困群众，特别是那些贫困学生。他在一次走访贫困群众的过程中，发现了一个跟爷爷生活在一起的八岁孩子，那孩子自始至终没说一句话。这个"不说话的孩子"让徐军心里沉甸甸的。"我的心像是被针扎，被刀绞着一般……还有多少不会说话的孩子？该如何帮帮这些孤贫儿童？"自 2016 年至 2018 年春，他累计跑了 300 多户，召开了 60 多场论证会。他边调研边咨询，这些孩子大都在性格、行为方面存在问题，有的自卑自闭，有的品行不端，有的甚至即将走上犯罪的道路，直接影响甚至决定了孩子的人生走向。"众人拾柴火焰高，成立志愿服务组织！"这个消息一传出，立刻得到社会各界的高度赞赏。他们迅即组织志愿者，开展了一场史无前例的地毯式大排查。

"这些孩子是弱者中的弱者，是贫困中最贫穷的。"

"冰冷的心更需要温暖，给钱不如给话。"

"必须拯救这些孩子！"

他们先后创新设立扶贫超市、爱心众筹平台，支持"孤贫儿童志愿者服务团"等社会团体支援脱贫攻坚，8000多名志愿者奉献爱心回馈社会，结对帮扶4000多名孤贫儿童。"大爱沂蒙，天下无孤"成为广大志愿者们共同的追求。帮助这些孩子立起人生的"顶梁柱"，就会获得人生湛蓝的天，享受更多光明的早晨和更多温馨的夜晚。加入这支志愿队伍的人越来越多，络绎不绝，从沂蒙山区延伸到全国各地，前不见头后不见尾……

谈起这件事，徐军笑着说："我们是社会主义大家庭，我们是沂蒙母亲的后代，于公于私、于情于理都应该。市关工委、政府部门和社会有关方面非常支持我们。"最近，临沂市委专门发文肯定和推广"关爱孤贫儿童，帮助贫困家庭，为政府分忧"的志愿者服务方式。这是动员组织社会力量，推动精准脱贫走向纵深的一个有益探索。

人不是为钱活着，而是为希望活着。脱贫攻坚、乡村振兴给众多急切需要帮助的人带来了梦想和希望。孤贫儿童志愿者的成员都是爱的天使，怀揣爱的火种，温暖一颗颗惧怕的心和一双双忧伤的眼睛，为失去希望的孩子重新点燃希望的火苗，自己也享受着至高无上的爱和信任。

大爱无疆，大道无垠。守望相助、扶危济困，是中华民族的传统美德，也是中国特色社会主义的重要优势。沂蒙革命老区脱贫攻坚的实践证明，党和政府广泛动员全党全社会共同向贫困宣战，注重激发摆脱贫困的内生动力，引导贫困群众依靠勤劳的双手和顽强的意志战胜困难、改变命运，最终形成跨区域、跨单位、全社会共同参与的社会扶贫体系和力量。

一个人的力量是有限的，社会力量则能汇聚成庞大的"洪流"。无论扶贫工作，还是乡村振兴，要取得好的持久效果，政府这只手给力，市场和社会力量这只手覆盖面更广、更宽，能增添更多的温度和力量。

叙利亚诗人阿多尼斯在《我的孤独是一座花园》中写道："世界让我遍体鳞伤／但伤口长出的却是翅膀。"孤贫儿童经历过人生苦痛，重新回到扎根吐蕾的土壤，绽放起来必定欣欣向荣。

庚子年清明时节，我们回到故乡那个小山村，祭拜感恩祖先。乍暖还寒，春雨淅沥，远方响起几声惊雷，万物正接受着大自然的馈赠，奏响春天最美、最令人期待的乐章。《村居》曰："草长莺飞二月天，拂堤杨柳醉春烟。儿童放学归来早，忙趁东风放纸鸢。"那是多么春意盎然、令人期盼的乡村生活图景呀。

# 一声"爸爸"，热泪涟涟

我在泗水县微公益协会见到了一张泗水县的地图。它不是一幅普通的乡村地图，而是一幅爱心助学地图。这张地图是孙建涛手绘的，也可以说是泗水县微公益协会的志愿者们，用双脚一步步丈量出来的。张家峪村、肖家峪村、黄家庄村、白仲泉村、大城子村……每筛选完一个村庄，孙建涛和他的团队会在地图上进行标识，贴一张红心。6年时间，他们累计行程70多万公里，走访596个村庄的4800多个贫困家庭，为2200多名符合资助条件的少年儿童建立了详细的帮扶档案，通过各种途径筹集资金突破 2500 多万元。泗水县微公益协会的影响力越来越大，县里适时提出要把泗水县打造成"最有爱的城市、最有温度的地方"。

事情的起因，是一个贫困家庭的小女孩——娇娇。2014 年 9 月下旬的一天，喜欢摄影的孙建涛和同伴下乡采风时，走进了泗张镇上焦坡村一处破旧的院子。只见一男一女两个孩子一丝不挂地在院子里玩耍，一名目光呆滞的中年妇女坐在地上傻笑。堂屋的方桌下，一堆发芽的土豆是全家人准备过冬的食物。"小姑娘，你几岁了，想不想和小朋友们玩？""你家里有谁？爸爸妈妈去哪里了？"孩子怔怔地看着孙建涛，没有任何表情和声音。这是一个苦难的家庭，妈妈患有严重精神疾病，哥哥有自闭症、智力障碍，年迈的奶奶双侧股骨头坏死，靠双拐艰难挪步，老实巴交的父亲独力支撑着这个家。更严重的是，两岁多的娇娇还不会说话。志愿者们心急如焚。问起娇娇的未来，娇娇的父亲流下了无助的眼泪。

为改变娇娇的生活环境，经多方努力，征得家人同意，他们把娇娇接到了县城条件最好的幼儿园，并办理了全托手续。娇娇生日时，孙建涛和协会的志愿者都会赶到幼儿园陪她一起过。

让孙建涛最感慨、最记忆犹新的，是在一次过生日时，不说话的娇娇自发地、甜甜地喊了一声"爸爸"。这一声再平常、再普通不过的"爸爸"，猛烈地冲击着孙建涛这位男子汉的心，心中瞬间盈满幸福的暖流，让他感动得热泪涟涟。这是孩子对志愿者最好的回报，也是对志愿者们最大的奖赏。孙建涛说，真的比自己的孩子叫爸爸感觉还要好，因为这孩子太让我们牵肠挂肚，操心最多。这一声"爸爸"，说明孩子打开了心灵之门，彻底消除了我们的担心与顾虑。虽然这是没有血缘关系的亲情，但血管中流淌着的血液已融入超越亲情的大爱。2017年，娇娇升小学，协会给她联系了县城最好的寄宿制学校。每年娇娇

泗水县微公益协会陪伴娇娇过生日

的生日，志愿者都会专程为她过。如今，在政府的帮助下，娇娇全家人都享受了低保政策，生活有了保障。

孙建涛本是一个寡言少语的人。2015 年 8 月，为取得家人的理解和支持，孙建涛趁周末安排妻子、孩子和岳父母随自己一起下村。谈起那次经历，岳母单继伟记忆犹新："我们来到苗馆镇隈泉村，那个小女孩爸爸去世了，妈妈智障，土坯房裂缝都有十几厘米，房顶露着一个大洞，抬头就能看见天，桌子上厚厚的一层土，床上的被褥又脏又破，穷得连饭都吃不上。"这个场景深深地震撼了一家人。单继伟眼看着孙建涛给孩子做了纸质档案，回到家上网发帖求助。不到半天的工夫，就有一位济南的爱心人士回应，要资助孩子上学和生活。岳父曹延通拍着女婿的肩膀说："你做的是一件好事，太有意义了，一定要坚持下去。家里的事你不用管，有我们呢。"妻子、孩子也都挤时间参与微公益活动。

泗水县微公益协会是个传奇。他们已为2138名符合资助条件的少年儿童建立了详细的帮扶档案,持续为他们提供爱心助学、温暖小屋、带你看世界、微爱妈妈、大病救助、暖冬行动、心理疏导、兴趣培养、素质提升等全方位、精细化的帮扶服务。

我见到孙建涛时,他给我讲了他带学生去参观清华大学的故事。那天因参观人数已满,大家只好在清华园门口拍了张照片,没能进校门。孙建涛既内疚,又遗憾。他带着自责的口吻对孩子们解释:"同学们,真不巧,这次我们不能进去了,留点遗憾下次弥补吧。"这时,有位同学充满自信地说:"孙老师,不遗憾,请您放心。我要努力拿着学校的录取通知书,自己迈进这个校门。"孙建涛听到这里,带头鼓起掌来,两行热泪默默地流了下来。

我们去的那天,小朋友们正在以红色歌舞喜迎六一儿童节。"红星是咱工农的心,党的光辉照万代……"那歌声格外甜,传得格外远。

面对成绩和各方赞誉,孙建涛始终保持清醒。有人问他:"这些年做公益到底图个啥?有没有过想放弃的时候?"孙建涛只有一句话:"当你帮扶了一个孩子,并且看着她的命运因你的援助而改变时,那种成就感和满足感无以言表。"

五　乡村振兴开新局

# "乡村振兴齐鲁样板"啥样子？

2018 年 3 月，春暖花开，万物竞秀。十三届全国人大一次会议正在如期顺利召开，巍峨壮观的人民大会堂在阳光照耀下更显得神圣庄严。8 日上午，山东代表团各位代表得知习近平总书记要参加山东代表团的审议时，既兴奋，又紧张，更自豪。习近平总书记步入会场时，代表们全体起立，鼓掌欢迎。总书记在讲话时，要求山东全面推动乡村产业振兴、人才振兴、文化振兴、生态振兴、组织振兴。发挥农业大省优势，打造乡村振兴齐鲁样板。"农，天下之大业也。"山东是农业大省，工作基础、群众基础好，创造过辉煌历史。习近平总书记的重要讲话既放眼全局又有的放矢，点题乡村振兴战略这篇大文章，具有"画龙点睛"之效。

代表们心情激动，在感受关怀厚爱与殷切期望的同时，又感到肩头的担子沉甸甸的，责任重于泰山。有的代表说："山东人的肩膀上其实扛着'如期打赢脱贫攻坚战'和'打造乡村振兴齐鲁样板'两大历史责任。"脱贫摘帽不是终点，而是新生活、新奋斗的起点。习近平总书记和党中央赋予了山东"打造乡村振兴齐鲁样板"的重大责任、重大使命、重大机遇，给出清晰明确的任务书、时间表和路线图，必须乘势而上，头拱地往前冲，努力交出合格答卷。

"让老百姓过上好日子是我们一切工作的出发点和落脚点。"获得感、成就感和幸福感是内心的一种评定指数，是生活和生命的自由状态。脱贫只是第一步，更好的日子还在后头。

党的十九大把打好脱贫攻坚战，确定为"三大攻坚战"的一场硬仗。国家以脱贫攻坚统揽经济社会发展全局，把脱贫攻坚作为

"十三五"期间头等大事和"一号民生工程"来抓，这重大意义，这重视程度，非同寻常。从另一个角度讲，赋权、赋能脱贫攻坚，目的是保障贫困人口的生存权、发展权和人格尊严，当然更是贫困群众最真实、最贴心的渴盼。

2020年，是脱贫攻坚决胜收官之年，是全面实施乡村振兴战略的关键之年。站在打赢脱贫攻坚战和全面实施乡村振兴战略的重要历史交汇期，脱贫攻坚呈现突击性、局部性、紧迫性和阶段性特点，乡村振兴则具有综合性、整体性、渐进性和持久性的特征。

中央把农业、农村、农民问题统称"三农"问题。国家始终把"三农"问题放在党和国家全局重中之重的位置，成效卓著。我国是一个农业大国，经济社会发展不平衡、不充分的问题，集中表现在城市与乡村之间。农村存在的诸多问题，主要是城乡经济发展不平衡造成的。当前，我国已开启全面建设社会主义现代化国家新征程，"三农"工作转入全面推进乡村振兴、加快农业农村现代化新阶段。

我在沂蒙山区了解脱贫攻坚情况，与基层直接从事脱贫工作的同志深度交流，大家一致认为：人民日益增长的美好生活需要和不平衡不充分的发展之间的矛盾，就农村而言，"不平衡"既有发展经济与环境保护的不平衡，也有人与自然发展的不平衡，还有农民群众致富能力和生活质量水平的不平衡；"不充分"既包括绿色发展不充分，更有高质量、高效益发展不充分。"生存"与"生态"，"温饱"与"环保"都挺重要，中央强调"建设人与自然和谐共生的现代化"太及时了，以牺牲生态环境为代价的发展，是短视的，也是短命的，那是断子孙的后路。衔接乡村振兴战略，是实现长期稳定脱贫、防止返贫致贫、稳妥步入农村现代化的长远之道。乡村振兴就如同启动了一列高速列车，刚刚脱贫的群众步伐相对缓慢，把他们及时带上这列列车，就能同步驶进新的天地，步入更加美好的明天。

　　精准扶贫针对致贫因素，对症下药。精准采取扶贫措施，帮助每一个贫困户、每位贫困群众脱贫。其实侧重的是个体的微观政策。乡村振兴战略侧重于从宏观上顶层设计，为农村发展指明目标和方向，这是一个庞大复杂的系统性工程，意在推动农村经济、社会、文化、生态的全面发展和整体提升。因此，精准扶贫与乡村振兴在组织引领、产业支撑、人才保障、文化兴村、生态治理等工作举措上存在着高度的契合性和政策延续性，在实际工作中必须把乡村振兴顶层设计与推进"三农"的配套政策、精准脱贫微观措施落实有效地衔接起来。一段时间以来，农村发展出现了一些偏差。譬如，农村空心村和撂荒土地增加，原生态的乡村环境被破坏。土地污染严重，农民过分依赖化肥、农药、地膜和除草剂等石化类生产资料，粮食虽然一时增产了，但环境污染问题接踵而至，土地板结，水源污染，野生动物减少，怪病增多，环境污染让农村付出了沉重代价！只有始终坚持党管农村工作的总方针，坚持农业农村优先发展，不断优化农村产业布局，补齐农村民生事业短板，完善乡村治理，开辟农村发展新天地，努力构建农业强、农村美、农民富的秀美乡村振兴蓝图。

　　临沂市扶贫任务重。由于地形多样，贫困人口多分布在偏远地区，贫困村和贫困户呈现零星、插花式的特点。"插花式"贫困分布广，成因复杂，具有隐蔽性，给扶贫工作带来很大难度，更需精准识贫、精准施策、精准帮扶。临沂市跳出就扶贫而抓扶贫的旧路数，从实际出发，坚持大扶贫、大开发、大发展，着力解决影响群众脱贫致富的自然环境、生产环境和生活环境，搬掉"绊脚石"，刨掉"贫根子"，努力破解长期困扰农业农村发展的结构性、体制性、机制性难题，把短板补齐，探索建立政策长效衔接机制、贫困个体内生动力机制、扶贫主体利益联结机制、产业资金整合机制以及完善社会保障等返贫阻断机制。

　　在 2020 年度山东省各市经济社会发展综合考核中有两个市获乡村

振兴战略单项奖，排在前面的是临沂市。这张成绩单来之不易，也为全面实施乡村振兴战略打下好基础，开了个好头。

临沂市邀请中科院地理研究所，编制临沂市脱贫攻坚可持续发展示范区规划，努力构建多业融合、多点支撑、多元发展的体制机制，推进脱贫攻坚与乡村振兴有效衔接和融合。2020年4月，兰陵县委下发《关于推进脱贫攻坚与乡村振兴衔接融合的实施意见》，提出要"按照产业兴旺、生态宜居、乡风文明、治理有效、生活富裕"的总要求，发展壮大农村集体经济，构建人才支撑体系，大力繁荣农村文化，推进乡村绿色发展，夯实乡村治理根基，健全监测预警机制和建立解决相对贫困长效机制，推进扶贫成果普惠性转化，实现乡村振兴成果共享，加快精准扶贫与乡村振兴融合发展。一方面要巩固拓展脱贫攻坚成果，坚决防止发生规模性返贫现象；另一方面要做好与乡村振兴的有效衔接，推动融合发展，已累计投入7亿元开发建设了压油沟、山里王、百草谷等一批集规模种养、乡村旅游、康养服务为一体的现代农业产业园和田园综合体。依托经营主体，加大财政专项扶贫资金注入，利用"农业+"模式，拓展覆盖面，推进扶贫与农业、旅游、文化、康养等产业深度融合，实现周边村居集体和农户双增收。

2020年12月3日，我们在兰陵县代村调研时与王传喜同志探讨起这个问题。

"大家都在讨论'乡村振兴齐鲁样板'应当是个什么样子？你在实践中对这个问题有什么思考？你勾勒过'乡村振兴齐鲁样板'的轮廓吗？"

"这应当是我们农业农村农民工作的主题主线，也是目标和方向。"王传喜给出的答案听起来抽象一点，其实说到了问题的实质。

全面实施乡村振兴战略，必定是加快破解乡村发展不平衡不充分难题的重要举措和根本途径，也是适应中国国情农情和新时代农民渴望美好新生活的战略考量。打造乡村振兴齐鲁样板，推进乡村全面振兴，是"五位一体"总体布局和"四个全面"战略布局在农业农村领域的具体体现，是立足新发展阶段、贯彻新发展理念、构建新发展格局的战略支点，当然是有标准的，但不是一个固定模式，体现着差异化和个性特色。应当聚焦产业兴旺、生态宜居、乡风文明、治理有效、生活富裕这个乡村振兴的总要求、总目标，以推动乡村产业振兴、人才振兴、文化振兴、生态振兴、组织振兴为立足点、着力点，遵循乡村建设的规律，区别山区、平原、海边、河岸、湖区的优势和特色，扬长避短，推动城乡要素有机融合、一体发展。有计划、分阶段、分步骤地实施推进，实现农业高质高效、乡村宜居宜业、农民富裕富足，让农业成为有奔头的产业、农民成为有吸引力的职业、农村成为安居乐业的美丽家园。在这个过程中深化巩固脱贫攻坚的成果，杜绝贫困现象和产生贫困的土壤。

村庄是农业生产的载体。它以生命为对象，以自然和乡土文化为主要资本，以满足人类生存为目标的农业生产，是不同于工业的一种传统而独特的生产方式。在如何发展乡村经济上，我们一直容易被另一种思维所左右，即以工业经济的思维来发展乡村经济。这首先会遇到小农经济思维与调整经济结构、适度规模经营的障碍。兰陵县农企园是临沂市推动高质量发展现场交流会的"十佳好项目"。它的奥秘在于通过一次完成农产品深加工、装备制造、科技研发等方面的工作，形成完整的蔬菜全产业链，因而效果非同一般。没想到庄稼蔬菜离开土壤依旧生机勃勃，空中地瓜、辣椒、茄子、番茄、草莓……完全颠覆了我们的记忆和想象。

"乱云飞渡仍从容"，切莫"乱花渐欲迷人眼"。推进乡村振兴，遇到的首要问题是农民与土地的关系，农民与市场的关系，农业与二、三产业的关系，还有农业与信息化、农村与城市的关系，也可以说是难以绕过的始终羁绊乡村发展的信息不对称问题，小生产与大市场的矛盾问题，农产品品种、质量与消费需求之间的对接问题等。从宏观层面讲，就是如何巩固和完善以土地为核心的农村基本经营制度，加快构建三产融合的现代农业体系，大力培育懂农业、爱农村、爱农民的基层干部队伍，不断健全自治、法治、德治融通的乡村治理体系，健全乡村公共文化服务体系，培育崇德向善的文明乡风、良好家风、淳朴民风，走出彰显农业原色、农民本色、农村特色、具有本地特点的城乡融合发展道路。借鉴中医理论治理乡村，重视阴阳平衡、互补共生，搭建共治共享的平台，实现有形之治与无形之治的共融，形成乡村命运共同体。

"人气"是乡村振兴的"脉象"。脉象是指脉搏的快慢、强弱、深浅情况。乡村兴旺不兴旺，要看产业状况，农民能否在家门口就业。这些年，农民纷纷进城打工，从事农业的大都是老年人，年轻人根本不把农业作为养家糊口、成就人生的职业。我国曾经历了漫长的农耕文明社会。翻翻家谱，大都是为了逃难、躲避灾害和战乱，垦荒讨饭到荒无人烟的地方定居下来，繁衍生息，以家庭为单元、以血缘为纽带，形成族长、乡绅为组织头领的自治为主的治理模式。"男耕女织"解决了"吃"和"穿"这两个最基本的生活问题。新中国成立前，一些有识之士对土匪祸乱怀有切肤之痛，因此推进以农民自卫为出发点的乡建运动。尽管出发点是好的，但最终陷入缺思想引领、制度支撑、环境容忍的尴尬境地和失败命运。

当下，我们既要借鉴前人的探索，也要防范用城市人的现代眼光打造建设所谓的乡村振兴样板，建造不接地气的盆景，造成雷同或同质化问题。不着急不行，光着急也不行，政府直接操刀包办也会使主体责任错位、留下病根，盲目圈地发展非农化的产业也有潜在的风险。推动乡村振兴必须注意力集中，明确了方向和目标，就进入实战状态，不能分神，更不能朝令夕改，"东一榔头西一棒槌"。我们既被基层同志的拼搏奋斗精神所感动，所激励，又觉得有的同志对当地产业特色和市场需求研究得还不够深透，加之多数农民群众的市场意识、抗风险意识和自我发展能力比较弱，在产业发展上胆子小，致使一些地方产业振兴没能真正破题，或者仍停留在原来的产业层次上，有的只是改头换面、简单包装一下。实践证明，发展主导产业必须因地制宜，稳步培植，有耐心，见证成长，不能指望"一口吃个胖子"，也不能贪大求洋。

征途漫漫，唯有奋斗。实现乡村振兴是比脱贫攻坚更艰辛、更艰巨的战役，绝不是打个冲锋就能奏效的，也容不得松口气、歇歇脚，还要再吹"冲锋号"、再击"奋进鼓"，继续发扬脱贫攻坚精神，铭记"不达目的，决不收兵"的铿锵誓言，以"咬定青山不放松"的韧劲、"不破楼兰终不还"的拼劲，振奋精神再出发，继续"挂图"作战，集中优势兵力，攻下一个个"难关"，啃下一个个"硬骨头"。

# 田园综合体琳琅满目

注重解决小农户生产经营面临的困难，把他们引入现代农业发展大格局，是个迫切而重大的问题。把握好农民和土地关系这条主线，以推动小农户和现代农业有机衔接为重点，着力激发农业农村发展活力，全面推进乡村振兴也就有了制度支撑点。

2017年春，"田园综合体"作为乡村新型产业发展的亮点举措，被写进了中央一号文件，"支持有条件的乡村建设以农民合作社为主要载体，让农民充分参与和受益，集循环农业、创意农业、农事体验于一体的田园综合体，通过农业综合开发、农村综合改革转移支付等渠道开展试点示范"。

打造田园综合体，推进乡村振兴，动机和目的能说很多条。说一千道一万，如今到了农民唱主角的时候，只有村民自己主动追求和创造美好的生活，巩固脱贫攻坚成果才会持久。文化脱贫、思想脱贫、精神脱贫更是一条持久之路。

年轻人是农村可持续发展的关键性因素。年轻人拥有广阔的天地和发展前景，解决他们的后顾之忧，年轻人就会喜欢上农村，愿意留在农村生活。青年人回来了，积极、乐观和自尊回来了，村庄的精气神和活力也就苏醒了。

企业家和商业资本助力乡村振兴，打造亮点、示范点，这是好事，但必须有境界、有情怀、有社会责任与历史担当。也有人担心，如果动机出现偏差，管控不住虎视眈眈"揽钱"的这只怪兽，也有可能跌入过度追逐经济利益的圈套，留下难以弥补的伤痕，最终自身命运也会令人唏嘘难言。

沂蒙山区的田园综合体如雨后春笋，蓬勃发展，已有32个有一定规模和示范带动力的市级以上田园综合体。这种新业态顺应了农业供给侧结构性改革、生态环境可持续、发展新产业新业态、提高农民生活品质的要求，以传统乡村和农业、村落为基础，融入现代理念和创意思想，保护与创新、传统与现代、历史现实与明天、生产生态生活相融合，持续构建新时代农民富足、舒适、文明的生产生活方式和城乡融合发展的"现代田园"。围绕田园生产、田园生活、田园景观展开建设，初步形成"花开似锦、绿树成荫、村容整洁、设施完善、乡风文明"的大生态文明格局。乡村传统和农耕文化的质朴、原生态面貌融入现代创意农业，彰显出农业这个"一产"为主导、多产多元并存的园区特色，发挥出了产业价值的乘数效应，尤其是在乡村振兴的起步阶段更是功不可没。我实地察看了沂蒙山区许多田园综合体，从构成要件上分析，主要有城郊现代农业观光型、特色农业产业园区型、文化创意"三产融合"发展型、"三生统筹"绿色生态旅游休闲型、现代农业与传统农事交汇体验型等。许多地方已经成为广大民众和游客喜爱的"打卡地"。各地依托红色资源，串点成面，陆续推出以红色文化为主题的研学旅行和线上线下党课等活动，进一步丰富党史、国史、英雄史学习教育，传承红色基因，凝聚红色力量。

尹家峪田园综合体，位于沂水县神奇的"天上王城"脚下、美丽的马莲河畔，是山东省首批田园综合体试点项目，也是由国企投资规划建设的高端田园综合体。先后发展有机农业8000余亩，成功建设了

尹家峪田园综合体（沂水县扶贫办供图）

金龙山农业专业合作社、天地合生态休闲庄园等有机产业园区，有蜜桃、黄桃、葡萄、苹果、草莓、藕6种果蔬获得有机认证。像夜空中珍珠般洒满银河的星星，地面上的萤火虫、蝴蝶、青蛙、蜻蜓等自然界生物，也成了风景区的生态要素。目前沂蒙花开景区、云水间民宿、云悦游客中心、崮水间文化酒店均已营业，已吸引众多青年创业者和外出务工人员回乡创业。我请当地的同志客观真实地做了统计：2017年以来，新增就业岗位1600人，其中吸纳本土农民就业1207人，产业引领脱贫致富效果明显，为230户群众提供了就业或效益分红；吸引返乡创业青年人才393人，本科及研究生以上的150人。更可喜的是，就业家庭新增出生人口数也持续增长，2016年出生10人，2017年46人，2018年57人，2019年82人，2020年96人。

沂蒙花开景区快乐芒果馆的陈成梅，2020年从山东师范大学新闻传媒学院硕士研究生毕业，9月底就来到"崮乡泉庄"创业。她说："在沂蒙山区乡村振兴的大潮中，未来田园尹家峪前景美好，在这里工作、生活特别舒心。"

"别人都来建设我的家乡了，我是这片土地养育长大的青年，更应该为家乡的建设贡献自己的力量，把自己家乡建设得更加美好。"冬藏时节，在金龙山有机蜜桃园里，我们遇到了1991年出生的小伙子魏宗国。他自豪地介绍说，他原本在北京从事武装押运工作，看到家乡的变化，毅然返乡创业，当新型职业农民。2016年，他来到金龙山农业专业合作社，主动请缨养护起了50亩、2200棵桃树。他在网络上结识了淄博市的妻子曹洪莲。他们于2017年春结婚；2018年底，小两口喜得爱子；2019年，夫妻俩种桃收入达到了32.3万元。告别时，魏宗国高兴地说："我感觉农村这片土地能让年轻人梦想成真，我们现在享受的就是新时代农民的美好生活！""农民，一定会成为令人羡慕的职业。"怀揣发展希望，把人生价值镌刻在故乡大地上的返乡创业青年逐步多起来了，这是最令人欣喜和鼓舞的好苗头！

在乡村振兴的大潮中，一些有志向、有情怀、有知识、有本事的青年人从城市回归农村，甘愿当新型农民，真是可喜可贺！伴随优胜劣汰的历史法则和激烈的市场竞争，众多眼光准、思维活、有耐力的返乡创业者，大展宏图，呈现出良好的发展前景，也有的因赶时髦、追潮流，昙花一现。这也很正常。

长期以来，农民不仅是一种职业称谓，还是一种身份象征。农民作为中国社会最庞大的群体，获得社会平均待遇的机会却相对少。新时代乡村全面振兴，最重要、最核心、最难的是让农民成为令人羡慕的职业。怎样才算令人羡慕？农民与市民之间的身份等级界限被打破：工作选择的机会多，且体面有尊严，令人尊重；经济来源广、渠道多，收入要高且稳定有增长；生活舒心，一年四季享受田园美景，既"诗意栖息"，享受老少团聚的天伦之乐，又能享受到与城市居民一样的生活设施、社会福利和公共服务，忙时田间劳作，闲时旅游或做自己想做的其他事情，生活丰富多彩；参与社会事务的机会多，虽然扎根农村，但也融入城市，能够全面自由发展，同样有向上流动的机会和空间。

兰陵压油沟田园综合体走的是政府组织引导企业、合作社和农户联手，综合做好"山、水、林、田、路、居"文章，坚持美化环境、保护生态，留住原有的村落格局，留住特有的乡土味、人情味、民俗味，龙头企业带动、乡村旅游扶贫、文农旅融合发展的脱贫致富之路。这里三面环山，一面临水，仍保存着良好的生态环境和丰富的文化遗存。老街、石亭和松林组成了一幅秀丽的画卷，酒坊、馒头坊和煎饼坊勾起了人们美好的乡情记忆。这个田园综合体，带动了周边 14 个村 302 户 511 人脱贫。2019 年，压油沟、小东山村集体分别增收 19.78 万元、21.45 万元。普普通通的一些古村落，在历史的宏大背景里，在勤劳智慧的沂蒙人民手中，被赋予了古老又鲜活的生命，令我们热爱且

兰陵县压油沟田园综合体项目——东山盆景制作服务社（王佳朦／摄）

珍惜，顿增温暖且坚定的力量。

为解决部分老年人居住楼房上下不便的问题，景区开发企业和压油沟村投资 150 万元建设了 21 套老年周转房，并配备独立厨房、卫生间、整套家具、家电等配套设施，老年人可以拎包入住。那天，我们来到了 82 岁的夏立玉老人家。他是党员，还当过兵，患腰椎间盘突出和高血压，老伴宋传秀也患糖尿病和高血压，被确定为建档立卡贫困户。他高兴地介绍说，他原来住在压油沟山上，是山石垒插的老房子。2020 年 6 月，扶贫周转房建成后，他首批搬迁居住，没想到街道和村干部想得这么周到，免费给配备好了电视、沙发、炊具等生活用品。年龄大了，不愿意住楼房，这里还有个小院，自己种了一点菜，图个心情，吃个新鲜。2020 年，老两口总收入 15472 元，人均 7736 元。收入来源包括：土地流转 4000 元，孝善养老金 2200 元，扶贫产业项目收益 2160 元，退伍军人补贴 1470 元，慈善捐助 2570 元，养老金 3072元。看病也挺方便，可以先诊疗后付费，门诊就医"两免两减半"。另外，村里在搬迁过程中，还建起了"压油沟青年社区"，不仅能满足压油沟村青年因结婚分户的用房需求，还能满足因景区开发周边村的拆迁安置需要。

平邑县九间棚田园综合体主打九间棚品牌，联合知名电商平台，组织网购节、电商节、消费节、直播节、线上展会等活动，广泛对接长三角地区都市圈，利用电商物流，直播带货等手段，助销平邑县金银花、黄梨、山楂、苹果、黄桃等绿色优质特色农产品，取得了良好的经济效益，发展前景广阔。

临沭县曹庄镇"朱村柳韵"田园综合体，以"临沭杞柳""红色朱村"为核心元素，将柳编文化、红色教育、休闲度假巧妙融合，属于

朱村柳韵田园综合体外景

政府倡导、群众自发参与建设的模式。我们惊喜地看到，用杞柳、印尼藤编织的床、沙发等生活物品，精致、环保，在国外很畅销。只见朱村村头脚手架林立，吊车在转动，建设者在忙碌，正在紧锣密鼓地建设村史馆和治淮馆等场所，已于2021年七一前完工。

莒南县洙边镇的茶溪川田园综合体，突出茶和溪两大主题元素，以茶产业为支撑，按照现代农业科技园区、生态文化旅游区、宜居宜业田园社区同建的思路，是整合扶贫资金、引入外商投资建设开发的。已配套建设金龙湖原茶小镇、葛家山禅茶小镇、洙溪河隐茶小镇、净埠子书茶小镇。群众高兴地说，党的好政策是咱致富的"源头活水"，如今吃的、用的、穿的都上档次了，老的、少的都有照顾，看病有新

洙边镇茶溪川田园综合体（莒南县供图）

农合，买东西有商场；村里广场还装上了健身器材，茶余饭后，随时可以健身、拉拉唱唱、蹦蹦跳跳，这日子忒好了……

费县东蒙乐华田园综合体，按每亩 1000 元流转村民土地，坡地栽植了 1500 亩林果；通过筑坝、修建水库，灌溉了农田山林；采用水肥一体化技术，提高土壤肥力。园区采取"农民种田、企业管理"的方式，让农民在家门口成了"产业工人"。原来一家一户种花生、玉米等农作物，扣除成本，一亩地也就收入 200 元。通过打造田园旅游、餐饮美食、农事体验、亲子萌宠、研学度假等功能区域，游客能体验"日游蒙山、夜宿田园"的惬意。

淄博市沂源县是沂河源头，也是沂蒙山的源头。沂源猿人和牛郎织女的传说名扬海内外。沂河源田园综合体重视文化元素的保护和挖掘，走"艺术活化乡村"的路子，已建起了作家文学馆、"艺术活化乡村"、乡村振兴学院等。民营资本下乡，以公益的心态回馈家乡，描绘出一张"美丽村居"和《桃源山居图》的蓝图。文化滋润了这个山村的气质与美感，复活了乡村记忆、乡村味道。

潍坊市临朐县城西的红叶小镇·樱花谷田园综合体，已成"三季有花、四季常绿、全年有景"的花园式特色景区。有山楂、苹果、柿子、樱桃等采摘园，有画家村和书画展览、民俗文化、红丝砚、中药养生、盆景艺术 5 个博览园，还同步连片打造了付家峪、寨子崮、谭马等高品质的美丽乡村，分明是集餐饮住宿、种植采摘、娱乐垂钓、健康养生于一体的现代农家庄园。尤其亮眼的是利用过去开削过、遥相互对的山体，雕刻下高大的"福"字和"寿"字，"福"字开笔那个点就有三米多高。

日照市五莲县的白鹭湾田园综合体顺应现代青年人对美好田园生活的向往，由世界顶级的规划师、建筑师、艺术家规划设计，建设了字里窗间书店、心灵之谷、水街等前卫作品，仿佛耳畔响着一曲"山水林田湖草"协奏共鸣的田园牧歌，呈现出农文旅融合的全新业态，成为时尚青年人追寻诗和远方的理想休闲度假地。白鹭湾三面环山、一面临水，一群白鹭在漫步、飞翔、筑巢、繁育……再现人与自然和谐共存共荣的美丽景致。

田园综合体是新生事物，是一个值得开拓探索、试验体验、总结完善的"世纪命题"。如何"长命百岁"、领跑乡村振兴，避免超越现实、垒盆景和同质化等问题，都还需要在实践中正确把握、科学回答。

# 赴约心灵的村庄

脱贫攻坚取得胜利后，要全面转入推进乡村振兴，实现"三农"工作重心的历史性转移。如何实现巩固拓展脱贫攻坚成果与乡村振兴有效衔接？在任务交汇和过渡期，做到工作不留空当，政策不留空白？任何事物都有个成长过程，我欣赏了田园综合体的风光风采，还特别关注了成长性好的乡村，以及开始萌芽、成长的村庄。如果按生命周期算，应当算萌芽成长期吧，前景看好，真正成熟辐射尚需时日……

2020 年深秋，我们来到沂南县依汶镇驻地北约 4 公里的青杨行村。身材高大的村支部书记刘晓军介绍说，青杨行村自明代立村，因青杨树多而得名。发展比较慢，现有脱贫仍享受扶贫政策人口 161 户 258 人，是全省扶贫工作重点村中贫困人口较多的村。2020 年驻村第一书记进村后，就着手解决水、电、路、桥等这些老百姓最关注、最急迫的民生问题。眼下对房屋进行了统一美化，有特色的房屋和混合灰墙都保留了下来。村中的青龙河因去年"利奇马"台风和今年特大暴雨等灾害，桥身和河道被冲毁，刚刚完成河道清淤疏浚和整修；远处正在新建村党群服务中心，约1300平方米，建成后能提供多种便民服务、电商服务，还有卫生室和幼儿园、老年人活动场所，村里老老少少都有了活动的地方。原来道路两旁私搭乱建的养猪棚、羊棚和柴火垛没了。充分考虑山地环境、美观实用、便于管理和老百姓的习惯喜好。东边河堤上，为了乡亲们种小菜园方便，铺上一条小石板路，菜园里的菜有的还绿着；西河堤上各家房前道路对面栽着石榴树和柿子树，还清晰划定了停车位。一问才知道，村里美化的树，由村里统一种植，各户在门前认领管理，"谁管理谁受益"，谁家管理的果树结的果子归谁家，没有认领的由村集体统一管理，这样一来，苗木可以得到很好的保护，老百姓也能受益，一举数得。

村支部书记又兴奋地带我们去新开的网店参观，只见摆满了本村特产小米、蜂蜜、花生、土鸡蛋、车头梨等，还有他自家晒的柿饼。驻村第一书记刘英杰递给了我一块柿饼热情地让我们品尝。我撕下一块填进嘴里，味道纯正、甘甜。我们笑着说"该注册'沂蒙红'商标"。在说笑间，我们来到了贫困户王少兰家。老人家87岁，身体很硬朗，精神头挺好，育有2个儿子3个女儿。在交谈中她直夸党的政策好，不愁吃，也不愁穿，房子刚被翻修加固过，家门口的道路也硬化了，还有村集体的光伏及产业也有分红，日子越来越有奔头了。

梭罗在《瓦尔登湖》里曾这样写道："每一个早晨都是一个愉快的邀请，使得我的生活跟大自然自己同样地简单，也许我可以说，同样地纯洁无瑕。"我行走在沂蒙大地，经常把路过的村庄幻化成我故乡的小山村，幸运地遇上自己熟悉的街口、田畦、树木和人群，我坚信这是大自然的邀请，更是心灵的邀请，享受着与大自然水乳交融，在田园生活中感知感恩自然，重塑自我的心路历程。

转林新村，位于临沭县最南部，处于山东、江苏交界处。以前所辖四个自然村没有一条水泥路，转林西村村民出村只有一条土路，尤其是雨天出门更困难，很羡慕相邻的外省村庄。原村办公室是一个破旧的两层简易楼房，出进会议室需通过楼房东侧用废铁焊接的简易楼梯，院子出入车辆很困难。群众笑话说：村"不像过日子的样儿"。2020年开始按照全村路网整体规划，使用"四联八建"贫困村提升工程资金，硬化了村内主次街道和进出村的路，村里也有了直奔省道的水泥路；还投入资金120余万元，打造户户通道路工程，改善群众出行条件，彻底改变了"老百姓晴天一身土、雨天两脚泥"的状况。通过建蔬菜大棚和扶贫车间，实现了集体与村民双增收。全村建档立卡贫困户237户412人，都走出了贫困的泥潭。老百姓的心被暖了，心也齐了起来，感觉能抬起头、有奔头了。

实施乡村振兴战略，是彻底摆脱贫困、实现共同富裕的内在要求。各地脱贫不脱政策，持续巩固提升脱贫质量，将培育壮大特色产业与制定合理的减贫、防贫计划结合，努力促进乡村振兴和精准扶贫的衔接与融合，推动农业、农村现代化和农民生活的品质化。五莲县地处黄海之滨的鲁东南低山丘陵区，东邻青岛。他们针对山区特点和各乡镇产业基础，重点支持发展潮河茶叶、户部葡萄、松柏民宿、樱桃、汪湖蘑菇、中至油桃等特色优势产业，实现了利用扶贫资金引领带动绿色产业发展、破除传统种植观念、促进农业产业提档升级的多赢效果。全县各乡镇实现绿色产业项目全覆盖，樱桃、油桃等价格提高了十倍以上。脱贫后的群众高兴地说："俺这里绿水青山更美，金山银山更大。"

# 乡村振兴重在"全面"

脱贫攻坚战收官，全面实施乡村振兴战略，这是破解农村发展不平衡不充分难题的根本途径，也是适应中国国情农情和新时代农民利益诉求的战略考量。一方面，农民群众日益增长的对美好生活的需求是重实际、重品质、重质量的，在农业领域的反映必然涵盖安全、健康、丰富、营养、生态文化价值等多样化和多层次的需求。另一方面，工业化、信息化、现代化和城镇化影响甚大，尤其是东部沿海地区，它对人们思想观念和生活方式的影响之深，怎么形容也不为过。而在相对偏远的乡村，人们的知识文化水平偏低，远远跟不上时代和科学技术发展的脚步。城镇化、现代化带来的负面影响还挺大，譬如土地撂荒，一些地方村庄"空心化""空巢化""老龄化"、文化"沙漠化"，传统价值观被冷落扭曲，真像处在十字路口，进退两难。正炙手可热的乡村振兴，将进一步深化农业供给侧结构性改革，推进农业由增产导向转向提质导向，再塑农业发展新优势，实现传统农业向现代农业的跨越式转变，成为快速城镇化和全面现代化进程中的"稳定器"和"蓄水池"。

纵观世界各国，对推进乡村建设，都做过许多探索，总的是"工业反哺农业、城市反哺农村"。由于发展阶段、城乡结构均衡状况以及自然地理等不同原因，遇到的难题和采取的路数各有差异。欧洲很多国家经历过工业革命，比较早实现现代化。虽然在现代化建设中，那些发达国家也出现过大量农村人口流失，经历过一段时间的衰败，政府及时进行了纠正，促进了城乡互补。有些国家没有农村，基本上只有农业和农民，同样根据本国实际进行了探索实践。譬如日本的一村一品，德国的有机农业，法国、瑞典的生态农业，荷兰的农地整理，以色列的精准农业，美国的规模化专业化等，"他山之石"有借鉴价值，精髓在于不抄不搬，从实际出发，不"一刀切"。

乡村富庶曾是我国盛世历史的标志，也留下过数不清的优美田园浪漫诗篇。新中国成立后，城乡关系曾经历分离和逐渐形成"二元"

的过程与结构。短短二十几年，我国就由一个传统农业大国变成建立起完整国民经济体系、初步实现工业化的国家，经济发展集中在城市，象征二、三产业在国民经济中比重的箭头一直攀升，直至突破九成以上。随着改革开放和经济社会的快速发展，大量农民工进城，农业增收困难，城乡区域发展开始失衡。在全社会富裕程度普遍提高、共同富裕成为共同价值追求的历史背景下，如何更多地关注农村低收入人口，建立起灵活及时、常态化的帮扶机制，及时伸出社会救助的手掌，拉着脱贫群众共同富裕，让农村成为安居乐业的美丽家园、农业成为有奔头有吸引力的产业、农民成为有尊严有品位的职业，最终走向城乡统筹融合、同荣共享的持续健康发展之路，这是一个重大而迫切的问题，也是一道世纪难题。

农业、农村、农民问题是关系国计民生的根本性问题。党的十八大以来，我国已经解决了绝对贫困这个困扰了中华民族几千年的大问题。乡村振兴，同样是中华民族几千年没有解决好的大问题。从精准扶贫到乡村振兴这是"三农"工作重点、重心的战略性转移。基层同志普遍感到，国家明确表示脱贫攻坚主要政策继续执行，做到摘帽不摘政策。扶贫工作队不能撤，做到摘帽不摘帮扶。要把防止返贫放在重要位置，做到摘帽不摘监管。这实际上是国家在为贫困地区从脱贫攻坚走向乡村振兴保驾护航、"扶上马、送一程"。脱贫攻坚给贫困地区和贫困群众带来了实实在在的利益，这么难啃的硬骨头都限期拿下，极大地增强了人民群众对党和政府的信任感，同样也坚定了大家谱写乡村振兴新篇章的决心和信心。

临沂市大力发展现代农业，引领农业生产方式"三级跳"，搬掉压在贫困村庄、贫困群众身上的大石头，交出了一份优秀农业答卷：从"吃不饱"到"吃得好、吃得安全、吃得健康"，从"一方水土难养一方人"的贫弱苦乏，到"生产美产业强、生态美环境优、生活美家园好"的乡村振兴"沂蒙样板",正步履铿锵地迈向乡村振兴齐鲁样板的"沂蒙高地",为新时代乡村振兴的锦绣长卷添上了浓墨重彩的一笔!

兰陵县按照"乡村景区化、产业景观化"的思路,加快推进串点成线、集中连片,打造独具特色的乡村景观带,把乡村"美丽资源"变成了"美丽经济"。比如,长城镇立足芦塘村草莓种植基地、居村驴肉深加工专业村、李湖埠村豆虫养殖基地、李宅村猕猴桃种植基地、徐圩子村高端苗木示范园等十几个特色美丽村庄,整镇打造"兰陵小江南",形成集田园风光、农耕文化、乡村旅游于一体的美丽宜居乡村示范区。

沂蒙人勤劳、听话、本分,已经开始对标最高、最优、最好,既有"坐不住、等不起、慢不得"的紧迫感,更有久久为功的韧性、驰而不息的坚守,还有足够的历史耐心。有人告诉我:"我们既然能解决摆脱绝对贫困这个世界级难题,也一定能打破世界各国在现代化进程中乡村衰退这一'铁律'。"我坚信,只要实事求是、尊重规律,必定能解决好乡村振兴战略实施过程中不平衡、不充分、不同步的问题。

推进乡村振兴,重在做好"全面"文章。各地越来越重视村庄规划,许多地方启动实施村庄基础设施建设工程,全面改善农村水、电、路、气、房、网络等条件,促进教育、医疗、文化等资源向乡村覆盖,加快镇域县域内城乡融合发展。临沂实施农村人居环境整治提升五年行动,审慎稳妥地推进美丽宜居的乡村建设,让广大农民减少生活琐事的困扰,有更多获得感、幸福感和安全感。农业强不强、农村美不美、农民富不富,决定着全面小康社会和社会主义现代化的质量与成色。许多村庄都有树龄长的树,它连天接地,迎送晨昏,护佑着房舍、人畜、农具、方言土语,以及婚丧嫁娶风俗,给清淡的日子以守护和陪伴,甚至有我们说不明白、理解不了的安慰与支撑。历史文化其实就鲜活光亮地活在乡村的各个领域和角落。在我们这样一个历史悠久的国度里，即使再偏远闭塞的乡下，无论是村庄、村院、房屋建筑、门牌号码，还是地名、山名、河名，乃至一条小街、一个小胡同，甚至千百年来固有的一些生产方式、生活习惯、民俗文化传统，包括已渐渐淡出人们记忆的饮食和手工艺，都融入了文化的因子，浓缩了历史文化的精华。养育我们的那个小山村，就算是再普通不过的小山村，其实遍地都是文化记忆、文化遗产呀。它们是村庄精美的插图，也是村庄窄小空间的一抹亮光或希望的生长点。

那天，我们走进兰陵县压油沟风景区内无人不晓的"老咸菜坊"。女主人海燕正谨慎灵巧地摆弄着咸菜，滔滔不绝地向我们介绍自己用最传统手工艺做的咸菜的品质和口感。压油沟村是省定贫困村，在未进行旅游开发前，村庄破旧、交通闭塞，海燕一家靠打零工为生，没有创业机会。2013年海燕一家经民主评议纳入贫困户。由于咸菜是纯手工制作，食材新鲜，游客喜欢捎点品尝。她最高年收入在20万元左右，并带动了10余名妇女就业。2020年，通过电商网络平台，产品还销往北京、天津、上海、杭州等40多个地区。这个"老咸菜坊"藏在沂蒙山区的山沟里，产品却通过网络销售渠道送达天南地北，赚来了发达地区、城里人的钞票。

眼下，我国的互联网技术发展迅猛，电子商务、支付宝和微信支付、便捷物流发展迅速，尤其是2021年我国将基本实现东部地区快递直投到村，中、西部地区分别达到80%和60%，这将刺激国内经济大循环和城乡互动消费大爆发，由此促进和带动生态种养业、加工业、物流业和生态旅游。我国是生物多样性的大国，陆地和海洋生态系统类型全球最多，且具有历史悠久的农业历史。中国人勤劳智慧和俭朴，我们把饭碗端在自己手里，且食品丰富，既有诸多有利条件也有实际困难，但我们有信心、有实力和能力回答好"21世纪谁来养活中国人"的"布朗之问"。

　　立足新发展阶段，贯彻新发展理念，构建新发展格局，沂蒙革命老区在推动高质量发展中绿色转型，呈现农业全面升级、农村全面进步、农民全面发展的新局面，正在探索形成绿色生态的乡村振兴之路。到处都是新产业、新项目，新村、新貌，农村"自治、法治、德治"结合，农民安居乐业，携手共建共治共享平安家园，既讲情分，更重公平，生命生活有了保护神。沂南县朱家林村在手机"村民有福 APP"上，村民的积分榜名次一目了然。该 APP 核心内容是奖分和扣分，记录村民在日常生活和行为上的综合表现。积分项共有 7 大类 40 多项细则，涉及道德建设、环境改善提升等多方面内容。给老人洗脚加 30 分，给老人买新衣服加 10 分，拍全家福加 10 分……信用积分管理，实现了好人好事多发现，积分奖励常相伴，让农村管理更加轻松，村民生活更加美好。此举将过去由政府主导的村规民约形式，转化为村民间的讨论，让百姓参与其中，强化了村民主体意识，成为适应手机普及，村民乐意参与，可复制、可推广的乡村治理形式，避免费力了不讨好，让科技赋能助推乡村治理。

# 成风化俗润心田

　　泰沂山区是适宜古人类生存和居住的地区之一，远在旧石器时代就有人类居住。1966 年 4 月，新泰市东都镇乌珠台村南一个中寒武纪石灰岩溶洞中，出土了一枚人类牙齿化石和一批哺乳动物化石。被确定为旧石器时代晚期智人，距今 2 万—5 万年，学界定名为"新泰智人"。1981 年下半年，在沂源县骑子鞍山东麓的一个石灰岩裂隙中出土的"沂源猿人"化石，形态特征与北京猿人相似，首次揭开山东省所在区域新石器时代人类生活的神秘面纱，闪烁着东夷文化的光芒。

"丰年留客足鸡豚。"仓廪实而知礼节，五谷登而国基固。中国人把饭碗牢牢端在自己手中，无论过去、现在还是将来，都是重大的基础性、根本性问题。不出三代五辈，中国人哪一个不是从农村走出来的。农民喂鸡、种菜、耕田、收割等农活，发芽、灌浆、开花、成熟等耕种环节，不再是可有可无的琐事，而是很有仪式感的乡风民俗。农村美不美，既看环境面貌，也看精神风貌。一个村庄，祖祖辈辈多少代生活上几百年，沉淀记忆、叠加着文化基因，毁弃只是瞬间的事，修复却很难，有些是不可能的事。眼下的乡村绝不是趋于完善，而是存在许多问题。有的村庄暴露出了铺张浪费、无序竞争、炫富攀比、封建迷信抬头、婚事大操大办、薄养厚葬、不孝敬、离婚率升高等现象，核心问题是出现道德崩塌、社会失序和文化失调。在国际化、工业化、城镇化和文化消费快餐化的大背景下，不少文化形态、生态正迅速萎缩，尤其在偏远贫穷落后的山村更为严重，令人心疼和惋惜。谁能体会"晓镜但愁云鬓改，夜吟应觉月光寒"的况味？

近些年，大量村民进城务工，农民长期在外受到外界各种思想的影响，逐步认同和接受城市的文化和生活观念，农村原有的生活方式被打破，农村文化生活方式进入"新旧并存"的过渡期，传统文化在萎缩，平静缓慢的乡村生活节奏被打乱，城市现代文化在农村又没扎下根，思想观念出现碰撞和错位。中国是个人情礼法社会，像婚丧嫁娶、生儿育女、养老送终等民风习俗，看上去只是日常生活中的一些仪式和习惯，却对百姓具有重要的精神价值，是生命、生活的重要组成部分。移风易俗、成风化俗，看似改变行为习惯，实质上触及了思想观念，是个"老大难"问题。"老"在千年遗风，"大"在涉及千家万户，"难"在革除陋习、除旧布新。沂水县委主要领导介绍说：我们这届县委、县政府换届后的第一把火，选在了推进殡葬改革上。调研发现，70%—80% 的陈规陋习集中在殡葬上，薄养厚葬、装棺再葬、大操大办、攀比炫富等现象屡见不鲜，既浪费了土地和木材，也耗尽了财力和精力，有的人为办一场所谓体面的葬礼耗尽了家财，有的甚至因葬返贫。我是在农村长大的，深知这个事的难度和敏感性，当然也有风险。事后总结起来，只要坚持"以人为本""逝者为大"，真心实意地站在群众角度上想问题，掌控好操作的环节和细节，就没问题。2017 年 5 月以来，沂水已实现了"全民惠葬、厚养礼葬、逝有所安"，已有 32043 户逝者家庭享受到"殡葬全免费"政策，户均减负 2.5 万元以上，累计节省社会殡葬支出近 8 亿元，其中贫困人口 1.02 万人，节省 3 亿元，解决了因丧致贫、因丧返贫问题；节约土地 1000 多亩、木材 3 万多立方，山林防火压力逐年减小；"追思会"举办率 90% 以上，丧葬陋俗得到有效遏制，移风易俗蔚然成风。这一做法在全国属首创。"文明节俭办丧、生态安葬的理念越来越深入人心，逐渐成为风尚。"

　　2020 年 5 月，沂水县又针对一些人盲目攀比、好面子等心理催生的高额彩礼、婚宴大操大办、人情随礼偏重等陋习，本着依法依规、群众自愿、因地制宜的原则，大力推进婚俗改革，倡导喜事新办和简约、时尚、文明的婚嫁新风，弘扬"风雨同舟、相濡以沫、责任担当、互敬互爱"的婚姻理念。提倡一般群众随礼不超过 200 元，规定贫困户随礼不得超过 50 元，极大减轻了嫁娶攀比给群众带来的沉重的经济负担。有位新婚的青年说："婚礼前一天志愿者们就到家里帮忙布置婚房，婚礼上镇长专门来证婚，文化站的志愿者表演了节目，这婚礼办得既热闹得体，又省钱省心，一生难忘。"

　　《道德经》云："含德之厚，比于赤子。"真正的圣人，内心白璧无瑕，如同刚刚出生的婴儿一般，赤诚纯洁，坦诚干净。人降生本纯洁无瑕，是过多的外部污染和欲壑难填，导致人生命运悲剧。梁漱溟先生在 20 世纪 30 年代进行乡村建设，在山东邹平领导"乡建"实验。

他认为当时中国主要的问题是文化失调，要救中国必须救乡村，而救乡村的根本办法是解决乡村文化失调和破产的问题。他说："如果中国在不久的将来要创造一种新文化，那么这种新文化的嫩芽绝不会凭空萌生，它离不开那些虽已衰老却还蕴含生机的老根——乡村。"虽然他的实验缺少制度和社会支撑不可能成功，但问题却点到了"穴位"。新中国成立初期的 1958 年，毛泽东在全国掀起了一场声势浩大的"民歌运动"。尽管当时农民大多数是文盲，这些群众性文化活动在内容和形式上都比较粗糙，但农民"自己编、自己演、演自己"，实现了自我组织、自我教育，增强了乡村文化自主性、自信心和自豪感，多数农民被动、怯懦、谦卑的文化心态得到扭转。广大农民带着翻身做主人的喜悦和自豪之情，以高昂的格调、乐观明朗的笔触和质朴的语言，创作了大量乡土气息浓郁、现实感强烈的好作品，展示新生活的明丽图景。那个炎热的时代，涌现出一批"农民诗人""农民画家""农民歌唱家"。

当高楼大厦在中国大地上遍地林立时，中华民族的精神大厦也应该巍然耸立。信仰是在浮躁尘世中立下的一根坚实的桩柱！一个时代的画卷，底色是人心；一个民族的复兴，关键在精神。许多地方坚持"老百姓自己的事自己办"，突出群众主体地位，在上级指导下，成立红白理事会和文明劝导队，及时发现和制止歪风陋习，实现自我管理、自我服务、自我约束、自我监督。通过发挥村规民约这个村庄"小宪法"和村民理事会作用，广泛开展文明创建，推动基层法治、德治、自治相融相促，文明、简朴、和善、友爱的农村新风尚日渐形成。

2021 年春节，中国人经历了疫情大考之后，过了一个平安祥和的年。我岳母因大病在医院治疗三个多月，刚治愈出院，家人和亲戚朋友们悬着的心终于落地。她把能回家和全家人坐在一个餐桌前其乐融融地吃年夜饭当成神圣而伟大的事，自己高兴得像个孩子，吃年夜饭时夸"这个年，我过得真开心！""这么大个国家，家家都能安稳舒心地吃上饺子，真了不起！"

大年初一，我沉醉在相互拜年道贺的气氛之中。最让我感动的是金生馨发在微博上的一篇短文，我一直铭记在心。说："除夕这天，珠海一家三口过天桥时，六岁男孩突然拱手朝着一位坐在地上乞讨的老人说，'爷爷过年好！'"

老人听到祝福声喜出望外，有些惊愕，但随即笑开了花。他赶忙从零钱里挑了张面额最大的 5 元钱，装进红包里递给男孩。

男孩迟疑了一下，并没有马上收老人的红包，而是将头转向妈妈，眼睛里透出询问。妈妈深思一下，示意孩子收下这位爷爷的红包，并且马上回了一个 20 元的红包给老人。

正巧看到这一幕，真的好感动！这就是真、善、美的最好体现！男孩给乞讨老人拜年的真，老人给男孩压岁钱的善，男孩妈妈回赠红包的美，若这一刻同时绽放的礼花。这是文明的礼花，温暖了世界！

"文化可以立国。"梁晓声先生这样解读"文化"的内涵：植根于内心的修养；无须提醒的自觉；以约束为前提的自由；为别人着想的善良。对于弱势群体而言，书籍可能是唯一可以消弭与富裕阶层之间在知识获取上鸿沟的重要平台。乡村环境美了，路两旁的美丽鲜花，沐浴着风雨快乐生长，蝴蝶在飞，鸟儿在吟唱。空气纯得像没有一丝杂质，飘荡一缕淡淡的清香味。

消灭贫困，不仅仅是解决因贫穷造成的生活窘困，更要消除精神生活匮乏，复苏人的尊严和自强，满足广大人民群众日益增长的审美和文化需求。乡村富了、美了，人们心情舒畅了，穿衣服也讲究了，农户家里菜橱边上悄悄摆上了书籍，有的摆上书橱。有的地方已经把书店开到村里，那天我冒着小雨坐在沂源县朱家户村的书店门口喝了一杯咖啡，看穿着时尚的青年人在翻书谈笑，看有的乡亲拘束又腼腆

沂源县朱家户乡村书店（刘宗文／摄）

地跨进书店，挑选爱看的图书。我感觉乡亲们说话也文绉了，再也听不到昔日骂大街的脏话了，文明蔚然成风。不养父母、不管子女、不理智的攀比风、过度的人情债和低俗迷信等消极文化现象，风靡成风后，已经开始枯萎。渴望乡村文化多一些"泥土芬芳""乡土味道"，既为我们留住乡愁，也创新传承乡村文化，这是中国人的家园情结，也是美丽乡村建设的灵魂。

## "头雁"领飞群雁随

　　大雁很少单独飞翔。雁阵秋天南下，春天北归，湛蓝的晴空下，翅膀上洒满阳光，头雁领飞，排开"一字阵"，合唱着、相互借势向前方飞翔。

乡村振兴如此重要，由谁来振兴乡村？"农民富不富，关键看支部；农村强不强，关键看头羊。"经济基础转型、出题目，上层建筑必须调整适应、做文章。生产力要素得到了极大扩展和释放，传统的生产关系必然发生革命性变革。生产方式、就业方式和生活方式发生变化，社会形态巨变，组织形态也必须重塑。事实证明，没有组织振兴就没有产业振兴，更谈不上人才振兴、文化振兴和生态振兴。办好农村的事情关键在党，实现乡村振兴更需"头雁"先行。我国经济社会发展中最大的结构性问题是城乡二元结构问题。过去在重城轻乡的二元体制下，曾经出现一些农村基层组织无人管事、无钱办事、无章理事，导致农村空心化、农业边缘化、农民老龄化、集体经济空壳化，村庄缺人气、缺活力、缺生机。农村的人群主要是留守妇女、留守老人和留守儿童，组织何尝不是"留守组织"呢？中国乡村社会其实是一个以亲情关系为维系纽带的社会，具有敦厚、本分、好客、重情、抱团、感恩的亲情特质，与农民兄弟打交道交朋友也必须有同样的思维和感情，才能快速融入。这也是中央强调"培养造就一支懂农业、爱农村、爱农民的'三农'干部队伍"的一个重要原因吧。

"同样的山，同样的地，人家能发展得好，我们为什么不行？"

"兵熊熊一个，将熊熊一窝"，觉醒的农民群众开始求贤若渴。

"头雁"领飞群雁随，凌空展翅聚团队。

县是"一线总指挥"，乡镇承上启下，村是"前沿堡垒"，齐心协力领跑乡村振兴的速度和质量，形成上下贯通、真抓实干的乡村振兴体系，各级党组织成为乡村振兴的主心骨。乡村振兴，人的振兴是关键。把解决发展问题和解决思想问题一起抓，唱响听党话、跟党走的主旋律，弘扬沂蒙人民保持勤劳致富的精气神，激发自信自强的内生力，培养新型农民，鼓励各类人才主动投身乡村振兴的主战场，让乡村振兴真正围绕人、依靠人、为了人。

"党员干部打头阵、男女老少齐上阵",这是沂蒙革命老区自战争年代形成的优良传统。这些年,临沂市运用战时思维、战斗理念抓扶贫,实施了"百千万"沂蒙老区脱贫攻坚行动和"双16"推进计划。选派了百名县级领导包镇、千名第一书记包村、万名机关干部包户;在社会层面,号召百家强企帮镇、千家电商帮村、万家志愿家庭帮户;在区域层面,把全市16个县区(开发区)作为脱贫攻坚的一线指挥部,分片挂牌作战;在行业层面,由16个职能部门分别制定16个扶贫专项方案,分线协同攻坚,在全市掀起了全党动员、全民参与脱贫攻坚的热潮。

为深入推进脱贫攻坚,先后选派8275名机关干部到贫困村、集体经济薄弱村担任第一书记,5.7万名帮扶干部开展结对帮扶,冲锋在前、勇挑重担,默默奉献和付出,抓党建、促脱贫,带领贫困群众摘穷帽、改面貌,彻底解决了一些村班子"思路不清、办事不公、服务稀松"的问题。

郯城县地处山东省最南端,接壤苏北;早在商代,少昊氏后裔即于此建立郯国。"孔子师郯子""鹿乳奉亲"故事和齐魏"马陵之战"发生在这里。这里自古是土地肥沃、水系发达的富庶之地。

位于郯城县李庄镇南部的沙墩村,以前因村子宗族矛盾突出,村情复杂,村民频繁上访,12345热线投诉工单每周都有,最多时达到50多条,各类土地流转欠款比比皆是,村办公室的墙上和电脑上经常贴满工单纸条,成了远近闻名的乱村、"头疼村"。2019年7月,退役军人王玉威通过选配改革考选的方式,挑起了沙墩村"当家人"的重担。异村任职的他从处理12345热线投诉工单入手,走街串巷,逐户逐人了解情况,个别棘手的问题一户要跑二十余趟。凭借这股韧劲,不到三个月时间,他就成功化解矛盾65件,帮助村民催收土地流转欠款

200余万元。群众亲切地称他为"撕纸条"书记。他带领党员干部解决了历史遗留问题和村民生活环境、医疗条件差的问题之后，围绕发展哈密瓜种植等特色产业，又带领支部班子在全镇率先创办专业合作社，流转土地2500余亩，打造新型农业示范区；先后组织带领村民赴寿光等地开阔眼界、学习新型大棚种植技术，已有190多名村民完成了从普通农民到职业农民的转型。通过集中生产经营，村民把心思用在了发家致富上，年均增加村集体收入30余万元，带动村民增收300余万元，跑出了由乱到治、由穷到富的乡村振兴"加速度"。在2020年的村"两委"换届选举中，王玉威以高票异村当选。

这是郯城县推行村级组织书记专业化管理的一个缩影。由于农村优秀人才外流严重，选村干部只能"矮子群里挑高个儿"，农村工作任务越来越重、越来越急，村干部"撂挑子"的越来越多。怎么办？郯城县实行村党组织书记"专业化管理"，就是对优秀村党组织书记，在不改变身份、来源和工作性质的前提下，参照乡镇事业人员管理模式，建立权、责、利基本相当的选拔使用、管理考核、激励保障机制。抬高门槛，打开进口，打通出口，实现优胜劣汰，激励好干部，政治上给地位、拓展成长空间，可挂任县直部门、乡镇或先进村居的职务，单列公务员和事业单位人员考录计划；专业化书记人均月报酬4352元，由县财政统筹，按月发放，比原标准提高97.3%。泉源乡泉南党支部书记王献礼任职41年，工作一直领先，月工资达到6132元。正常离任，会有比较优厚的养老保险待遇，这让村支部书记们工作更踏实，更安心了。

这种改革，虽然看不到惊涛骇浪，但布满困难、充满挑战，就像一路奔腾的沂河水，汹涌前行，瞩望大海。

# 接力赛场展风采

"土货不出，外货不入"曾经是沂蒙山区的真实写照。改革开放以来，沂蒙革命老区、沂蒙人民发扬沂蒙精神，抢抓机遇，真抓实干，城乡面貌、经济总量、人均收入等重要指标，均发生了历史性变化，为党和国家争了光、添了彩。

如今无论本地人，还是外地人，说起临沂的巨变，都竖大拇指。同样的自然条件，同样的工作基础，为什么临沂变化大？当然这能从不同侧面和角度，概括出无数条原因。但最根本的取决于党的全面坚强领导，得益于社会主义制度的优越性，得益于党和国家的政策威力和帮扶支持，得益于临沂人民勤劳智慧、真抓实干。要说最有临沂特点的经验，还有一条，那就是历届市委、市政府一张蓝图绘到底，不换频道、不改车道、不调风向，一任接着一任干，一仗接着一仗打，一代接着一代干，聚沙成塔，积小胜为大胜。更深层次的原因在于沂蒙精神已经内化为沂蒙千千万万普通人的行为准则和规范，成为沂蒙普通人的品格和追求。

一个家庭，一个村庄，一座城市的变化，都是国家巨变的缩影。临沂发展变化的历史轨迹更生动地折射出国家发展巨变的历史脉络。习近平总书记在2013年底视察山东时强调：一分部署，九分落实。改革蓝图有了，现在的关键是把蓝图一步步变为现实。临沂市历届党委、政府始终坚持"一张蓝图绘到底、一届接着一届干"，一心一意、一笔一画地勾勒发展蓝图，积小胜为大胜，积跬步致千里。"功成不必在我"，但"功成必定有我"，史册成为公正记录者。特别在中心城市规划建设上，2002年临沂市就邀请吴良镛、周干峙等全国著名城市规划专家制定了《临沂市城市空间发展战略研究》，明确了"以河为轴、两岸开发、北上东进、南优西连、组团发展"的城市发展格局。2015年，市委市政府印发《临沂市新型城镇化规划（2015—2020年）》，提出按照"以河为轴、北上东进、南优西拓、中疏旧改"的总体思路，推动形成"组团式、网络化、生态型"紧凑高效的中心城区空间格局，既一脉相承又创新发展，始终保持了工作的连续性和稳定性。2020年，临沂全面把握新发展阶段，坚定不移贯彻新发展理念，努力构建新发展格局，提出实施乡村振兴"三步走"，全面对接长三角地区，既平衡了向北向南相协调的发展战略，又进一步拓展了可持续发展的空间。坚持精准扶贫与乡村振兴"两手抓"、同推进，坚持城市与乡村融合发展，坚持传承红色基因与根植绿色生态相协调，加快沂蒙革命老区的特色发展、高质量绿色崛起，实现"由大到强、由美到富、由新到精"的战略性转变。

发展步入快车道。伴随改革开放的汹涌大潮，特别是1995年撤地设市的重大机遇，临沂城乡面貌发生了翻天覆地的历史性巨变。2004年成为全国首个生产总值过千亿、人均过万元的革命老区城市。临沂中心城区通过高水平规划、高标准建设、高效能管理，形成了"以河为轴、两岸开发，一河六区、组团发展"的城市格局，成为鲁南苏北区域中心城市、山东省第三大城市。以县城建设为龙头，全面推进小城镇建设、新农村建设，全市常住人口城镇化率达到56.5%。到2016年，全市公路通车总里程2.72万公里，居全省第1位。高速公路通车里程515.2公里，公路密度158.47公里/百平方公里，行政村通达率100%，通硬化路率99.8%。菏兖日、坪岚、胶新、东平、枣临、山西中南部铁路通道临沂段和沂沭铁路建成通车，鲁南高铁正在加紧建设。临沂机场飞行区技术等级由4C提升为4E级，开通27条国内、2条国际航线，每周航班125个，旅客吞吐量超过120万人次。

临沂还是一座历史文化名城，文化底蕴深厚，星光灿烂。《礼记·王制》记载："东方曰夷，被发文皮，有不火食者矣。"东夷文

大美新临沂（王勉励／摄）

的主要发源地就在鲁中山区和沂沭河流域，无论是凤鸣夷颂的图腾崇拜，还是火耕流种的原始农业根基，都活化于东夷文化的基因。"鲁南古城秀，琅琊名士多。"穿越历史长河，巍巍沂蒙山、滔滔沂河水养育了一代代淳朴坚韧、憨厚实诚、热情乐观、重情重义的沂蒙人。临沂历代名人辈出，载入《二十四史》者达千余人，仅孔门弟子 72 贤徒就有曾皙、曾参、闵子骞等 13 人。中国历史上闻名的 24 孝中临沂就占有 7 孝。沂蒙精神是中华优秀传统文化、革命文化和社会主义先进文化凝聚的结晶体，是沂蒙人民代代传递的精神火把。由点到线、由线到面打造的"红色沂蒙、生态临沂"文化旅游品牌，正上演无数文化盛宴。沂蒙文化在时代阳光照耀下熠熠生辉，闪烁永恒的光芒，飘荡醉人的芬芳。

生态新城靓丽耀眼。上善若水，顺势而为。临沂有大小河流 1800 余条，沂河、沭河自北向南奔腾而下，城区内沂河、祊河、涑河、青龙河、柳青河、陷泥河、北涑河、李公河八条河流纵横贯通，若奔流不息的流动音符，赋予这座城市生生不息的活力和灵气。2003 年，为充分利用城市水系发达的优势，更好地利用水资源，改善人居环境，提高人民幸福指数，临沂市委、市政府确立了"以河为轴、两岸开发"

临沂城市风光

的城市建设总体思路，始终倡树"生态立市"的发展理念，"上游水库除险加固、中游闸坝节节拦蓄、下游湿地净化提升水质"，水生态成为新的亮点。尤其是横跨在沂河上的橡胶大坝，将沂河拦腰截开，铺展开独特的靓丽风景。看大坝上游，碧波万顷，白鹭翻飞；看大坝下游，绿洲竦峙，流水潺潺。沿沂河内滩已建设 9 处广场、18 个园区和 36 处景点，"水、岸、滩、路、堤、景"一体推进，大幅度改善城市人居环境。中心城区建成区绿化覆盖率、绿地率、人均公园绿地面积分别达到 44.9%、39.4% 和 17.6 平方米，一座滨水生态新城拔地而起，城市整体形象和知名度、美誉度大幅提升。

商贸物流树起风向标。有一段时间，大家谈论物流时都说："南有义乌，北有临沂。"近些年，临沂在成功实现传统商贸物流向现代商贸物流转型的同时，主动融入"一带一路"倡议，加快"走出去"的步伐，开启了临沂商城国际化、现代化进程，创造了由昔日"四塞之

崮、舟车不通"到"买天下、卖天下"的奇迹。临沂商城拥有现代物流园区 19 处，物流公司经营业户 2000 多户，1.7 万辆货运车辆，2000 多条配载线路，直达全国所有县级以上城市，通达全国所有港口和口岸，物流费用比全国平均水平低 20%-30%。开通了临沂至莫斯科、乌鲁木齐等 10 条国际国内货运班列，临沂国际邮政小包业务开通，临沂机场航空口岸获准开放，开通了韩国、泰国国际航线，内陆无水港临沂港建成运营。这几年，又重点推动在巴基斯坦瓜达尔、白俄罗斯、沙特吉达等地建设海外临沂商城，加强与霍尔果斯、喀什等边贸口岸合作，打造转口贸易基地。2012 年以来，临沂商城市场交易额年均增长 12.05%。2020 年，临沂商城实现市场交易额 4403.5 亿元，物流总额 6847 亿元，网络零售额 269.7 亿元。

六　『三生融兴』沂蒙样板

　　中国是农业大国，农业生产总值曾一度在国民经济中占比较高。农业、农村和农民为中国革命胜利提供了广阔空间、物质支撑和雄厚的力量源泉。在新的条件下，共产党人带着初心和使命继续前行，同样离不开农业、农村和农民，需要更多地惠及农业、惠及农民，重新改变农村的面貌。

　　如何改造乡村面貌？我们既有先贤"大同社会"的哲学构想，又有文人"桃花源"的诗意畅想，也不乏封建士绅、近现代知识分子的乡村建设实践。20世纪初期，中国农村社会民生凋敝、满目疮痍，此时涌现出了一批忧国忧民、具有强烈民族复兴使命感的教育家，如晏阳初、梁漱溟、黄炎培等，他们几乎同时将平民教育实验运动从大城市转向中国广阔的农村，形成了声势浩大的乡村建设实验运动。晏阳初认为，中国的大患是民众的贫、愚、弱、私"四大病"。梁漱溟于1931年来到山东邹平，进行了长达7年的乡村建设运动，他把中国问题的症结归于文化的衰弱。陶行知开展乡村教育运动，提出"生活即教育""社会即学校""教学做合一"等理论。他们改造中国乡村面貌的实践，聚焦在文化。但这些实践并没有成功，停留在"乌托邦"式的空想和局部实践中。根本原因是他们只动了教育文化这个"标"，没有触及社会制度这个"本"。

　　新中国成立后，农村呈现出中国农民当家做主、热火朝天、集体劳动的生动场面，为改造、改变中国农村的面貌开辟了光明前景。在建设社会主义新农村的破冰之旅中，我们取得不少的成绩，也遇到许多"成长中的烦恼"。如今，中国农民盖上新房，住进瓦房、楼房，看上彩电，开上了摩托车、小轿车，却抛弃了自己的故乡；想方设法进了城，把房子留给了年迈的父母；或者父母也进城帮着照顾孙子、孙女，故乡的宅院杂草丛生，把曾经温暖的家留给了冰冷的铁锁。单纯提出改善农民居住条件的设想，用意良苦，听起来很好，甚至让人感动，但这可能背离乡村建设的规律。

如果说农业是国计民生，农民是执政基础，农村则是战略后院，"三农"必须作为一个庞大系统来考虑，充分认识乡村的多功能性。城市生活能提升人的生活品位，农村青年人向往城市生活，农村老年人习惯农村"阡陌交通、鸡犬相闻"的田园生活，这种观念和生活态度的差异，导致城乡接合部工棚密集、脏乱差，农村大量房屋闲置，缺人气、缺活力。有的地方甚至帮农民盖上了别墅房，与原来的老宅子遥相呼应。开发商赚足了钱，村干部脸上也添了彩，可那"空心村"谁管？这新房子谁来住呢？

说了房子，再来看看土地。农村出现土地撂荒现象，农村留守人员劳动能力不高，耕种面积萎缩。由于种地经济效益低，农村青壮年劳动力大量进城务工或移居城市，"60后种不动地，70后不愿意种地，80后不会种地，90后、00后不考虑种地"，"谁来种地""怎么种地"成为新的课题。城镇化加快推进中，一些地方没有摆脱"房地产"的阴影。在老村附近盖楼，将老宅基地作价给予补助，腾空的土地到了开发商手里，成为开发房地产的"砝码"。试想，如果农村、农民生活需要的电、气、热水、自来水、暖气、污水和垃圾处理、网络、医疗、银行、学校、道路等基础设施，都有了着落，能就近解决，农民就不必都要上楼了。中国人多地少，从实践看，倡导就地城市化，将乡村发展成"微型小城镇"，农户散落农田之中，能提高生产质量、效率和老百姓生活的幸福指数。乡村振兴，农民必须变成令人羡慕和向往的职业。乡村能留住人，基本条件是在家门口就业的收入高于至少不低于在城市里打工的收入，逐步建构起产业化、多样化、本土化的居住家园。

# 桃花源里可耕田

《桃花源记》是东晋陶渊明所著千古传颂的美文。陶渊明笔下的桃花源是没有租税、没有压迫、人人平等、安居乐业、和睦相处的"世外桃源"。尤其那远离贫穷与忧愁、战争与伤害的社会氛围，那宁静和谐、天人合一的人居环境，那"采菊东篱下，悠然见南山"的恬适情境和生活方式，那芳草鲜美、落英缤纷的景色，那悠然自得的生活状态和对人生放达豁然的生活态度，千百年来始终为人津津乐道，令人向往。

1959 年，毛泽东在《七律·登庐山》吟诵社会主义建设事业豪迈之情时写道："陶令不知何处去，桃花源里可耕田？"

2021 年 3 月 27 日午饭后，儿子开车带我们全家直奔"高颜值"的沂源桃花岛。刚下高速，就望见山东财经大学乡村振兴学院和万亩优质桃示范园的宣传牌，杏花正盛，漫山遍野的桃花含苞待放，龙子湖畔正在举办"齐鲁论语研读 101 次公益活动"，台下是本地村民和参加活动的学子。在大都市里司空见惯的博物馆、艺术馆、文学馆，搬到了乡亲们的房前屋后、田间地头。这是不切实际的纯艺术行为还是文化振兴的大胆尝试？如果翻翻沂源的历史，就能找到一种必然。沂源平均海拔 401 米，是山东省平均海拔最高的县，被誉为山东屋脊。"系沂水之发源地，故名沂源。"沂源县鲁村镇南端龙子峪村山前那股涓涓溪流，就是纵穿沂蒙山区南北的临沂母亲河——沂河的源头，承载着丰润的文化内涵。沂河由此顺流而下，沿岸有鲁山溶洞群、"沂源猿人"头骨化石、大贤山织女洞、东安故城、北寨汉画像墓、阳都故城、金雀山银雀山汉墓群、郯国故城等古迹。

沂源县是典型的山区农业县。山连山，沟壑纵横，土地瘠薄，长期以来"棒槌麦子，穷一辈子"。历经几十年，农业产业结构已由单纯种庄稼转向抓林果业，当下转向生态林果、特色农业。沂河源田园综合体覆盖刘家庄村、姬家峪村、刘家坡村、鹿角山村、北徐家庄村、西徐家庄村、龙子峪村七个村，正在建设高标准农田，已经重点打造了龙子峪村和刘家坡村。核心区桃花岛，面积约160亩，山水相依、绿水青山，山湖环绕，络绎不绝的游客悠然地享受美景美食，品尝轻松闲适的生活味道。

"我一生忙于城市建筑，一定要留一件作品给中国的农民。"2017年6月6日，法国世界建筑设计大师、我国国家大剧院设计者保罗·安德鲁与北京东方君公益基金会董方军先生签订合作协议，共同打造"艺术振兴乡村"项目，在当地政府支持下，靠艺术和文化活化乡村。日本设计师安藤忠雄、宫岛达男、北川富朗等世界级大师亲笔勾勒，山东财经大学张凌云教授的文化产业管理团队精心设计，本地农民和匠人勤劳巧妙垒砌。遍地的石头复活了魅力，获得新生。就连昔日的牛圈，也摇身变成游客流连忘返的"陌上花开"景点。

早饭后，董方军带我们去龙子峪村东南感受正在按规划打造的"哲学小道"。这是一条蜿蜒在山峪间的小路，一切都顺其自然，路两旁是零散的农田、树林和祖坟，不久将建起观天台和"墨"两座地标性建筑，凭吊远古，倾听天籁，无穷的忧虑、哲思与灵感伸展进沂河源头静谧的丛林和欢唱的溪流中，顿悟人生的真谛。

正值仲春时节，花果山艺术区、孔雀谷、梅花山谷景点在热火朝天地建设之中。村民们从拒绝、观望到接受，然后积极热情参与，经历了几年的磨合与领悟。每一块石头、每一道墙、每一座房子，都传递老人与孩子的欢声笑语，袅袅炊烟飘浮着图腾与希冀。

沂源桃花岛（王建华／摄）

　　远远望去，梯田在山岭丘壑间绵延起伏，蜿蜒山路两旁的树木恰若五线谱波动的音符，田间到处是正在挖坑移栽梅花、樱花、海棠的村民，沉睡多年的镐和锹开始弹奏轻快悠扬的田园牧歌。晶莹剔透的春雨正与漫山遍野的桃树对白，讨论何时绽放桃花盛宴。前人栽树后人乘凉。我和妻子、儿子、儿媳、小孙女全家也体验栽树的快乐，在桃花岛上挖坑、移栽下几株梅花，还坐在红梅峭岩上迎着山风小憩，翻阅散发缕缕墨香的书籍，恣意体验历代文人墨客崇尚的耕读生活。

　　董方军当年为了跳出这山峪、落下北京户口而拼命读书，当商海拼搏成就人生后，故乡的山峦、溪流和遍地的石墙、石屋、石街、石垛震撼着他的心灵。文化遗存正坍塌废弃和流失，村庄正在无声无息地消瘦，焦灼的故乡情结唤醒他点亮梦想的灯火。

　　眼下，他12岁的儿子都萌生了把户口迁回龙子峪村的想法。在品尝美食时，响起优美动听的《沂蒙山小调》，这是历史、风俗、自然的自觉传承和亲近，营养悄然渗透进我们的胃口和血脉中。

　　进村的路口正在搭建"龙门"，村头的"土地庙"保存完整，街巷全是石板路，弱电下地，雨污分流，街巷口的公共厕所也承包给了农户管理，许多农家办起了民宿。夜晚的龙子峪村灯火和星光交汇，远处"绿水青山就是金山银山""推动乡村振兴打造齐鲁样板"的灯光字清晰夺目。白天我执意去村里走访，妻子帮我去敲门。因还没到午饭时间，家家闭门锁户，只有门前的花草迎接远方的来客。孩子们去了学校，年轻人外出打工创业，60岁左右的老人都去山峪栽树了，一天至少能挣上百元。没拜访到有劳动能力的农民，虽说有些遗憾，但村民们有活干、有钱挣、各得其所，日子过得红火，更令人欣慰。我拜访到了一位 94 岁的老大娘和一位 88 岁的老大爷。他们说："地入了合作社，不用自己种了，也种不动了。"说这话时，他们脸上绽着笑容。现代都市的时尚与舒适，分明已镶嵌进这世外桃源般的田园风光和百姓生活。眼下，梅花谷 20 万株规模的生态林已基本移植完成。董方军笃定而动情地说："碧水蓝天，山清水秀，田园风光，幸福生活，这是历代祖宗的梦想，是我们这代人的责任，也是我们应当留给后人的家业。除了成功，我们无路可走！"

我们去董方军的老宅子家访品茶。茶室是由原来盖草垛的地方改造而成的阳光屋。一碗水还没喝完，得知他回家的邻居，送了一竹筐篓用盐粒炒的花生米和一包刚从老杨树上摘下的杨树花。我品尝炒花生米时，还烫手呢。烫手的是花生米，暖心的是邻里乡情。

我们返程时，不到四岁的小孙女，上车就迫不及待地喊着："我还来！我还来！"


# "三生融兴"绽花朵

党中央着眼中华民族的伟大复兴，在对世情、国情、民情冷静深刻分析把握的基础上，提出全面实施乡村振兴战略：坚持农业农村优先发展，把生活富裕作为实施乡村振兴战略的中心任务，按照健全城乡融合发展机制和政策体系，加快推进农业现代化。这一战略不仅指明了中国乡村高质量发展的辉煌前景，也必将给全球农村发展提供中国智慧和中国方案。坚持农业现代化和农村现代化一体设计、一并推进，以产业兴旺作为解决农村一切问题的前提，以生态宜居为内在要求，以乡风文明为紧迫任务，以治理有效为重要保障，以生活富裕为主要目标，探索中国特色社会主义乡村振兴道路。

2019年初，山东在全国率先推出《乡村振兴战略规划（2018—2022年）》和乡村产业、人才、文化、生态、组织振兴5个工作方案，与省里当年"1号文件"一起，构建起"1+1+5+N"乡村振兴政策规划体系，区分胶东、鲁中、鲁西南、鲁西北4大风貌区、10条风貌带，培育300个美丽村居示范村，全力打造乡村振兴"齐鲁样板"。

"科学布局生产空间、生活空间、生态空间，给自然留下更多修复空间。"2021年临沂市政府工作报告明确提出："围绕'农业高质高效、乡村宜居宜业、农民富裕富足'目标，统筹、融合、有序推进'五个振兴'。"提出"三步走"总体路径："打造长三角地区农产品供应基地、休闲旅游'后花园'和产业转移'大后方'。"

绿色生态是沂蒙山区的最大财富、最大优势和最靓品牌。实施乡村振兴战略不能千篇一律，避免"一刀切"。临沂市从实际出发，认真落实"绿水青山就是金山银山"理念，把绿色发展作为"顶门炮"，牢固确立生态、生产、生活"三生共融"的发展思路，坚持以人为本、乡村一体、城乡统筹，全力打造山青水绿、蓝天洁净、土壤清洁的绿色生态，建设农业高质高效、农村宜居宜业、农民富裕富足、文明健康的美好家园，努力走一条具有山东特点、沂蒙特色的农业农村现代化发展道路，在打造乡村振兴齐鲁样板中走在前列。

# 农业产业转向高质量、重效益

我国农业正在从偏重规模和数量的"吃饭农业"，向更加注重质量和效益的"品牌农业"迈进。一棵庄稼为什么能从土壤里长出来？因为它的根扎在土壤里。农业要成为有奔头的产业，农民要成为有吸引力的职业，农村要成为安居乐业的美丽家园，这一切都取决于农民在乡村有体面的就业机会。纯粹种地，一亩地纯收入不足千元。如果小两口进城打工，一年收入5万元很轻松。工作可能累、忙、苦，但收入确实可观。事实上，农民工收入看似不低，其实家庭社会成本很高，或孩子失去父母的爱，或夫妻两地分居，或老人无人照料，其中的酸楚都装在自己心里，美好时光更是用钱买不回。历史上，沂蒙山区山多岭多，土地单块面积小，交通不便，传统农村规模小、分散，产业不融合，成本高，很不利于推动乡村振兴。临沂市按照区域化布局、专业化生产的要求，建立专业化生产基地，全市形成了600万亩商品粮生产基地、100万亩花生生产基地、100万亩高效蔬菜生产基地、100万亩优质果品生产基地、300万头生猪生产基地、200万只肉羊生产基地、5000万只肉鸡生产基地、1500万只兔生产基地、1万亩淡水鱼生产基地，以及一大批规模不等的名优土特产品生产基地，使全市的农业结构进一步优化，区域布局更趋合理，产业特色进一步彰显，产业化水平进一步提高。如兰陵县的蔬菜，临沭县的白柳条，郯城县的银杏，莒南的花生、板栗，沂水的黄烟、果品，平邑县的金银花，蒙阴的桃和兔，兰山区的花卉等生产基地，其生产规模、品牌质量在全省乃至全国都享有盛誉。

大力开展农业标准化建设，优质农产品基地建设取得重大进展，"生态沂蒙山、优质农产品"的品牌影响力显著提升，临沂市供应上海世博会农产品基地数量占全省一半以上。加大科技兴农力度，逐步实现农业的良种化、机械化和精准化。"汗水"农业、传统农业开始向机械、智能、智慧转向，目前市级以上农业产业化龙头企业447家，其中国家级3家，省级54家。"三品"认证累计达到798个，认证地理标志农产品 28 个。总的来看，临沂的农业农村布局正由散到聚、规模由小到大、层次由低到高、发展由弱到强，实现着华丽转身。

# 生态从优先保护转向同生共荣

纵观历史，人类与自然界一直在失衡与再平衡之间徘徊前行。有位历史学家曾发出"警世通言"："人类将会杀害大地母亲，抑或将使她得到拯救？如果滥用日益增长的技术力量，人类将置大地母亲于死地；如果克服了那导致自我毁灭的放肆的贪欲，人类则能够使她重返青春，而人类的贪欲正在使伟大的母亲的生命之果付出代价。何去何从，这就是今天人类所面临的斯芬克斯之谜。"从旧石器时代、新石器时代到工业革命时代，人类社会在技术方面快速进步，极大地增加了财富和力量。可惜，人类的技术进步和物质文明的发展，却极大地伤害了大地母亲。从新石器时代起，幼发拉底河（Euphrates）和底格里斯河（Tigris）两条大河丰富的水源，哺育了这一地区许多农业村落，曾孕育人类历史最早的文明——古巴比伦王国，也带来了人类历史上空前的辉煌。因经受不住破坏自然所引发的干旱、洪水、风沙的侵袭，繁荣的巴比伦文明古国变成了沙荒。由于人类坚信自己支配和掌控自然的能力，毫无节制地疯狂开发和掠夺生物圈，导致全球性的环境污染、资源枯竭。据联合国的报告，非洲自 1950 年以来已经丧失了 23% 的森林、喜马拉雅山分水岭丧失了 40%；1960 年以来，中美洲有 30% 的森林遭到破坏……人类面对灾难时开始思考：人类将往何处去？在全球生态危机频发的时代，中国文化中"天人合一"的认知、率先倡导与秉持的"人类命运共同体"的理念，给人类带来福音，同生共荣，让大地母亲重返青春。只有"绿水青山就是金山银山"这一理念真正变成人类的自觉，方能重构"地球村"这个美好家园。

我国正处在从工业文明向生态文明的转型期。新中国成立以来，我国环境保护和生态文明建设取得了突出成绩和长足进步。中国大规模的工业化是伴随改革开放的脚步开始的。国门大开，长期处于封闭状态的中国看到的一切都很新鲜，因而某些领域的学习带有一定的盲目性和被动性。由于发展压力紧迫，对那些因此产生的土地板结、水位下降、河流污染、地下水污染等问题，认识不够清醒，防范不够到位。当付出土地和粮食品质恶化的代价，终于明白被污染的土地上长不出好庄稼，口粮质量和品质不好，关注和统计它的产量也就失去意义和价值。就广大农民兄弟而言，关注的不是增产，其实是增收。粮食价格偏低，增加收入只能盯着产量。可喜的是，这些年全社会环保意识不断增强、环保措施扎实推进、污染治理成效日益彰显，生态文明建设成效明显，大气、水、土壤等环境质量恶化趋势被逐步扼制并有明显的改观。还自然以宁静、和谐、美丽，"给子孙后代留下天蓝、地绿、水清的生产生活环境"，开创社会主义生态文明新时代，建设美丽中国，已成为党和国家的奋斗目标，也成为人们的思想和行动自觉。

当然，我国现代化与西方发达国家有很大不同。西方发达国家是一个"串联"的发展过程。我国后来居上，工业化、信息化、城镇化、农业现代化同步推进并且叠加发展，其实这是个"并联"的模式。从工业化的农业角度来看，一棵麦子、玉米有效的部分不仅仅是麦穗和玉米棒，茎秆和根部同样是有效益的，不再是焚烧产生污染的源头，可以喂牛，牛粪还田都能产生效益。运用信息化赋能，还能节省人力和物力成本。在现代化和全球化的食物链中，农村处于下游，为上游输送工业化的食品和廉价的劳动力，同时农村自己却成为垃圾废品的集散地和汇聚地。农村环境变差，村庄凋敝，青年蜂拥至城市，农村只留下老人、妇女和孩子，有人称之为"603861"部队。深夜的村庄死气沉沉，孤独的月亮像一颗稀有的珍珠，镶嵌在蓝天之上。街面上几乎听不到大人的说话声和孩子玩耍打闹的喧哗声，有时连狗叫声都很少，夜安静得让人害怕，似乎整个世界只剩下怦怦的心跳和在屋内轻轻走动的脚步声。清晨，我默默站在这空旷的村头田野旁，想起"鸟比人聪明，更比人嘴馋"的老话。记得杏子或樱桃刚熟，人还没解馋，一群鸟嗖嗖地飞过，只留下满树残果或果核。可喜的是，山村躁动，如诗如画的大自然被吵醒。不知名的虫鸟恣意练嗓，树上的蝉放肆地鸣唱，孩子们自由地追蝴蝶、逮蛐蛐，不怕闹得地覆天翻。

天蓝、地绿、水清的美好家园，是千万沂蒙人民祖传的家园和美好期盼；绿色循环低碳发展之路，是临沂科学跨越发展的不懈追求。临沂市曾一度高耗能、高污染、资源型企业数量多、分布广，导致环境空气质量整体比较差。自 2015 年春，临沂市以壮士断腕的决心治理大气污染，打响了一场空气治理保卫战。市委明确提出：在新时代背景下，发展工业绝不能走过去那种单纯追求数量和规模的低层次发展的老路，必须大力发展科技含量比较高、质量效益比较好、符合节能环保要求的新型工业，把蓝天白云还给沂蒙百姓。以这样的气魄、力度和干劲恢复并成就绿水青山的地域特色，根据各个区域、村庄的基础条件和资源禀赋，深入挖掘乡村内涵，保持和恢复乡土气息、田园风光、民俗特色，打造独具沂蒙山区特色的乡村振兴样板，持续把推进农村人居环境整治和农业绿色发展作为抓手，努力做到"内秀外美"，让老百姓在家门口吃上"生态饭"，逐步跨进生态农业。像敬畏生命一样敬畏生态环境，尊重自然、顺应自然、保护自然，统筹山水林田湖草系统治理，努力把生态环境内化为生产力、生活质量的内生变量与价值目标。2011 年，山东省委、省政府在蒙阴县召开首次全省生态文明乡村建设现场会，推广了临沂经验。

农村出现人力和人才回流潮，人气开始回聚，更多的"燕归巢"，意味着什么呢？既是生命力、生产力、消费力，又是市场和资产价值。"增绿""护蓝""休闲""生态"正成为热词，与钢铁、水泥的城市形成反差，具有诱惑力的是，乡村田园扑面而来的是泥土气息和花草的芳香。一望无际的山峦田野，纯朴善良的农夫，还有琳琅满目的绿色食品，这是理想的家园和栖息地该有的景观。

# 生活由满足吃饱穿暖转向高品质

伴随城乡面貌的变化，群众的吃饭、住房、行路、喝水等设施条件有了大幅度改善，人民生活水平实现了由吃饱穿暖向生活富足、稳步迈入小康的巨大变化。山水林田湖草综合系统治理，大气、水、土壤污染防治和农村人居环境整治，农民的生活质量逐步提高。就说吃吧，已经不再满足吃饱，开始为控制体胖和如何减肥犯愁，讲究吃少、吃好、吃出营养和健康。

消费早已升级换代。中华人民共和国成立至改革开放前，农村居民家庭基本没有什么耐用消费品，到 20 世纪 80 年代，手表、自行车、缝纫机、收音机成为部分家庭婚嫁必备的"四大件"，到 90 年代，冰箱、洗衣机、彩色电视机、电话成为农村居民青睐的"四大件"。如今彩电、冰箱、洗衣机、手机都已是普通的生活用品，汽车、楼房也已成为农村青年谈婚论嫁的大件了。

人们更多地追求绿色食品消费和充实的精神生活。过去"小病拖，大病扛"，随着农村新型合作医疗制度的建立和完善，农村也开始讲究医疗保健、闲暇遛遛弯、跳跳广场舞，活得有滋有味。

　　土地和家园是乡亲们灵魂的永久住所。站在村头向远处眺望，在沟壑纵横的山套里，住着许多炊烟缕缕的人家。朴实勤劳的乡亲们，在这熟悉的村庄里生存、生活几十年，留下生命神秘的遗传和互为亲人的缘分。土地、树木与农民生死不离，庄稼一茬茬地播种收割，农民在一茬茬地更迭。山岭，梯田，山路，小桥，溪水，树木，庄稼，秋草，牛羊，房屋，弯把犁，赶牛调，土地庙；太阳，月光，炊烟，锣鼓乡戏，嫁妆；高跷，唢呐，秧歌，对联，窗花，鞋垫，舞龙狮……这些村庄里熟悉而亲切的景物，散发出纯正缠绵的自然与文化光泽，融入生命，甚至成了生命的组成部分。蓦然回首，山山水水、一草一木，包括一棵树、一条狗、一眼井、一座破庙，甚至挂不上嘴的逸闻趣事都那么珍贵，青山绿水涵养着刻骨的乡愁，拴系着生命的根脉。

　　村庄的夜幕蓝得透明，中天点缀着一轮圆圆的皓月，山顶有一片眨眼睛的星星，家家透出昏黄的灯火，飘散着淡淡的酒香和菜香。脚步声、说笑声、喊嗓声、狗吠声、碰杯声、婴儿啼哭声，上演着温馨优美的村庄协奏曲……

# 解读乡村振兴样板公式

　　临沂市通过生产、生活、生态三者有机融合，相互平衡，同步兴旺。以发展生产、产业为基础，生产和产业发展会增加物质财富，从而使生活富裕，当然也会带来环境问题。以提高生态环境质量为保障，能促进产业的升级提档，实现绿色发展，以改善村民生活、提高生活品质为目的，引导和推动村民积极参与，自我造血，从而促进乡村可持续发展。不合理的生产发展会破坏生态环境，不利于生活富裕，也不可持续。处理好生产、生态与生活的辩证统一关系，在产业发展的过程中，与生态环境和生活改善紧密衔接、浑然一体，实现绿色发展、循环发展、低碳发展，最终会守住蓝天白云、绿水青山。功在当下，利在千秋后代。

到底怎么表述呢？我想用这个公式来解读："生产·生态·生活×N＝乡村振兴样板"，其中生产、生态、生活是最核心的平行、平等三元素，"N"是指现代、时尚、科技、信息、文化等赋能元素，实现乡村在农耕文明与时代因素的推动下榫卯契合与觉醒重构，不断发育、生长和成熟，复活与提壮农耕文明的基因、智慧与密码，建设人与自然和谐共生的美丽家园，撰写具有中国特色、沂蒙特点、适合国情民情和农业现代化发展方向的乡村振兴方案和新史诗。因为是"×"，不是简单地"+"，能产生想象不到的叠加效应、乘数效应，甚至是裂变效应。或许我们能从这种公式中寻找到更多、更有特色的沂蒙山区脱贫攻坚、乡村振兴的思路与对策。这就像沂蒙山区地道的羊肉汤、辣炒山鸡一样，不同的区域，土壤和水不同，火候不同，故事与味道也会有差异……

上述"三生融兴"乡村振兴平面蓝图，其实背后支撑它的因素很多，譬如，一张蓝图绘到底，一任接着一任干——不"翻烧饼"；因地制宜、因势利导、创新求变——不教条；保持历史耐心，锲而不舍、积小胜为大胜——不急躁。乡村振兴的样板，应当重在拉长板、补短板、固底板，搭起支撑乡村振兴的"三支点"，产生出稳固平衡的"三角架"效果。

### 第一支点：硬件先行

概括地讲，我国乡村振兴的根本出发点和落脚点是让亿万农民生

临沂发达的立体交通（王勉励／摄）

活更美好。进入 21 世纪，伴随国家对乡村基础设施投入的加大，以高速公路、铁路、机场、港口等主要交通方式为代表的基础设施建设突飞猛进，尤其是农村公路、电网改造等，扭转了长期以来乡村基础设施落后的状况，为城乡融合发展创造了条件，特别是互联网、手机、电脑的普及和电商平台的呈现，不仅让农村、农民及时高效、便捷、低成本地获得各类信息，与城市站在了同一起跑线上，解决了乡村社会信息"孤岛"制约发展的问题，也为推进新型工业化、信息化、城镇化、农业现代化同步发展，扩大内需和促进产业升级，创造了重大历史机遇，拓展了无限空间。冷静地综合分析，群众致贫或低收入的主要原因是：因病、因残、因学、因灾和缺技术、缺劳力、缺资金及交通条件落后、自身发展动力不足等。基础设施缺失是一个重要因素。

党的十八大以来，以习近平同志为核心的党中央把脱贫攻坚摆在治国理政的突出位置，对近 1 亿人口的脱贫做出了战略性考量、全局性安排，把贫困人口脱贫作为全面建成小康社会的底线任务和标志性指标，在全国范围全面打响了脱贫攻坚战。经过 8 年持续奋斗，如期完成新时代脱贫攻坚目标任务。党中央及时提醒，打赢脱贫攻坚战不是终点，而是新的起点，脱贫攻坚取得全面胜利不能产生"船到码头车到站"的懈怠思想，而是要坚决守住脱贫攻坚成果，并在此基础上全面推进乡村振兴，确保工作不留空档，政策不留空白。脱贫攻坚与乡村振兴衔接的进程、节奏和质量，既关系到全面建成小康社会目标实现的质量和可持续性，也在很大程度上影响着乡村全面振兴乃至全面建成社会主义现代化国家目标实现的进程和质量。

在"十四五"开局之年，习近平总书记多次强调，改善城乡居民生产生活条件，加强农村人居环境整治，培育文明乡风，建设美丽宜人、业兴人和的社会主义新乡村。加快乡村振兴，建设美丽乡村，必须对乡村的基础设施建设和公共服务保障予以必要投入，这就涉及人力和资金的协调，涉及政策和制度的配套等。农村基础设施很多只是到了行政村，村延伸到户还有很多卡点和堵点，短板、弱项主要在集中在这一块。硬件盯着水、电、路、气、通讯，推动那些既有利于生活方便，又有利于生产条件改善的设施建设。改善农村人居环境，重点做好垃圾污水处理、厕所革命、村容村貌提升等。软件主要是社会服务和乡村治理。近五年，临沂的农业基础设施、农村生活环境显著改善，新改建农村公路 1.1 万公里，通户道路硬化 3254 个行政村，改造危房 3.5 万户、厕所 100 余万户，567 万人饮水安全问题得到解决。以民生"温度"标注出百姓的幸福"刻度"。全国"四好农村路"养护、山东省推进乡村振兴暨脱贫攻坚等现场会先后在临沂召开，"好山好水好风情、美丽乡村看沂蒙"名片更加亮丽。

许多村级组织通过发展产业、增强村集体经济收入，通过自身力量发展村内公益事业，提升改造村内水、电、路、教育、医疗等公共基础建设水平。莒南县大店镇许家滩井村领办的初心果蔬专业合作社，集体每年增收的 10 多万元，主要用于村内路渠疏浚、建设荷花湿地、硬化道路等民生工程，村容村貌焕然一新。

临沂市把美丽乡村建设作为乡村振兴战略的重要载体，把"美在

多彩沂蒙（刘笃龙／摄）

农家"活动作为推进美丽乡村建设的重要内容，按照"串点成线、连线成片、集片成群"的总体思路，由市妇联发挥"娘家人"作用，牵头主抓"美在农家"活动，引导广大妇女弘扬沂蒙红嫂精神、助力乡村振兴，推动了农家富起来、绿起来、美起来。虽然农村经济社会发生了很大变化，但一些落后的生活方式和陋习仍然根深蒂固，"村庄环境美如画，家里依然脏乱差"，农村家庭中"一院子杂物、一桌子碗筷、一床底鞋袜、一绳子衣服"等现象还不同程度存在。打造沂蒙美丽乡村，农民家庭怎么办？临沂市妇联坚持"以人为本尊重民意""因地制宜分类指导""富美同步协同发展""弘扬美德倡树新风"原则，实施良好卫生习惯、推广健康生活方式、培育良好家风、抓好示范带动、建立爱心超市、加强志愿服务，引导广大农村妇女发扬红嫂精神，对美好生活的向往从"求生存"到"求生态"，从"盼温饱"到"盼环保"，推动"美在农家"提档升级。她们将"美在农家"工作融入精准、乡村振兴工作大局，标准完善提升为"四美"（庭院美、居室美、厨厕美、家风美）、"室内五净"（即门窗净、地面净、床铺净、灶台净、厕所净）、"院内五无"（即无柴堆、无粪土、无垃圾、无污水、无散养）、"家中五有"（即有合理布局、有花草树木、有文化氛围、有家风家教、有生活品位）。从 2018 年至 2020 年，每年从建档立卡的贫困户中优先扶持 1000 户"美在农家"薄弱户，既给予必要的生活用品扶持，又帮助他们整理家居环境卫生，干净整洁的生活环境改变了人的精神面貌，增强了贫困群众的自信心和战胜困难的勇气。沂南县朱家林村通过开展"美在农家"，许多农家小院提升为民宿，村里很多妇女到民宿当了管家，月月拿工资，每年增收 2 万余元。目前，全市有约一半的农村家庭创建为达标户。广大农村妇女实现了富与美的结合，在家庭中的话语权不断提高，提升了幸福感、成就感、家庭地位，由此也带来了家庭和谐、家风良好。

让老百姓生活越来越称心、越幸福，好日子没有终点，只有连续不断的新起点。如何破解城乡区域发展不平衡，提升城乡居民收入水平，增加优质基本公共服务供给，是实现"百姓富"必须破解的难题。

为什么一些人外出打工把土地撂荒了？一个重要原因是集中不起来，有的人宁愿把自己的地荒着，也不愿租给大户集中经营。当然也有个别人认为别人家过得好了，自己家就会过不好，说不出口的是见不得别人家过得比自家风光自在。破除思想观念短板不仅仅是一个认识问题，更是一个实践问题，说到底是个文化问题。

### 第二支点：支部顶天

据古籍记载，宇宙形成前混沌一片，状如鸡蛋，盘古就生在这个"鸡蛋"中。后来，盘古身体一伸，天渐高，地坠下，但仍有天地粘连未分处，于是盘古左手执凿，右手持斧，开天辟地，盘古顶天立地站立其中，身躯随即化为山川田地、日月星辰、金玉珠石、雨露甘霖。因此，在远古人们心中，盘古是天地万物的始祖。

郭沫若在《屈原》中称颂："先生是楚国栋梁，是顶天立地的柱石。"巴金先生的《家》是不朽名篇，巴金故居"两扇大门开在里面，门上各站了一位手执大刀的顶天立地的彩色门神"。梁启超《少年中国说》："天地苍苍，乾坤茫茫，中华少年，顶天立地当自强。"中华民族无论面对什么困难和危难，总有人挺身而出，顶天立地，扬善除恶，救国救民！

人是生产力中最活跃的因素。"给钱给物，不如给个好支部"；"分田到了户，更离不开党支部"；"乡村振兴，离不开过硬党支部"；"群众看党员，党员看支书"。厉家寨、爱国村、九间棚、后峪子、代村等村庄，都是中华人民共和国成立以来沂蒙山区不同历史时期的先进模范村，最关键的因素是有一位优秀支部书记。还有像沈泉庄等发展乡镇企业的崛起村等。

随着时代的发展进步，特别是信息技术的广泛应用，机械化农业、绿色农业、休闲农业、农村电商等如雨后春笋般纷纷涌现；机器人摘黄瓜、云端放养管理、智慧农业大数据平台等"互联网＋"的农业应用层出不穷，强化乡村振兴人才支撑显得更为紧迫。一些外出创业的人在外闯荡数载，也有了回家乡发展的意愿和实力。

临沂市为破解乡村振兴人才短缺、活力不足等难题，制定出台了《关于实施四雁工程强化乡村振兴人才支撑的实施意见》。在全市大力开展以配强村班子为核心的"头雁工程"、以推动人才回乡为核心的"归雁工程"、以培育乡土人才为核心的"鸿雁工程"、以壮大新型经营主体为核心的"雁阵工程"，打出了一套乡村人才振兴的组合拳。

一朵浪花，只有汇入大江大河才不会干涸。一名干部，只有紧跟时代节拍、融入为人民服务的伟业才能闪烁光芒。这几年，郯城县各村党支部书记普遍感到支部书记这个岗位"当得体面、干得有劲"。党支部由"弱"变"强"，干群关系由"疏"变"亲"，农村基层治理由"难"变"易"。2019年以来，全县共选配了171名村党组织书记，其中126名为高中以上学历、22名为复退军人，实现了党组织书记缺职村历史性的清零。

　　兰陵县量身制定 1000 万元财政扶持资金、29 个金融产品，开辟绿色通道，提供保姆式服务等措施，累计吸引 108 名归雁人才回乡投资创业。临沭县青云镇一个镇挖掘统计乡贤人士 48 人、高学历人才 163 人、高技能人员 136 人。鼓励他们利用多种方式创业创新，先富带后富，最终实现共同富裕，在乡村振兴中展示才智。这些党员干部和村里的能人，用脚下的泥浆、身上的汗水、心中的真情，助力脱贫攻坚和乡村振兴，换来贫困群众脱贫致富的喜讯和更加殷实美好的生活，自己心里舒坦，群众也交口称赞。

　　新泰市为解决村干部年龄整体偏大、文化层次相对偏低，部分村干部思想观念、思维方式偏旧，还有受个人和宗族派性等影响"压苗保位"的问题，自 2017 年实施"育苗升级"工程。越来越多的返乡大学生充实到村级后备力量中，成为农村发展的"中流砥柱"。截至 2021 年 4 月底，全市有 385 名大学生回村任职，通过换届，已有 257 人进入"两委"班子，其中 38 人担任村了党组织书记。

　　新泰市东都镇酒台村支部书记王云龙，就是第一批响应号召返乡创业的大学生。以前的酒台村是远近闻名的乱村、穷村。多年来，"两委"班子换了一茬又一茬，可村设施还是落后，经济发展依旧缓慢，群众的日子总是没有起色。2011 年换届选举，村内三派明争暗斗，选举一度从柿子树开花选到了柿子熟透落地。村委会一连四次都没选成功。于是，镇党委动员本村在外的民营企业家王安仁回村参选，他高票当选为村主任。几年下来，村庄发生了很大变化。2015 年 6 月，他儿子王云龙大学毕业，被青岛某广告公司录用。父亲并不怎么高兴，委婉地表达了让他留在村里的意向。最终一波三折，王云龙还是留在了酒台村。眼下，村风村貌焕然一新，王安仁正带领全村整体打造梨仙谷、康王寨、醉卧酒台等项目，让更多村民实现家门口就业，吸引更多在外学子回乡发展。那天，他领我们缓步去梨仙谷的梨园，看望树龄近二百岁的"梨王"和"梨后"。远远看去，它们像是两把撑开的绿伞，尤其是"梨后"的树枝斜探向沟底，若优美的绿长发，煞是漂亮。梨花刚谢，无数小梨躲在树叶下窥视着我们。

过去有人认为"本地姜不辣"。本地乡土人才生在农村、长在农村、根在农村，对脚下的大地感情深厚，对周边环境和乡土风情熟悉。像农民企业家、回乡的大中专毕业生、农村中的种植高手、养殖能人和能工巧匠等，无疑是宝贵的财富。多年来，乡土人才培养使用一直是弱项，客观上基层人才数量不足、层次不高、结构不合理，管理也不规范，缺少有效的政策机制，特别是开发使用不够，培养途径还比较单一。这些"田秀才""土专家"，常年活跃在生产第一线。近年来，各地开始注意把乡土人才"挖"出来，让本乡本土的人才"香"起来。一大批懂农业、爱农村、爱农民的高校毕业生、退伍军人、机关企事业单位优秀党员干部到村任职，尤其是许多外出打工的年轻人返回家乡，发挥自己情况熟、人头熟的优势，大显身手，把农民重新凝聚组织起来了。培育适应现代农业发展的新型农民和职业农民，鼓励引导更多大学生和在外务工人员回乡创业的想法和举措方兴未艾，陆续落地开花结果。

### 第三支点：治理断后

农村稳，方能天下安；农业兴，方能基础牢；农民富，方能国家盛。"人心齐，泰山移。"乡村振兴这幅美丽画卷，需要你我他共绘共享。改革开放 40 多年来，党领导人民创造了世所罕见的经济快速发展奇迹和社会长期稳定"两大奇迹"。"中国之制"是"中国之治"的根本支撑。国家是这样，村庄也是如此。乡村振兴的动力，蕴藏在每个乡村和每位乡亲对美好生活的向往之中。这就提出了"乡村治理的动力变革问题"：坚持党建引领，培育多元治理主体，构建协同治理体系，改变目前过分依赖党和政府、忽视人民群众自治力量的现状。

临沂市针对乡村社会结构和人员结构的变化，推动乡村治理重心下移，形成民事民议、民事民办、民事民管的多层次基层协商格局乡村治理。围着问题转、围着群众转，以小切口解决大问题，有效解决了一批积压多年、久拖不决的基层治理难题。组织乡贤积极参与乡规民约制定，移风易俗，化解乡里纠纷，以其自身所具有的人文道德力量维护乡村社会秩序，传承和引领以文化人、以德润心、崇德向善的乡村人文精神。临沂市委明确提出，重视信访化解，结合领导干部"结案连心"，对诉求合理的一律解决到位、对诉求不合理的一律解释到位、对违规缠访闹访的一律依法处理到位、对生活困难的一律帮扶到位，真正把问题解决掉、把信访量降下来、伴随党员干部进一步转变作风，党群干群关系更加融洽，党组织的威信在联系服务群众中得到加强，人民群众更加自觉地热爱党、跟党走，逐步形成神清气爽和谐友善的乡风民风大生态。临沂市入选全国首批市域社会治理现代化试点市，"兰陵首发"社会治理项目获评全国政法智慧治理优秀创新案例，罗庄区"文明实践＋社会治理"路径在全国推广。莒南、临沭、费县入选省乡村治理典型案例。

社会治理如同"瓷器店里打老鼠"，方法必须精准得当，既要捉到影响社会和谐稳定的"老鼠"，也要保护好社会和谐、百姓安居乐业的"瓷器"，以最小的代价获得最佳效果，避免呼呼隆隆、大而化之。郯城县为山东南大门、齐鲁之通衢，是齐鲁大地与江淮地区交往的交通要道，富庶的"鲁南粮仓"。马头镇，在当地曾有"小上海"之称。由于交通便利，经济繁荣，人流量大，郯城人的思想现代，参与意识和监督意识也比较强。传说"郯人好诉"，前几年上访量一度比较高，搞得上级批评、群众埋怨。据说还有亲弟兄俩互不服气互相告状，把上访量一时拉高的情况。

症结在哪里？经过调研分析，聚集到群众正当利益的维护上。维权意识和监督意识强是积极因素，事实上，当个人既得利益或个人利益的行为遭受他人争夺或者阻碍时，作为"经济人"的利益主体自然产生自我保护的想法和冲动，因此导致相关利益主体各方面的矛盾和冲突。人的欲望是无止境的，而社会资源和财富总是有限的。马克思认为："人们奋斗所争取的一切，都同他们的利益有关。"利益既是人们奋斗的目标，又是人的一切活动的内在动力，对利益的追求推动人们进行各种活动，进而推动人本身的发展，也推动了社会的发展。正如恩格斯所指出的："人们创造历史的活动，如同无数力的平行四边形形成的一种总的合力。"社会上一些人向左，一些人向右，社会最终的演变方向必定是所有人的合力，一切都是不以个人的意志为转移的。问题是我们如何引导和调节，形成最大公约数，相向而行？

郯城县在构建"共建共治共享"的基层社会治理体制的时候，首先把实现好、维护好、发展好最大多数人民的根本利益作为工作出发点、着力点和落脚点，回应社会主要矛盾发生深刻变化的客观事实，回应利益格局的新变化和新问题，民生支出已占到一般公共预算支出的84.1%。一方面建立闭环式运转机制，集中治理信访突出问题和历史积案，另一方面狠抓源头治理，防患于未然。对涉及老百姓切身利益、最容易引发老百姓意见的村级小微权力，对当前村干部日常工作中内容最重要、使用最频繁的村级重大决策、"三资"管理、工程招投标、救助救济、扶贫惠农等八大类权力事项，划出"十个不准"的边界。为各村统一安装党建可视化信息平台、无线网络、"三务"公开栏、LED电子显示屏等，组织群众全员监督，全员参与村务事务管理，及时发现问题，把问题解决在"家门口"。县委要求村支部书记每月固定一天，入户走访村内孤寡老人、残疾人、贫困户等群体，党的声音一步到户，群众意见和问题直接装在支部书记心里。同时，组织村庄外修颜值、内修气质，动员农家在大门口挂"家训"标识，既倡导环境美、生态美、自然美，更重心灵美、姿态美。老百姓尝到了共管村级事务、共享成果的"甜头"。在2020年度山东省群众满意度调查中，郯城县总分95.8分，跃居全省136个县市区第十三名、临沂市第一名。5项指标中，基础教育、医疗卫生、生态环境、文体生活4项指标排名临沂市第一，社会治安指标排名全市第二，实现了历史性的突破。这是国家治理体系和治理能力现代化水平在基层落地扎根的生动探索与实践。

"公则四通八达，私则一偏而隅。"老百姓的利益诉求得到解决和维护，公共利益和民众权益得到保护，这是社会治理的重要目的。老百姓有句口头禅："事要办妥，一碗水端平即可。"说起来容易做起来难，一碗水端平，做到公平正义，至少得有两条：一是要有心眼正当能端平这碗水的人，二是要有得当的工具，即不漏水的碗。前几年，俞可平说"民主是个好东西"，引起大家一番争论。即使人拥有最好的衣食住行，如果没有民主的权利，人格也不完整。当然，民主绝不是十全十美的，它有许多内在的不足。大家讨论的焦点是"民主"这个"东西"，是好，是坏？是真，是假？是对，是错？这就像榴梿这种水果，有人爱吃，有人讨厌，每个人的口味不同罢了。曾有人总结出"四大苦"：猪苦胆，黄连面，没娘的孩子，光棍汉；"四大憋屈"：挖菜窖，蹲小号，戴绿帽，写材料。这说明对许多事情的认知，大家是接近或相近的。只要每个人的内心有良知和价值趋向，同时又遵循相互约定的规则和程序，自觉地接受监督和约束，人人有正确表达个人意愿的机会，最后能求得"最大公约数"和"同心圆"，就是权益得到了保护。

事实证明，乡村社会治理的主体是广大村民，村民踊跃参与方能见效。社会治理的最终目标，是要创造公平公正的社会环境，童叟无欺，践君子约，实现公共利益最大化。社会如果有一天没有了约束，善良人也可能变成恶人，弱者也会变成施暴的魔鬼。善治是人类社会管理的最佳状态和最有效的方式，也是百姓生活安宁的现实期盼。乡村治理在坚守"法治"的规范下，充分发挥"德治"最广泛的群众基础作用，把许多规范村民行为的事情交由群众"自治组织"去做，在村干部的引导下，让更多人参与到乡村治理工作当中来，让群众在"德"的感召下，自觉接受"法治"规范，产生更良好的"自治"效果，畅通"堵心路"，推倒"隔心墙"，增强感召力、塑造力和自我约束力，最终达到"善治"的目的，培养出独立自主、自由平等、尊重个性、具有公共人格的现代公民，成为乡村振兴的主导和骨干力量。

民主，公民头顶的自由星空和王者之剑；

民生，民众暖心暖肺的炭火和测量的尺。

七　妙棋一着全盘活

　　2018年春，习近平总书记在参加十三届全国人大一次会议山东代表团的审议时，要求山东："充分发挥农业大省优势，打造乡村振兴的齐鲁样板。"落实中央要求，全面实施乡村振兴战略，实现乡村产业振兴、人才振兴、文化振兴、生态振兴、组织振兴，推动农业全面升级、农村全面进步、农民全面发展。应当如何统筹，如何抓重点、拉长板、补短板、强弱项？又该如何立足实际，找准穴位，破解难题？

　　我带着这些问题，边走访、边讨论、边思考，在浸润烈士鲜血和祖先梦想的沂蒙大地上寻找线索和答案。

# 历史跋涉的足音

　　我国经济社会的基本发展状况是城乡差别大，农村农业内部两极分化比较严重。粮食虽然连年丰收，但人工、机械和生产资料等生产成本却日益增高，农民增产不增收的现象比较普遍。农村劳动力质量下降，多是妇女和老人种地。种地不挣钱，农民就不会用心伺候土地。传统的精耕细作方式被抛弃，在以市场为主导的今天，农村农业面临前所未有的挑战，农民增收成为短板难题。农民完全独立、分散的个体经营方式与现代农业的发展方向不适应，一方面难以适度规模化经营，另一方面无法将个体与市场更好地连接起来。农产品种植、加工、销售等环节，以及良种和技术推广服务，其生产成本和生产效益如何掌控？我国的农业基本上停留在自给自足的阶段和层次上，一般每户都既种五谷杂粮和蔬菜，又养鸡养鸭。农民大多没有经营农业的观念和发展特色产品的意识，更有惧怕市场波动的心理。人口流失、房屋失修、乡村衰落，乡村振兴能不能改变和逆袭？"手中有粮、心中不慌"，人多地少是我国面临的主要矛盾，农民普遍文化水平低、知识结构差，土地本来是农民生存保障的靠山，但在有的地方农民相依为命的土地和现代农业技术坐上了"冷板凳"。如何运用节肥、节药、节水等绿色生产方式逐步解决土地污染问题，提升耕地质量，不断夯实粮食产能的基础？粮食价格已经顶格，农业作为第一产业如何向二、三产业延伸，二、三产业如何积极反哺农业，形成一、二、三产业多维度融合共赢发展的良性态势？

　　长期以来，在强化农业生产政策的影响下，人们对农业产生了偏颇的理解，无论是农业生产经营者还是城乡消费者，都或多或少地认为农业的功能就是生产农产品和工业原料，往往擅长以化肥、农药、设施等一切技术和手段实现农业增产增效增收。后果就是：农业生产经营主体看不到农业产业链和价值链的"微笑曲线"，农业效益低，无比较优势、无竞争力；就社会其他群体而言，农业成了"脏乱差"的代名词，忽视和低估了它的贡献和作用。如何支持和积极鼓励农民合作社等群众性生产组织，把分散的农民组织起来、协同发展、提高农民的收入水平，是当前最迫切的一个问题。沂蒙山区许多地方的实践证明，在乡村社会中促进土地依法流转、鼓励农民成立专业合作社，是实现农业生产组织形式多样化、农民自主经营和自我管理的重要手段。

　　改革开放以来，我国农民由合作生产变成家庭联产承包责任制，农民由在集体经济中的单纯劳动者变成生产者和经营者，极大激发和调动了他们的积极性，激活了农业生产经营内生动力。在当时社会生产力不发达、各种物质严重短缺、农业产出能力弱的大背景下，这确实有效解决了全社会的温饱问题，奠定了经济发展和社会稳定的坚实基础。随着社会的发展，自给自足的"小农户"生产模式，很难达到规模化经营和标准化生产要求，很大程度上又制约着现代农业的发展。现行的家庭联产承包责任制，难以协调农民在生产经营中的利益矛盾，很难克服农民生产的盲目性。很多农产品去年贵今年便宜，"跟风农业"现象比较严重，往往造成生产供大于求，农产品价格下跌，优质产品销售困难。随着城镇化水平不断提高，农业发展活力锐减，农业比较效益下降等问题却日益突显，"谁来种田"已成为很现实的问题。解决不好"谁来种田"的问题，落实中央"中国人要把饭碗端在自己手里，而且要装自己的粮食"的要求，会面临更多困难。

从世界范围来看，各类合作组织是受农民欢迎的组织方式。越是市场经济发达的国家和地区，各类农民合作组织的普及程度越高，生命力也越强。也可以说，高度市场化的现代农业产业体系，必须有一个完善的农民合作组织体系，把农民组织起来，提高农产品在市场竞争中的能力。我们的邻国日本、韩国，探索出的路径是由农户自发组织起来，以合作的方式，保护自己的利益。譬如"日本农协"既是企业，又是群众团体，还兼有协助政府贯彻农业政策和代表农民向政府建议的双重职能，因而也具有一定"政治团体"的色彩。日本每个市町村都有农协，覆盖所有农户。经过半个多世纪的建设和完善，韩国农协已成为保护和推动本国农业和经济发展的组织，国民称其为"国民生命库"。

尊重农民意愿，着力提高农民的组织化程度，真心实意、精准有效地搞好服务，就可以走出一条小农户、大市场、高质量、高效益，适应现代农业发展需求的发展道路。2020年6月2日，山东省省市县三级供销社负责同志和莒南县的负责同志共同出席"莒南县支部领办合作社 Logo 发布暨山东鲁供丰禾公司惠农服务签约仪式"，发挥鲁供丰禾公司的托管服务优势，支持党支部领办合作社，集中创建一批优质农产品商标，持续打造叫得响、立得住、质量优、口碑好的合作社产品品牌，更好地推进支部领办合作社发展。

我们有必要梳理一下，新中国成立以来我国农业经历的伟大变革和沧桑风雨。

第一次农业变革以新中国成立后的农村社会主义改造为标志。新中国成立之初，农村经济总体呈现以生产资料私有为基础的个体农业经济。为把小农经济逐步改造成为社会主义集体经济，在党的领导下，经过互助组、初级社、高级社等阶段，最终将农业改造成为以生产资料私有为基础的农业合作经济。自此，农业完成了由农民个体所有制到社会主义集体所有制的转变，解决了新中国成立后中国农业走什么样的道路、如何体现社会主义制度优越性的重大问题。

第二次农业变革以改革开放确立家庭联产承包责任制为标志。这场由农民自发掀起的变革，突破了原有"一大二公""大锅饭"的旧体制，形成以家庭为单位向集体组织承包土地等生产资料和生产任务的农业生产责任制的形式。这一阶段，我国农业进入市场化发展的新起点，粮食产量大幅度提升，供求关系根本扭转，实现了从温饱到小康的跨越。根本目的是解放和发展农业生产力，解决主要农产品紧缺、许多人吃不饱饭的问题。

第三次农业变革以谋划全面实施乡村振兴战略为标志。党的十九大总结继承了我党"三农"工作的经验，强调实现农业全面升级、农村全面进步、农民全面发展的乡村全面振兴，坚持高质量发展的导向，突出人与自然和谐共生的绿色发展理念，重在解决我国社会主要矛盾变化后，如何实现农业农村现代化和农民职业化发展的问题。

1999年宪法修正案明确规定："农村集体经济组织实行家庭承包经营为基础、统分结合的双层经营体制。"2019年的中央一号文件提出

"坚持家庭经营基础性地位，赋予双层经营体制新的内涵"。巩固和完善农村双层经营体制是我国长期坚持的农村改革方针，它既是乡村振兴的基点，又是乡村振兴的动力源泉。农村推行家庭承包责任制改革以来，农业经营方式处于"分"的状态，如何由"分"向"统"，进而"统分结合"，实现集体统一经营和农户分散经营两者并存、互补和结合？实际上有笼统原则的要求，实践操作的方案和路径比较少。一些地方"资源变资产、资金变股金、农民变股民"的改革，就是基本经营制度的大胆创新。多年来，许多地方土地集体所有权虚化，许多集体资产沉睡；因基层微腐败现象严重，村干部参与壮大集体经济也成为"禁区"。从另一侧面看，一些农村基层政权组织的动员能力下降，农民参与公共事务的热情降温，往往属于被动的角色。农村各类合作组织的快速发展和大量农业经营人才的涌现，对扭转这一趋势起到了积极作用。农村集体产权制度改革，改变过去过分虚化集体所有权的状况，赋能经营权，把土地承包经营权作为集体所有权的有效实现形式，开拓出了一条新路。

就价值层面而言，集体所有权更加重视整体效率的价值。家庭联产承包责任制获得巨大成功，但是这种小农经济注定难以实现农业现代化和农民富裕，原因是小农经济效率低下，传统农业又是弱质产业，农民不通过联合的方式难以形成抵御市场风险的力量，实现和持续全面富裕小康。农民从《土地承包经营证》到《集体土地所有权确权证》，再到《土地股份合作社入社证》和《合作社分红证》，进一步释放了农村劳动力的活力和积极性，记录了农村基本经营制度的变革轨迹。集体统一经营中的"集体"主要指"村两委"，当然包括农民合作社等经济组织，"经营"则从土地发包延伸至土地利用监督、产业融合转型、公共产品供给等领域；不同主体的经济关系突破了"集体—农户"的简单格局，并逐步转向集体组织、土地经营者、土地承包者、土地实际使用者、土地受益者之间的利益结构。

当下，深入推进农业供给侧结构性改革，必须从供给侧入手，转变农业发展方式，改善和优化供给结构，解决"市场机制有效、微观主体有活力、宏观调控有度"和乡村振兴所需的要素供给、主体供给、制度供给问题。老百姓日常生活须臾离不开的粮食、蔬菜和肉蛋奶等，都面临着"好不好""优不优""放不放心"的问题。因而，党的十九大把"构建现代农业产业体系、生产体系和经营体系"作为乡村振兴的重大举措。

从农业内部来分析，由于现行农业种植模式种地不挣钱，传统的精耕细作方式逐步被抛弃，转而过度依赖化肥、农药、农膜、除草剂等，导致土壤板结、酸化、有机质下降、重金属污染、耕地退化，对健康造成的危害更难以估量。国家不得不每年花费大量资金用于农业补贴、农村生态环境保护、土地治理和扶贫。培植高效生态循环农业，发挥国家涉农、涉环保等资金使用的有效性，急需找到有力的抓手和载体。

工作千头万绪，犹如聚集纠缠的一团麻线，如何准确地找到线头，一顺百顺地答题、解题？需要我们全力以赴地破题。

# 合作社发展处在岔路口

我国的农业合作化，是我国历史上的一场重大社会变革，是中国共产党带领中国人民为推翻长期压在头顶的帝国主义、封建主义和官僚资本主义三座大山付出艰辛努力和探索取得的重大胜利果实，是对旧中国几千年生产关系不适应生产力的彻底变革，是一条中国特色的光明大道。虽然历经坎坷，但它对新中国的社会主义公有制道路进行了有益探索，也为新中国的农业经济发展进行了原始积累，功不可没。

抗战时期，沂蒙根据地经过土地改革，贫苦农民获得了土地，破天荒地成为土地的主人。但是，多数农户处于极其贫困的状态，首先是生产资料普遍不足，其次是单干的生产力太低，常常因此误了农时。并且，身单力薄家底穷的个体农民也难以经得起旱涝等天灾。与贫下中农的艰难境况相反，一些富裕中农，靠手里的车辆、牲畜，卖套、跑运输、揽买卖，有的开始雇工、买地，争先恐后向富农阶层迈进。在这种背景下，一些农民兄弟开始探索互助合作，摆脱困境。

沿历史足迹寻觅，沂蒙山区的农业互助合作化运动，始于抗日战争时期，经历了抗日战争、解放战争、新中国成立后的合作化和新时代农村合作社四个重要阶段。形式上，经历了减租减息和提高雇农待遇时的初级变工组；抗战胜利后的互助组和初级社；中华人民共和国成立后的初级社、高级社、人民公社化运动；步入新时代，正在探索和规范的以土地股份合作社为代表的新型合作社。虽然表现形式、名称不同，但核心是凝聚集体力量、走共同富裕的道路，在不同历史阶段都做出了重要贡献。

莒南县是传统的农业大县，有发展农业合作的优良传统和基础，曾最早设立"变工组"。1944年春，通过轰轰烈烈的查减运动，以莒南县大店庄阎王为代表的地主阶级封建堡垒土崩瓦解，广大翻身农民在农会的带领下，按照政策找回大量被地主无理剥削去的钱财、粮食和土地，又按政策签订了几千份新的租佃合同，租地增加，租金减少。广大农民兴高采烈，喜气洋洋，响应毛泽东"组织起来"的号召，发展生产，团结抗战。在很短的时间内，大店就组织了几十个"变工组"，随后又建立了消费合作社，共收入股金12万元，拥有社员1200人。1944年8月21日，《新华日报》报道了《山东莒南变工组的成绩、种类和经验》。报道称，莒南县在 335 个村里共组织了 4960 个变工组，计 28719 人，占全人数的 11.5%（妇女不在内），占男劳力的 53%，村庄占全县村庄的 64.4%。从变工互助中体验到这样几个好处：第一，解决了（主要是中贫农）人力牛力工具的困难。第二，提高了劳动效率。第三，节余了劳动力，以便深耕细作，开展副业。第四，交流生产经验，提高生产技能。第五，从个体经营开始转到集体生产方式。

中华人民共和国成立后，废除了封建土地所有制。1950 年 6 月，《中华人民共和国土地改革法》颁布实施；1951 年 9 月，中共中央召开了第一次互助合作会议，提出在有条件的地方可以试办初级形式的农业合作社，简称初级社。50 年代初，薛亭任莒南县委书记时，他亲自蹲点，常年驻在基点村，不断总结大办互助合作的新鲜经验，然后在全县推广。莒南县互助合作运动搞得好，被中共中央山东分局和华东局确定为全省和全华东地区的基点县。莒南王家坊前合作社，为解决办社中生产资金不足的困难，发动社员投资投物，及时解决了合作社生产资金困难问题。毛泽东主席于 1955 年 9 月做了亲笔批示："这个合作社的经验也证明，适当地，不是过多地，并且是在

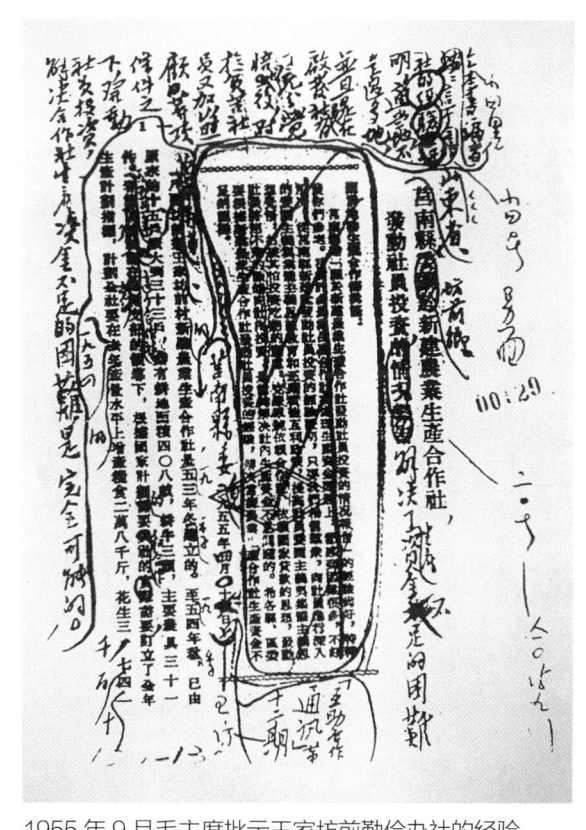

1955 年 9 月毛主席批示王家坊前勤俭办社的经验

启发社员有了充分的觉悟以后，对于贫苦社员又加以照顾等项条件下，发动社员投资，解决合作社生产资金不足的困难，是完全可能的。"莒南高家柳沟合作社为解决办社中缺乏记工员和会计的难题，由团支部办起记工学习班，"做什么，学什么"，白天下地干活忙，晚上集中起来学习，带动了周边村庄的扫盲工作，有力推动了合作社发展。毛泽东主席称赞这是一个"创造性的工作"，"看了这种情况，令人十分高兴"。1958 年，党中央发出《关于在农村建立人民公社问题的决议》，莒县爱国村和莒南县大山公社率先办起了人民公社。当然，它体现着当时计划经济体制下农村政治经济制度的主要特征。"大跃进"和经济体制的不适应，很快引起了党中央和毛泽东主席的严重关注，1959 年3 月，中央发出《关于人民公社管理体制的若干规定》，及时纠正失误。我国探索社会主义农村经济建设的道路是曲折的，直到 1978 年，党的十一届三中全会召开，废除了三级所有、队为基础的经营管理体制，改为家庭联产承包责任制。1984 年底，人民公社全部被乡或镇取代。对这段历史，时任中共菏泽地委书记的周振兴有很妙的总结。他说："农业为什么上不去？农民为什么穷？农民是被绑穷的。当时的那套办法把农民的手脚都绑起来了，农民干不了，农业生产就亡了。越穷越绑，越穷就越绑得紧，陷入了恶性循环。家庭联产承包责任制，就是松了农民身上的五花大绑。农民可以干活儿了，农业生产就上来了。"这话很有道理。与此同时，商业性质的供销合作社，因职能和工作方式调整转换不及时，也随着人民公社的取消而逐步衰弱。

改革开放以来，农村实行联产承包责任制，实行统分结合的双层经营体制，许多地方实际上演化成了分田到户的"单干"模式。这种"一家一户、小而分散"的生产方式，农户之间的经济联系逐渐减少，尤其是产前、产中、产后及存储、加工、运输、销售等各个环节缺乏分工和合作，难以应对复杂多变的国内外市场。这种落后的小农生产模式导致一些农村富民产业发展难、以土地为主的种植户增收难，关系农户切身利益的农村公益事业推动难，以党支部为核心的村级组织发挥作用难。那么，如何解开这个"死结"呢？

许多历史接续看似巧合，却有其内在的必然逻辑。

习近平总书记在中央扶贫开发工作会议上强调："要通过改革创新，让贫困地区的土地、劳动力、资产、自然风光等要素活起来，让资源变资产、资金变股金、农民变股东，让绿水青山变金山银山，带动贫困人口增收。"鉴于农村的现状，必须以土地为核心要素，提高农民的组织化程度，走新型农村经济合作化的道路，先富带后富，共奔富裕路。把土地、资金、技术、管理等生产要素聚集在一起；把广大农民群众和致富能人、种粮大户、涉农企业主等不同利益群体绑在一起；坚持适度规模化产业发展方向，实现机会平等、效益公平；培养农民的公民意识和契约合作精神，缩小收入差距，奔向实现共同富裕的目标。2019年，在毛主席批示王家坊前65周年之际，莒南县委出台《关于在全县开展重温毛主席光辉批示精神加快推动党组织领办合作社建设工

**中共莒南县委办公室**

办字〔2020〕7号

县委办公室　县政府办公室
印发《关于在全县开展重温毛主席光辉批示精神　加快推动党组织领办合作社建设工作方案》的通知

各镇街党（工）委、政府（办事处），县直有关部门：
　　现将《关于在全县开展重温毛主席光辉批示精神　加快推动党组织领办合作社建设工作方案》印发给你们，请结合各自实际，抓好贯彻落实。

中共莒南县委办公室
莒南县政府办公室
2020年3月27日

— 1 —

莒南县委出台《关于在全县开展重温毛主席光辉批示精神加快推动党组织领办合作社建设工作方案》文件

作方案》，把党支部领办合作社作为抓党建促乡村振兴、脱贫攻坚的重要载体，积极引导农民以土地经营权入股、集体以增溢土地和设施入股，共建土地股份合作社，从耕、种、管、收、售入手，一环扣一环，全村共种"一块田"，全力提升农业规模化经营服务水平，营造新时代"村村要办社、人人想入社"的浓厚社会氛围。

正如俄罗斯文学大师车尔尼雪夫斯基所言："历史的道路不是涅瓦大街上的人行道。它完全是在田野中行进的，有时穿过尘埃，有时穿过泥泞，有时横渡沼泽，有时行经丛林。"它是螺旋式上升、曲折式前进的。中国正在发生乡村振兴的百年巨变，一切都是那么自然，一切都是那么剧烈，一切都是那么出彩，分明在铸造中国乡村振兴的道路自信、理论自信、制度自信和文化自信。山东许多地方特别是沂蒙山区莒南县等地针对当前农村经济社会发展的阶段性特点，聚集和建设新型农业经济主体、新型职业农民和农业现代化服务体系，这是衡量现代农业组织化、社会化、标准化、市场化程度的重要标志，主要涉及专业大户、家庭农场、农民合作社、龙头企业等。重点解决好农民向职业化方向发展、坚持土地适度规模经营和建立农村社会化服务体系这三个重大问题，最要害的是完善农村土地集体产权制度和优化农民土地流转利益保障的机制。从这个层面和意义上来认识，这种探索就具有非同一般的意义。大家知道，农村土地集体所有权、农户承包权和土地经营权"三权分置"，虽然破解了工作中的难题，但同样潜藏着风险。"三权"中的权利主体往往会从各自利益出发，为追逐自身利益最大化而不断博弈，容易造成经营权吃掉所有权和承包权，进而固化农民承包土地的收益权。农业经营主体极有可能选择大规模生产经营经济作物，从而降低粮食作物的种植面积，造成耕地的"非粮化"，也不排除有的会改变农地用途，造成农地的"非农化"。

莒南县这样明确：党支部领办合作社，就是以村为基本单位，以农村党组织为核心，以农民为主体，以村集体和村民的土地、资金、设施设备及劳动力等资产资源为媒介，以适度规模化生产、现代化经营为手段，组建并运营起来的利益共享、风险共担的新型合作经济组织，一般登记为农民专业合作社。为确保农村党组织的核心地位，党支部领办合作社须有村集体一定的资产资源出资（一般占比不少于20%，以集体经济股份合作社为出资主体），党组织书记兼任理事长（法人）、"两委"班子成员分别兼任理事会或监事会成员，村党组织成员个人占股一般不低于1%，其他成员每人占股一般不高于20%，党组织成员现金入股占比不低于本人总入股份额的10%。目前全县已累计成立党支部领办的合作社316家，主要有土地入股型、资金入股型、资源入股型和劳务入股型等，主营业务包括种植、养殖、加工生产、流通（电商）、劳务中介等，涉及农业、工商业和服务业等一二三产业和多个行业，其中种植类包括大田粮油作物小麦、玉米、花生、水稻、杂粮、棉花等，高效经济作物蔬菜、茶叶、草莓、樱桃、葡萄、丹参、桑葚等；养殖类包括生猪、牛羊、鸡鸭等；加工生产类包括茶叶、木梳、条柳编、出口工艺（劳保）制品等。

乡村振兴是一场持久战，是一项极其复杂的系统工程，复杂程度、艰巨难度比脱贫攻坚更大。莒南县委书记、临沂临港经济开发区党工委书记张佃虎荣获"全国脱贫攻坚先进个人"称号。当天晚上，他就乘北京至沂蒙山区的高铁返回莒南，第二天早上八点主持召开县委常委（扩大）会议，迅速传达全国脱贫攻坚总结表彰大会特别是习近平总书记的重要讲话精神，分享获奖的兴奋与喜悦。他说："这份荣誉，属于我们这个战斗集体，属于全县广大干部群众，同样属于自力更生摆脱贫困的脱贫户。我一定牢记习近平总书记的嘱托，大力弘扬脱贫攻坚精神，把主要精力放在'三农'工作上，当好乡村振兴'一线总指挥'，推动乡村振兴迈出实质性步伐。"

2021 年临沂市《政府工作报告》明确提出："推广莒南土地托管、村社共建、壮大集体经济的做法，探索宅基地所有权、资格权、使用权分置实现形式，保障进城落户农民土地承包权、宅基地使用权、集体收益分配权。"土地股份合作社与乡村"五大振兴"是什么关系？这把乡村振兴的"金钥匙"，为什么能纲举目张，让诸多难题迎刃而解？如何持之以恒牵牢这个"牛鼻子"，谱写接续奋斗的新诗篇？

# 种"一块田"尝甜头

自西向东穿过沭河大桥，沿着北疏港公路往东走不多远就到了岭泉镇淇岔河村。黄昏时刻，我见到莒南县岭泉镇淇岔河村党支部书记徐淑胜，他开口就说："农民的本分是种地。我看见土地撂荒，长草不长庄稼，总觉得心口窝里疼。""去年农作物经历了'倒春寒'和严重洪涝灾害，全村老少爷们都没想到，加入土地合作社的，比以前自己种时拿到的钱还多。"

详细一问才知道，2020 年遇上了 60 年不遇的特大洪灾，全村的庄稼都淹了，但合作社购买了农业政策性大灾保险，有效地保障了村民和村集体的利益。

2019 年 6 月，淇岔河村党支部领办了莒南县丰盛土地股份专业合作社，670 户村民入股成为社员，总入股土地 536 亩，原来一家一户的耕地通过整合后变成了一块大田，全村种"一块田"，增溢土地 50.5 亩。合作社由鲁供丰禾农服公司板泉为农服务中心整建制托管，实行机械化连片种植，麦收后又把土地集中起来种上了良种水稻和玉米。合作社每年给予社员保底收益每亩土地 800 元，扣除生产及运营管理成本、计提积累金之后的可分配盈余，各方按照出资比例进行分配，村民每亩地可以再拿 100 元的分红。村集体增溢土地的分红，用于帮扶困难群众和公共服务，村民还能受益。

徐淑胜指着眼前的一片土地说："这片高标准农田，原来是一片涝洼地，160 亩，前几年分散在村民手里，因为是按人口分的，大块的有半亩，小的也就一分，大大小小几百块。合作社统一整耕时，光各家的界石就拉出来好几汽车。过去各家责任田边都留着小路和排水沟。自己种，累得不轻，还不挣钱，还让在外工作的孩子操心牵挂。俺村不'一刀裁'，不强求，有上了年纪的人对入合作社有顾虑，我们就把他的地调到路南边自己种。经历了去年这场灾，这些人看到还是集体抗风险能力强，现在又想入社了。"说话间，我看到他眼睛中闪烁着自信的光。

在村大道南边一片郁郁葱葱的稻田旁，村民王其荣对邻县前来学习的同志介绍说："你能想到这片稻田就是去年（2020 年）遭受'8.14 水灾'的那片地吗？之前村里张罗合作社的时候，村'两委'干部到家里做工作，我还心里嘀咕靠不靠谱。孩子也劝我们，年纪大了别去忙活那一亩三分地的事了，享享清福吧。我半信半疑地拿土地入股，成了支部领办合作社的股东。本来种的大片玉米马上要收获了，结果大水一来，地全被淹了，颗粒无收。乡里乡亲都揪着心，觉得合作社不可能兑现这一年的保底收入了。没想到大水一过，合作社就赶紧平整土地、恢复种植。没几天，托管企业就将每亩保底的 800 元收入发到了我们手里，这下心里踏实了。党和国家的政策可真好，还是集体力量大！"

办合作社之初，有顾虑的不只是一般农民群众，有些有本事的"土专家"也担心。莒南县大店镇许家滩井村老党员杨永怀种草莓几十年，经验丰富，是远近闻名的"土专家"。他觉得村里成立合作社是在瞎折腾，是走老路，又要吃"大锅饭"，所以党支部一次又一次宣传动员，老杨就是无动于衷。直到亲眼看见支部书记许兵每天从早到晚都在地里亲自耕地、起垄、覆膜、铺设滴管，甚至为了节约支出，亲自开机器，机器坏了也自己修，鞋子和裤脚上总是挂着泥巴，老杨才改变了最初的看法，认识到党支部是真为了群众才领办合作社。脑筋转过弯来的老杨主动加入了合作社。在老杨的带动下，村里的党员、群众争先入股，社员们也干劲十足。如今的老杨一边带头劳动，一边还要负责田间劳作人员的质量监督，还要记好社员的务工账，忙得不亦乐乎。

"我是坚决不同意！你要是加入合作社，你就自己去干，说什么我也不会踏进樱桃园半步，好好的地不种，搞什么合作社！"这是文疃镇陈家岭合作社成立之初，村民陈希红的妻子说的一番牢骚话。合作社成立之初，大部分村民对支部领办合作社都不理解，觉得合作社就是刮一阵风，不可能带领群众致富，担心投上的钱打了水漂。面对村民的不理解，支部书记山长青带领村"两委"干部不断上门做思想工作，讲解合作社的发展前景，还带领群众代表去外地考察学习。在党员干部感染下，加入合作社的村民渐渐多了起来。"我们栽的樱桃树现在长势喜人，已经开始挂果了，在合作社帮助下，技术上更有保障了，买农资也不用操心。当时没有认识到合作社的优势，今后我一定会跟着支部走，在党的带领下致富奔小康。"陈希红的妻子一边修剪果枝一边说，谈起当初入社前的"觉悟"，都有些不好意思了。

## "一家一户，更离不开党支部"

乡村振兴是一个复杂的系统工程，简单地说，要解决好人、地、钱等问题，关键是解决"人"的问题——如何把人凝聚起来，组织起来？改革开放以来，农民由在生产队里劳动变成家庭联产承包自己干，从"给钱给物,不如建个好支部"到今天"一家一户,更离不开党支部",这是时代的呼唤、群众的期盼。20世纪80年代,随着家庭联产承包责任制的推行、村委会的出现和村民自治的实行,一些地方出现了"分田到了户,不要党支部"等模糊认识。山东省青岛市莱西市委探索解决农村党建面临村级组织"断层"、干群关系"断档"、集体经济"断链"三个亟须解决的问题。在农村党支部功能被弱化的大背景下,党中央在莱西召开了在我党历史上具有里程碑意义的"莱西会议",明确了农村党支部的领导核心地位。"莱西会议"从根本上解决了在农村要不要党的领导的问题,如何实施党的领导和如何保障党的领导仍在探索实践中。

莒南县是传统的农业大县。近些年,随着经济社会的快速发展,农村班子出现了"老、穷、弱、散"等问题。所谓"老",就是农村老龄化、空心化,年轻人大部分进城务工,大量土地被撂荒,没有人种地的问题非常突出,班子成员年龄老化。所谓"穷",就是大多数村庄还是靠简单的土地、闲置场院等资源资产租赁承包,村级集体经济发展水平不高。所谓"弱",就是村党组织组织力不强,有的干事创业劲头不足,发展经济畏首畏尾;有的缺思路、少办法、没平台,说话没人听,办事没人跟。所谓"散",就是群众的集体意识淡化,一家一户、单打独斗的分散经营,不仅阻碍了适度规模经营,也割断了群众与集体的经济联系纽带,弱化了群众对集体的依赖。在新历史的条件下,面对人老、地荒、房空、村穷、心散等状况,如何强化农村基层党组织的政治功能和服务功能?如何发挥组织优势、调动组织力量、运用市场化手段,把农村分散的资源整合起来,有效对接庞大的市场,吸引资本、技术和人才下乡?党建如何引领经济社会融合发展,推进生产生态生活融合、宜业宜居宜生活的现代美丽乡村?

"卡点""难点"找到了,"撬点"在哪里?"牛鼻子"在哪里?莒南县通过党支部领办土地合作社，组织村民把承包地确权入股流转到合作社，通过产业和股份把村集体、合作社、农民的利益联结起来；通过"确权、赋权、易权"，促进"资源变资产、资金变股金、农民变股东"，村集体除了整治沟、路、渠、荒坡等增溢土地外，其他水利设施、大型农机等设施都可折资入股，分散的资源聚集化、模糊的产权清晰化、集体资源资产市场化、分散的农户团队化，创造了双层经营"统"的功能新的实现形式，既发展产业、增加农民收入，又壮大了村级集体经济，增强了村级党组织的凝聚力、吸引力和战斗力。群众真切体验到"一家一户，离不开党支部"，村干部也感到"找到了服务发展、服务群众的一条好路"。党支部领办合作社，以"股"连心、连利、连责，形成了支部与群众、集体与个人利益共享、风险共担的经济共同体、利益共同体，有效解决了"支部干，群众看""干部着急，群众不急""政府买单，群众还不买账"等问题，村党支部和党支部书记腰杆硬了，说话也灵了。

一个典型，就是一面旗。目前，莒南县907个财务独立核算村村集体经济年收入全部超过5万元。10万元以上的有221个，占总数的24.4%；50万元以上的有40个，占总数的4.4%。2020年莒南县农民人均纯收入达15277元，增长6.7%，连续多年增幅超过城镇居民人均纯收入。收入来源和收入结构也发生了可喜的重大变化。

板泉镇昊睿农机化合作社与18个村合作，共同运营党支部领办的土地股份合作社，带动181户贫困户，每户年均增收1500元。对无劳动能力的贫困户，由村党支部领办合作社直接承包扶贫项目进行运营，从而让所有贫困户在不入股的情况下获得分红收入，实现兜底脱贫。

"手中有粮，心中不慌"，粮食安全自古就是中国历朝历代保障民生、维护社会稳定、避免动乱的底线。莒南的土地股份合作社主要是立足土地和粮食生产做文章，得到了上级党委政府的关心和支持！

# 聚集返乡创业"强磁场"

随着城市化进程深入推进，农村年轻人争相进城成为新市民，传统农民逐渐老龄化，那么将来乡村怎么建，土地怎么种，谁来当农民呢。党支部领办合作社吸纳乡村优秀人才，推选其为党支部书记，打造出一支懂农业、爱农村、爱农民的农村党组织"头雁"队伍，他们成为支撑乡村振兴的骨干人才。此外，还有"第一书记"、驻村工作队、帮扶干部、网上专家和志愿者等各个领域和岗位的优秀人才，他们都聚集在巩固脱贫成果、推进乡村振兴的最前沿，让村民眼界大开。

在绿色田野上，已经拉开了吸引外流人才和高校毕业生回乡创业的序幕。农业青年无论是选择进城读书还是打工，他们的观念、境界和生活方式都将发生重大变化。要让他们愿意留在乡村，就必须为他们提供有尊严、体面、收入稳定的岗位，同时让他们能享受到与城市居民一样的生活设施、社会福利和公共服务。

家乡的发展变化，让青年人看到了希望和曙光。在莒南县筵宾镇薛家水磨村绿源农业种植专业合作社里，有一位湖北工业大学毕业、名叫薛磊的返乡小伙子。"好不容易读完大学，走出农村进了城，哪能再回来呢？"当薛磊鼓起勇气向家人提出返乡创业的想法时，家人一致反对。然而，他看到了合作社的发展前景，坚定了信心，"村里搞科学种田，我在外学的本事能用上。"人才回流在一些发展好的村庄展现出好势头。譬如，平邑县的九间棚村，这些年先后考出去38位大学生，有13位选择回村创业或就业。九间棚集团有员工近1000人，其中党员100余名，专科学历221人、本科学历57人、硕士研究生学历3人、硕士以上学历6人，初级职称32人、中级职称17人，高级职称8人。初步形成了人口聚集带动创新升级，产业优化吸附优秀劳动力的良性循环。

乡村振兴一线求贤若渴，正成为"磁场"，吸引更多"凤凰筑巢"。

国家正将返乡创业扶持政策向脱贫地区延伸覆盖，引导农民工、大中专毕业生、科技人员、乡土人才在农村创新创业。逐步将新型经营主体扶持与联农带农效果紧密挂钩，形成企业、合作社和脱贫户、小农户在产业链上优势互补、分工合作的格局。

# 产业兴旺"顶梁柱"

　　全面实施乡村振兴战略，产业是重中之重。产业兴旺，是解决农村一切问题的前提。从"生产发展"到"产业兴旺"，这反映了农业农村经济适应市场需求变化、加快优化升级、促进产业融合的新要求。实施村党支部领办合作社以来，莒南县坚持因地制宜、实事求是，立足各地各村地理位置、自然禀赋、产业基础等实际，积极探索多种经营模式，有力地推动了农业产业的发展。从实践看，主要有四种模式。一是直接经营模式。村党支部以集体"三资"入股成立合作社，合作社直接作为经营主体，统一规划、统一管理、科学经营。比如，坪上镇厉家寨村党支部领办樱桃种植专业合作社，依托万亩樱桃园优势，吸纳239户入社，入股土地1560余亩，合作社强化樱桃全产业链生态化发展和品牌建设，融合文化旅游和电商等新兴业态，不断拉长樱桃产业链条，逐步形成了"产、供、销一条龙"的产业化发展格局。2020年合作社总产值653万元，村集体收入增加50万元。
　　二是托管服务模式。就是以省供销社直属企业鲁供丰禾公司为龙头，合作社与其签订托管协议，实施"一托三+N"服务模式，即对碎片化土地进行整合托管，提供"碎片化土地整理、股份合作、产供销对接"三大服务和"增溢共享、特色保险、经营权抵押或担保贷款"等N

个单项扶持服务，这有效破解了合作社不会管理、不善经营等问题。目前，已有 45 个村签订了土地托管服务协议，每村可年增收入 5 万元。

三是区域联合模式。合作社以产品和产业为纽带，采取"1+N"等方式，组建区域性、行业性联合社，统筹运营管理，增强在市场中的竞争力和抗风险能力。比如，洙边镇以茶叶为纽带，组建成立茶业合作社联合社，管理服务 23 家分散合作社，实行统一采购农资、统一技术指导、统一销售运作，这有效避免了合作社之间、茶农之间的内耗竞争，构建了一体化的地理标志品牌，推动传统茶产业稳步发展。

四是社企合作模式。合作社与企业签订种植收购合同，按订单种植作物，以保底价或高于市场价的价格卖给企业；或与企业合作，建设农产品储存、运输、加工企业，对农产品进行深加工，提高产品附加值，带动产业升级。比如，十字路街道富泉村草莓种植合作社与山东乔瑟食品公司开展订单式生产合作，村集体通过收取服务费等方式增收，年收入 11 万元。涝坡镇下白杨沟村党支部领办成立了果品种植专业合作社，建成猕猴桃种植片区 200 亩、皇尊蜜梨种植片区 150 亩、苹果种植片区 150 亩，注册了"红邦佳品"商标，进行了"三品一标"认证，对接青州"地主网"、济西农场等企业，发展订单农业，形成"党支部＋合作社＋企业＋农户"运作方式，解决了销售难、价格低的问题，村集体年增收入 10 万余元。板泉沙窝村的耕地多为沙壤土地，排水通畅、不易板结，村内水源充足，村民种植生姜经验丰富，2019 年村"两委"研究决定，成立合作社种植红芽姜，并与江北最大的生姜生产基地——潍坊安丘一企业签订订单合同，沙窝姜由此进入了京沪等地大型商超。在壮岗镇大河西村，党支部领办成立了润河粮食种植专业合作社，白菊花卉种植基地与临沂市景真花卉合作社签订长期合作协议，以此保障销路稳定，预计每亩年增收 3 万元，忙时能提供就业岗位 100 余个。

产业兴旺了，农民的钱袋子自然就鼓了。村党支部领办土地股份合作社产生裂变效应，已由过去"能人一个、致富一家"的加法效应，向"选准一人、致富一村、富裕一方"的乘法效应转变。莒南县道口镇 19 个村，支部已领办合作社 15 个，其中土地合作社 8 家，其他村也正在成立之中。赫马岭村党支部书记魏振伍，为兑现"带着群众致富"的竞选诺言，带着村"两委"班子成员率先成立了莒南县代彬土地股份合作社，全村 751 亩耕地整体入股，土地变成了股权，村民变成了股民。2019 年，土地入股农民除每亩 800 元保底收益及积累金外，二次盈余分红 19.1 万元。这样，村民入股土地平均每亩总收益有 991 元，经济效益远远超过种植玉米、小麦等传统农作物。村民从土地上解放出来后，可以在合作社打工，也可从事其他行业，增加收入。代彬土地股份合作社，为解决从土地股份合作中解放出来的农村富余劳动力的就业问题，与恒兴泰劳保用品有限公司合作，发展富民大院手套加工项目。目前已建成建筑面积 400 平方米的富民车间，购买了 20 台缩口机、20 台打把机，并投入生产。村集体每年可获得分红收益 2 万元。40 多名村民在不耽误回家做饭、照顾老人、接送孩子上下学的前提下，人均月收入 2000 元以上。

赫马岭村的贫困户魏延珍由于前几年遭遇车祸，生活不能自理，妻子朱孔凤也因此不能外出打工，全家靠妻子一个人种地和上级发放低保、残疾补助维持生活。自从成立土地入股合作社以后，村里考虑到魏延珍家庭的实际情况，安排朱孔凤到合作社进行季节性务工，朱孔凤也可就近到合作社的手套加工车间务工，这样也方便照顾魏延珍的生活起居。那天我们见到朱孔凤时，她一直夸村里的合作社好。"合作社解决了我们家的生活难题。地不用自己种，还有收益，种、浇和收时，我在合作社里打工还有工资。有活干，有钱挣，有盼头。"脸上满是笑容和自信。她给我们数算了她家 2020 年的收入情况，经核对，账目情况是：

低保金（含用电补贴）804.6 元；

赫马岭村土地股份专业合作社夏收夏种

养老保险金 3872.4 元；

经济困难老人补贴 240 元；

残疾人补助 1320 元；

孝善养老金 2880 元；

取暖费 200 元；

产业扶贫项目收益资金 2250 元；

土地入股分红 1800 元（2 亩土地：每亩保底收益 800 元 + 每亩二次分红 100 元）；

合作社务工收入 12000 元；等。

农民加入土地股份合作社，农民收入发生了可喜的结构性变化：一是托管或入股土地的保底收入，一般是 800 元左右；二是农民从土地上解放出来后，在合作社或者外出打工，一般一年收入在 2 万元左右；三是合作社增收部分除用于扩大再生产之外的分红收入；四是小田变大田，土地增溢部分村集体增收，作为原村民享受的部分收益等。

另外，先前种地的多是年老体弱的人，现在他们不直接种地了，省心省力，身体得到恢复，也能少生病少受罪，家里其他人特别是儿孙辈省了操心牵挂，这些都无法用钱衡量，真是一举数得。

有位老农称赞说："没想到一直让我头疼的那几块巴掌大的地，还摇身变成了我进钱的'小银行'了。"

2020 年 12 月 6 日一大早，莒南县坊前镇兴旺庄村李德胜大爷和其他 141 名社员早早来到了支部领办合作社收益分红的发放现场。"坐在家里啥都不用干还能领到钱，俺透恣儿得很哪！"78 岁高龄的李大爷按捺不住心中的喜悦。听着支部书记、合作社理事长李向明宣布分红数额，社员们兴高采烈，纷纷把在合作社辛劳一年的汗水聚成的"红利"抱回家。李大爷今年把自家 3.7 亩地交给了村里的合作社，年底领到了 2184 元的分红，尝到了入股合作社的甜头。

兴旺庄明顺土地股份专业合作社收益发放仪式

# 生态宜居"催化剂"

生态宜居，是广大农民群众对建设美丽家园的孜孜追求，反映了农村生态文明建设的本质，是乡村振兴的内在要求和关键要素。合作社通过规模化种植、集约化经营，大幅度降低化肥、农药、除草剂、农膜等产品的使用量，生产出大量绿色安全的优质农产品，从而提高农产品的经济附加值。土地股份合作社还在大力推广和应用测土配方施肥技术，化肥和农药的用量分别减少了10%和20%左右，有效地缓解了土壤面源污染状况。通过办合作社，许多村庄已经从"村容整洁"向"生态宜居"跨越。

长期以来，农村"脏乱差"现象比较普遍，主要是传统陋习和落后观念所致。生活垃圾随便丢弃，塘边、沟边、路边甚至房前屋后都可见垃圾。不少农户把猪舍、鸡舍、牛栏、羊圈等建在屋前房后或村庄周围，粪便、污水自由流到沟渠，导致细菌繁殖、苍蝇乱飞、臭气冲天。费孝通认为，中国乡土社会的差序格局在本质上是传统文化在农村社会组织结构上的体现，农村人居环境污染在很大程度上要归因于这种差序格局背后的乡土文化。它导致团体边界难以界定，公共利益和个人利益的边界难以划清。乡民也以个人及其所在团体的利益为中心，把个人利益置于公共利益之上。河流和空地等公共空间因没有明确的归属，便被随意污染。的确，以个人利益为核心的行为，是导致农村人居环境污染的一个重要原因。土地股份合作社带给村集体的好处，不仅仅是收益的提升，还有卫生状况的改善。以前，每到麦收时节，必须全天有人轮流值守，严防秸秆焚烧，由此产生的人力物力成本很高。成立土地股份合作社后，机械收割玉米，秸秆直接粉碎还田，村里再没有秸秆乱堆乱放的现象了。莒南县道口镇党委副书记王玉娟告诉我们，"现在搞农村人居环境整治，有的村得找人工、找机械来清理'五大堆'，一年下来村集体就得支出几万元；像赫马岭这样的村，全村种一块田，秸秆全部粉碎还田，自然就不存在乱堆乱放的现象，村里也就不用再找人搞卫生清理了。这个村在每月农村人居环境整治的考核中，成绩一直排镇里头几名。"环境好了，老百姓的卫生习惯也悄悄地发生了变化，注意保持大门口、庭院和室内卫生，愿意在门前和庭院栽花栽草，环境好了，生活品位也高了。

第50个世界环境日的主题是"人与自然和谐共生"。绿水青山就是幸福美好生活，打赢碳达峰、碳中和这场硬仗，是对人民幸福美好生活向往的直接回应。美好的生态环境是最普惠的民生福祉，人人共享、人人有责。国家强调要把节约能源资源放在首位，倡导简约适度、绿色低碳的生活方式。譬如，大到购买高能效家电、选置新能源汽车，小到选择公共交通、随手关闭电源、清扫美化自家小院。这些事人人可为、时时可做，这是最经济的做法，更是最广泛、最坚实的力量。随着乡村振兴的持续推进，人们生态环保意识的增强和人人爱美、家家尚美风气的形成，我们的家园一定会越变越美丽，老百姓的生活也会更加舒心和美好。

# 乡村基因活"酵母"

无论是红色基因，还是其他先进文化因子，要想渗进血液、浸入心扉，必须有"酵母"和"营养液"。新中国成立后，毛泽东针对农村现状，探索运用农民熟悉的乡村话语、本土素材，增强乡村文化的凝聚力和农民的集体身份认同感。各地为配合土地改革、农业合作化和农村社会主义教育，广泛开展开会诉苦、讲家史村史、"算细账""忆苦思甜"等活动，我就多次吃过村里统一蒸的地瓜秧窝头，听村史和我爷爷讲家史。中国传统农耕文化，是历史文化土壤，成为乡村"火"和"活"的重要因子。保护、传承与创新如催化剂一般，让中国传统文化以更鲜活的方式走进普通百姓生活。

各地从乡村传统手工艺蕴含的精神、文化、技术、故事等方面寻找契合点和卖点，通过将传统手工艺与不同设计相融合，赋予其新的形态和生命，彰显出传统手工艺的美学价值、社会价值与商业价值，这同样是挖掘和繁荣文化。合作社挖掘祖先传下来的好东西，从乡村历史资源和山水资源中提炼文化元素，促进了传统手工艺的复活和兴旺。莒南县板泉镇东高榆村党支部领办的高榆木梳工艺品合作社，是全国最大的木梳生产基地，年产工艺木梳 3500 万至 4000 万把，占全国市场的 70% 以上，村集体投资 50 万元，占股 52%，吸引 102 人入股，已投资建设三个文化展馆，分别是木梳文化博物馆、柳编文化馆和木梳非遗体验馆，让游客充分感受非物质文化遗产的独特魅力，既兴起了产业，又复活了文化。

原来我只知道小说《红嫂》的作者是刘知侠，最近才知道，在莒南县马棚官庄村抗日烈士纪念塔旁，还建有刘知侠暨《铁道游击队》原创地纪念馆。1943 年夏，山东军区在莒南县召开全省战斗英雄、模范大会，时任《山东文化》副主编的刘知侠在采访期间，被鲁南铁道大队的英雄事迹感动，这点燃了他创作《铁道游击队》的激情。刘知侠在莒南县工作生活了 7 年，他多次越过敌人的封锁线去微山湖采访，积累素材，大部分时间他在马棚官庄村创作长篇小说《铁道游击队》。这些年，村里充分挖掘红色文化旅游资源，振兴乡村经济，将马棚官庄村建设成了集生态环保、旅游休闲、红色教育为一体的美丽乡村。今年五一假期，我和妻子专门驱车跑了一趟，谒拜了抗日烈士纪念塔，因刘知侠纪念馆没开门，只好留下再次拜访的愿望，带着遗憾离开。

尽管"文化人"的影响辐射得慢，但"磨刀不误砍柴工"，文化真要是发挥作用了，农民一旦有了自尊、自立、自强、自律的主体精神，可是力大无比。

分散、低效的小生产以及低迷的文化和自卑的心态，与乡村振兴格格不入，这要求我们帮助农民在思想文化层面进行社会整合和动员，对乡村社会结构和文化生态加以彻底改造，增强农民的自主性、能动性和创造性，从根本上改变乡村文化相对落后的状况。农民入了土地合作社，腾出了用于生产经营的时间，可以读读书，看看报，跳跳广场舞，甚至可以与朋友侃侃大山，这无形中也是文化熏陶。要想彻底扭转乡村、农民落后的精神面貌，就必须重塑乡村文化价值品格和价值追求，清楚地表达在新的时代条件下农民应当崇尚什么，乡村应当提倡什么，未来乡村应该是怎样一幅图景，并充分发挥这些价值观念的教育引导作用，提振农民"精气神"，促进乡村精神面貌大提升。

日子富了，生活品位才会高。我到过许多历经改造的传统村落，这些村落条件好了，也干净了，恢复了农村的养老功能。生活必需品，随手能买到；年轻人都就近上班，老人每天睁开眼望着孩子们跑着去学校；亲戚朋友来了，能炒上两菜，哼着小曲，悠然自得地喝盅酒。乡村文化是人和自然、道德和信仰高度契合的产物，文化基因和精神土壤是人气涵养的。过去农村常有四世同堂、五世同堂的家庭，可谓是传统养老的最高境界。老人年龄大了，也不是被动等别人养活，而是力所能及地帮忙干些活，譬如扫扫院子、看护孙子，或者喂鸡喂狗。哪一天去世了，也不说"死了"，而是文明地说"走了"。传统村落蕴藏着中华民族的历史文化基因，是乡村的历史文化、自然遗产的活化石和博物馆。村民生产、生活的场所与方式都是有生命的，都保留和渗透着文化的因子。在沂蒙山区村庄的村口，大都会有标志性的物件，譬如，一盘废弃的老碾、老磨或几间老屋，一株古树或一口老井，这

石碾

些物件记录着这个村庄悠久的历史或故事，站立着暖心的牵挂、惦念和守望。保护村庄，就要保护村庄建筑、语言、服饰、民俗等具有标识意义的传统文化。抢救性保存村庄历史和村庄文脉，不仅是对文化的尊重，更是肩负起对子孙后代的一份责任。

　　农业具有生产功能、经济功能、生态功能、文化功能、政治功能和社会功能等。传统的农具曾把农耕文化的种子，播撒在山川河流和村庄农舍。有位乡村教师指着田野对我说："孩子们分不清韭菜和小麦这很正常，这不是孩子们的错。我们组织学生走出教室，定期来合作社里观察和体验一年四季的变化，让学生亲历'耕'的艰辛和'读'的快乐，引导他们认识农作物，熟悉农作物从萌芽、成长到成熟、收获的过程，欣赏田园之美，树立尊重劳动、尊重劳动者的观念，这就是文化传承。"我点头赞同。

相对于广袤的世界，人的生命就如同一粒尘土；面对绵邈的历史，人生只是短暂的一个瞬间。这就涉及了自然境界、功利境界、道德境界、天地境界。在王国维的治学三境界，冯友兰的人生四境界，弗洛伊德的人格三层次，马斯洛的人类需求五层次等学说中，物质生理需求是基本的，精神满足是人生的音符，物质和精神是人生境界的底线和上线，当然这两线之间空间无限，能绽放出五彩斑斓的人生。或良田半亩，衣食无忧；或守候心灵家园，阅尽千山秀色；或"半身温饱，半身书香"；或面对命运舛难，脊梁不弯，与时代、与民心同频跳动，平常的良心却能堵住道德"黑洞"和社会"风暴眼"。人与其他动物不同，人做某事时，不仅知道自己在做什么，还在思考为什么做、怎么做，有些事明知道不成，却依然不惜代价地做。现实中，许多人往往只顾奔跑在追逐名利的路上，因无暇欣赏而失去沿途的风景，在怀疑猜测中失去信任，在沉迷物欲中丢失幸福。在人的精神世界里，文化内涵是何等重要！

# 渴望求解答案

旗帜决定道路，道路决定出路。人类一直行走在探路征途上，有时崇山峻岭，有时急流险滩，有时阳光炙热，有时滂沱大雨。为了攀登目标和持久生存，必须小心翼翼地适应自然和挑战极限，除掉拦路虎，搬开绊脚石，这既是为自己寻路、开路，也是为后人探路、铺路。每个人的一生就像一颗流星，划过璀璨的夜空时，或许光辉迷人，或许平平淡淡，只有善于凝视、倾听、沉思、探究和创新，不断校正前行，刷新高度，才会赢得鲜花和掌声。

莒南县引导各村因地制宜，充分发挥资源优势，先后探索出村党支部以集体"三资"入股自主经营模式；与省供销社直属企业合作，实施土地托管"一托三 +N"服务模式；多个村组建区域联合性合作社的区域联合模式和社企合作、农超对接等多种模式，走出了符合各自实际、各具特色的强村富民之路，构建起多渠道、多类型、多元化发展的工作格局。回首过去一段时期，有的地方的专业合作社因"先天不足"，发展缺资金、销售少门路、管理没能人，"赔了夫人又折兵"；有的地方虽引进龙头企业或大户带动发展，但由于利益联结机制不好，结果"富了老板，穷了乡亲"。党支部领办合作社，较好地扭转了村庄空心化、农户空巢化、农民老龄化"三化"加剧的趋势，釜底抽薪地解决了一些基层党组织弱化、虚化、边缘化问题，确实是一条方向性、可复制的好路子。但我们头脑必须清醒，举起党支部领办合作社这面大旗，实际上是把党和政府的威信与影响力全部作为资源抵押了进去，必须成功，绝不许失败。特别是如何对接城乡建设和经济社会发展规划，如何立足自身区位和自然资源禀赋，确定适合自己的乡村振兴蓝图，从而避免"门缝里看大街"或"翻烧饼"？

如何深化农村以"资源变资产、资金变股金、农民变股东"的集体产权制度改革，如何坚持正确的办社方向，坚持走先富带后富、共同富裕的道路？

如何推进适度规模化经营、标准化生产，提高市场适应能力和竞争能力？

如何健全完善相关管理制度机制特别是利益分配调节机制，加强对村班子特别是支部书记的监管？

如何引导入社社员提高思想觉悟、文化知识层次和现代农业科技水平，增强共同体意识，处理好眼前与长远、局部与整体、个人与集体的利益关系？

如何培育农民合作社示范社、农业产业化标准化示范联合体等新型农业经营主体?

规模大、辐射带动能力强的合作组织如何强强联合,形成优势互补和竞争新优势?

乡镇如何转变职能,强化为农服务中心、为民服务中心的服务功能?

如何贯通省市县镇街的服务系统,降低运行成本,形成合力?

莒南县坚持"县是主导、镇是重点、村是核心、部门是关键"的思路和策略,不断在实践中探索和规范,努力解决面临的矛盾和问题。

早春三月,草长莺飞,又是一年植树播绿的好时节。重重叠叠的脚窝里,正生长着一茬又一茬壮美的风景……

乡村振兴的核心是发挥好乡村功能。保饭碗,从吃饱、吃好到吃优;保护生态,涵养自然;保护和传承优秀传统文化。简要地说,乡村振兴是否成功,要看能否保证国家粮食、生态和文化的持久安全。我国乡村振兴的目标是与我国现代化建设 2035 和 2050 年两个阶段的安排同步的。因而,乡村振兴不仅是庞大的系统工程,而且是一项长期艰巨的战略任务。基层也有人有顾虑和担心,例如,农村的人口尤其是年轻人还在持续减少,一些村庄由于各种原因正在衰落甚至已经消失,在这种情况下,如何推进乡村振兴呢?难道为了乡村振兴,就不让农民搬迁上楼,进城了?还是说组织动员已经进城的人重新返回农村?有这些顾虑很正常。必须有定力、有方向,打长谱、细思量,谋定而后动,不能下指标,刮风搞运动,同时不能照抄照搬、大拆大建,千村一面,把乡村搞成浓缩版的小城市。从主体层面看,乡村振兴既要发挥好新型农业经营主体的带动引领作用,又要把广大农民凝聚好、吸引住,把各种生产要素资源聚集在一起、同步发展,走共同富裕、文明兴盛的路子。

我国农村人口密度大，人均耕地面积少。许多村庄责任田分得零碎，有的村是为了体现公平，地分远近、旱涝、肥瘦、好孬，各家都有份，有人形象地比喻为"巴掌田""莆笠田""一蛙能跳三丘"。临沂某村一农户的四亩地，就有十七块，"地小得只有巴掌大，没法种，牛都调不过头来"。小农户、小田块在采用新技术、新机具、科学管理和标准化生产、对接大市场等方面，存在诸多短板和问题。因而，种地成本高，效益低。有些农民把种田当包袱，要么不种，要么人种天收。如何有效促进小农户与现代农业有机衔接，实现传统小农户向现代小农户的转变，任重道远。从实践看，新型农业经营主体往往"脱胎"于小农户，在服务小农户中成长壮大，而小农户的发展更离不开新型农业经营主体的帮扶和服务。各地自然条件差异很大，"厥土惟涂泥，厥田惟下下"，在长期的生产实践中，形成了大大小小带有相对独立性和特殊性的耕种单元和方式。"大国小农"是我国基本的国情农情，随着农业生产社会化、专业化、组织化程度的不断提高，一家一户低水平的经营会越来越少，小农户会越来越仰仗规模经营主体。既要培育新农业经营主体，同时又必须兼顾和包容小农户的经营方式，决不能"剃头挑子一头热"，挤压小农户、家庭单元的生存空间。在未来很长的时间里，小农户依然是我国农业发展的重要力量。应当设身处地地为小农户解决生产经营中面临的困难，努力促进小农户与现代农业发展有效衔接、对接，把他们逐步引导过渡到现代农业发展的大格局中来。

"昼出耘田夜绩麻，村庄儿女各当家。童孙未解供耕织，也傍桑阴学种瓜。"这是多么妙趣横生的田园场景呀！

八 沂蒙精神红色引擎

# 精神图谱·灵魂图腾

2021年2月20日，中央电视台《新闻联播》播发习近平总书记出席党史学习教育动员大会并发表重要讲话的新闻。"我们党的百年历史，就是一部践行党的初心使命的历史，就是一部党与人民心连心、同呼吸、共命运的历史。历史充分证明，江山就是人民，人民就是江山，人心向背关系党的生死存亡。赢得人民信任，得到人民支持，党就能够克服任何困难，就能够无往而不胜。"我听到这段话时，非常兴奋，我感到习近平总书记这段讲话既是对党的百年历史经验的深刻准确总结，也是对沂蒙精神实质更高层次的解读。

江山就是人民，人民就是江山，打江山，守江山，守的是人民的心，为的是让人民过上好日子。

"水乳交融、生死与共"铸就的沂蒙精神，是党的精神谱系中的经典章节，也是最鲜活、最感人的一个样本，是对党的初心使命最生动的诠释。

习近平总书记强调："一个民族最深沉的精神追求，一定要在其薪火相传的民族精神中来进行基因测序。"

人类学家列维·布留尔认为，"每个图腾都与一个明确规定的地区或空间的一部分神秘地联系着，在这个地区中永远栖满了图腾祖先的精英"。

沂蒙精神的基因密码是什么？一方面是党视人民至高无上的政治立场和为民奋斗的情怀，一方面是沂蒙人民坚定跟党走的执着信念，以命许党，永远跟党。党全心全意为人民的初心使命，是沂蒙精神的逻辑起点，沂蒙人民一心向党的这种群体意识和集体自觉，是其逻辑必然。"水乳交融、生死与共"的精神特质，融入党群心连心、同呼吸、共命运的精神谱系和灵魂图腾。

沂蒙精神，她是千千万万沂蒙儿女共同的灵魂称谓！她是共产党人党性和沂蒙人民善良人性的完美结晶，彰显着忠诚的本性和奉献的特质。沂蒙人民的这种品格和风范，若凤凰在熊熊战火中燃烧涅槃，在改革建设的熔炉里淬炼磨砺，在脱贫攻坚战、抗击新冠肺炎疫情等冲锋时刻锤炼提纯，在乡村振兴元年重塑璀璨。

历史是最好的教科书，党史是最好的营养剂。"如果丧失对历史的记忆，我们的心灵就会在黑暗中迷失。"历史从来都不是史实和数据简单冰冷的堆砌，而是即时又鲜活的镌刻，是民族反复打磨的集体记忆和民心憋不住的自主书写。在庆祝中国共产党成立 100 周年，深入开展党史学习教育的庄严时刻，我们怀着敬畏之心、感激之情，轻轻打开惊天地、泣鬼神的峥嵘岁月，探寻沂蒙精神坎坷艰难的发展轨迹和微妙玄通的奥秘。

# 沂蒙人民为什么铁心跟党走？

为什么沂蒙红嫂能摆脱封建思想束缚，用乳汁救伤员？为什么沂蒙母亲能为了抚养革命后代不惜饿死自己的孩子？为什么沂蒙人民能够牺牲一切甚至宝贵的生命支持革命事业？因为党为人民谋幸福，所以人民坚定跟党走。革命战争年代，沂蒙老百姓这样表达对党的认识：让咱们翻身解放的是共产党，让咱们吃饱穿暖的是共产党，救咱们性命的恩人是共产党，让咱们识字学文化的是共产党，把咱们当亲人举过头顶的还是共产党，因而我们铁了心听党话、跟党走。

2013 年 11 月 25 日，习近平总书记视察临沂时指出，沂蒙精神是

山东省政府和八路军一一五师司令部旧址（莒南县大店镇供图）

军民"水乳交融、生死与共"铸就的，沂蒙精神与延安精神、井冈山精神、西柏坡精神一样，都是党和国家的宝贵精神财富。在战争年代，党与人民群众"水乳交融、生死与共"的关系是怎么形成的？这种关系背后的历史逻辑是什么？为什么新中国成立后沂蒙山区发展态势好，改善人民生活在老区中能走在前列？为什么脱贫攻坚和乡村振兴衔接得早、成果累累？我翻出厚重的史书，在密密匝匝、散着墨香的文字间，探寻，思考，领悟……

　　鸦片战争以后，我国陷入了内忧外患的黑暗境地，战乱频仍、民不聊生，农民命运更加悲惨。1917 年，十月革命一声炮响，给中国送来了马克思列宁主义，"共产主义的幽灵"开始在中国这片古老文明的大地上"徘徊"，中国先进知识分子逐步接受了马克思主义科学理论，无数忧国忧民的热血青年被唤醒。山东是最早建立中共党组织的地区之一。1921 年，王尽美、邓恩铭在济南创建共产主义小组，成为山东最早的共产党员。从 1923 年开始，沂蒙山区的李清潍、李清漪、刘晓浦、刘一梦、冷相佑、刘之言相继加入中国共产党。沂蒙山区 1927 年建立了第一个党支部——中共沂水支部。抗日战争全面爆发后，中共山东省委进驻沂蒙山区，积极恢复和发展党组织。当时沂蒙大地土匪蜂起，群盗为虑，社会动荡，民不聊生。各种势力丛生，有共产党，有国民党，有地主武装，还有土匪力量。人民群众在如此艰难残酷的环境中为什么铁了心跟党走、听党话？根本原因在于党为了人民利益能够抛头颅、洒热血，甚至奉献生命，始终把人民利益放在第一位；勇于担当，领导群众减租减息、打土豪分田地、建立人民政权、解放妇女、办识字班，使沂蒙山区人民群众政治上翻身、经济上得实惠。群众认定了共产党的队伍是讲奉献、敢担当的，是为穷人谋利益的，所以才铁了心跟党走，踊跃参军支前，党、政、军、民同呼吸、共命运、心连心，形成了"水乳交融、生死与共"的亲密关系。这个关系形成的根本原因，就是党把人民的生死安危放在首位，为人民利益担当冲锋和献身奉献。因此，可以说，没有中国共产党人担当与奉献的政治品格和真心为民的宗旨情怀，也就没有沂蒙精神。

### 经济上："分了地，出了气，翻了身，饱肚皮"

民以食为天。自古以来，土地是农民的命根子，是农民最基本、最踏实的生活保障。它不仅是农民的基本生产资料，还是农民生存和发展的依靠。从某种意义上说，中国的问题，实质就是如何处理好农民与土地的关系问题。农民首当其冲、最迫切、最直接的利益是吃饭。抗日战争全面爆发以后，为了团结一切力量一致抗日，打土豪、分田地的政策停止了。如何才能既适应新的形势，又满足农民的愿望？新的土地政策，承认现存的土地所有权，实行减租减息，这既团结了地主阶级一致抗日，又保护了农民的生产积极性。

井冈山时期，为制定一部好的土地法，从 1927 年冬开始，毛泽东经过一年多调查，最终主持制定了《井冈山土地法》。之后，毛泽东又到于都、兴国作了追踪调查，主持制定了《兴国土地法》和《土地问题决议》。1930 年 5 月，他又选定地处闽、粤、赣三省的边陲之地寻乌，进行了 20 天的寻乌调查。实践，认识，再实践，再认识，土地政策越来越符合实际。从没收一切土地归苏维埃，到没收一切公共土地及地主阶级的土地，再到把这一政策调整为"抽多补少""抽肥补瘦"，分配好了的田"由他私有，别人不得侵犯"。因为对土地熟悉，政策制定上可以因时而变，从而形成了一套正确的方针。

1934 年，毛泽东在《关心群众生活，注意工作方法》一文中指出："关心群众的痛痒，就得真心实意地为群众谋利益，解决群众的生产和生活的问题，盐的问题，米的问题，房子的问题，衣的问题，生小孩子的问题，解决群众的一切问题。假如我们对这些问题注意了，解决了，满足了群众的需要，我们就真正成了群众生活的组织者，群众就会真正围绕在我们的周围，热烈地拥护我们。"毛泽东在《论联合政府》中进一步指出："中国一切政党的政策及其实践在中国人民中所表现的作用的好坏、大小，归根到底，看它对于中国人民的生产力的发展是否有帮助及其帮助之大小，看它是束缚生产力的，还是解放生产力的。"毛泽东多次指出，中国必须发展经济，尽快改变积贫积弱的落后局面，否则就会被人欺负，人民也不会拥护我们，人民的政权也不能巩固。

从 1942 年起，沂蒙根据地首先开展了减租减息和增加雇工工资的群众运动。减租减息，实质上是变相土改，它在保证不当汉奸的地主还有一定收入的前提下，削弱了农村的封建剥削，减轻了贫雇农的负担，改善了广大贫苦农民的生活。

1946 年 5 月 4 日，中共中央发出《关于清算减租及土地问题的指示》（即"五四指示"），要求迅速开展土地改革运动。从 5 月中旬至 6

月初，中共华东局在临沂召开高干会议。陈毅在大会总结中强调要坚决贯彻党的土地政策，把地主阶级——首先是大地主、大恶霸、大汉奸的土地拿过来，分给无地、少地的农民，实现"耕者有其田"。会后，各区党委都在七八月份召开干部会议，传达"五四指示"及中共华东局会议精神，培训干部，搞土改试点。中共华东局于8月底召开土地会议，9月1日发布《关于彻底实现土地改革的指示》，要求各地在年底前全部或大部分完成土地改革。到12月，山东解放区大部分农民分到了土地。消灭封建剥削，实现耕者有其田；用一切有理合法的方法，使农民从地主手里取得土地，从封建的土地关系中解放出来。这些政策、措施为解放战争的胜利提供了保障。

1947年10月，中国共产党公布施行《中国土地法大纲》，翻身农民分到了属于自己的土地。分到土地的农民欢天喜地地说，"过去头顶地主的天，脚踏地主的地，现在都成为我们自己的"，"分了地，出了气，翻了身，见了天"。

在解放战争时期的三大战役中，淮海战役规模最大。斯大林评价说："奇迹，真是奇迹！"傲慢的美国人说：神奇，不可思议。当年，广大农民忙完秋收，就扛起扁担，推起独轮车，顶着敌机的狂轰滥炸，毅然加入了支前队伍。540多万支前民工高喊着："队伍打到哪里，支前就跟到哪里！"陈毅元帅说，淮海战役的胜利，是人民群众用小车推出来的。广大农民踊跃参军参战、支援前线，巩固解放区，加速了解放战争的胜利。把土地从地主手中夺回来并还给农民，解决了农民祖祖辈辈盼望的土地问题，成为农民踊跃支前的重要动力与源泉。

**政治上："豆选"这种最原始的选举方式，实现最神圣的人权和尊严**

1940年11月11日，成立于临沂青驼寺的山东省临时参议会，通过公布施行《人权保障条例》，这是我国历史上第一部专门的人权保障条例，也是中国共产党组织领导制定并公开发表的第一个人权保障条例。《条例》规定，凡年满 16 岁的公民，不分性别、宗教、民族、财产、文化程度，都有选举权和被选举权。

当年多数群众是文盲，大字不识一个，选举投票，出现投豆选举这种最原始的选举方式，实现了最神圣的人的权利与尊严。1942 年 1 月，滨海专署决定在全区开展村选工作，县、区成立村选委员会，作为领导机构。许多县、区举办村选训练班，就选举原则、程序、办法等事项对村干部进行培训，各县、区组织选举工作队进村指导。由于当时农民文化水平普遍较低，大多数人还是文盲，于是创造出"豆选"的方法：候选人坐成一排，每人身后放置一个空碗，每位选民分发一粒豆子，作为"选票"。选民中意谁，就在谁的碗中投豆，最后根据豆粒多少确定人选。这是全世界选举史上闻所未闻的选举办法，在今天看来，是非常原始的，但它可以充分表达选民的意愿，这种生动的草根民主，受到美国著名记者史沫特莱的赞赏，她专门写文章评价说，这是"比近代英美国家还要进步的普选，是真正的民主"。由于村选体现了农民当家做主的政治地位，因而极大地激发了群众的参政热情。据记载，1943 年莒南县一个村庄召开选举大会时，村里 96% 的选民到会参加。一些白发苍苍的老大爷和身体佝偻的老大娘也都挂杖到会投票。

选民对自己手中的那粒"豆"看得非常神圣，投给谁十分慎重。他们说："金豆豆，银豆豆，豆豆不能随便投；选好人，做好事，投到好人碗里头。"

1941 年前后，在山东根据地有统计的 71 个县政府中，民选县长占 94%，区长占 80%，乡长占 70%，真正让群众扬眉吐气，挺直腰杆做人。政权建设，让农民政治上翻了身，真正做了主人。

### 文化上："庄户学堂，让俺眼明心亮"

中国人民在政治上翻了身，但如果不识字，做睁眼瞎，不能在文化上翻身，就不是彻底翻身。抗日战争时期，沂蒙山区的老百姓流行一句顺口溜，"日本鬼子扒窝，国民党吃喝，共产党唱歌"。朴素的三句话，清晰生动地道出这片土地上最终谁主沉浮的推判。沂蒙山区的各级党组织非常重视开展文化教育活动，创办了大量的抗日小学和正规小学。与此同时，还开展了以识字班、庄户学、冬学、常年民校为主要形式的民众业余教育，出现了"村村办学，户户读书，抗日救国，人人争先"的新气象，掀起了面向劳动人民的新文化普及运动。

1941 年，山东省妇救会发出号召，要求组织妇女识字班，建立女子小学、妇女训练组等。从此，沂蒙根据地的广大青年妇女普遍参加识字班进行学习。久而久之，"识字班"也就成了沂蒙姑娘的代名词。"识字班"们勤学苦练，文化水平提高得很快，平常会看简单的书报，能写路条、书信等。她们在学文化的同时，还学习政治。"识字班"不仅是一种学习形式，而且是一种政治组织形式，团结和争取了广大青年妇女，成为妇救会、党组织的得力助手。

1943 年秋，滨海中学毕业生张建华到莒南县洙边区刘家莲子坡村，从事组建小学的工作。他通过调查，针对学生辅助性农活和家务较多的特点，将他们编为若干小组，合理安排劳动和学习时间。晴天在田头上教，雨天回教室读书，这便解决了学习与劳动的矛盾，使该村少儿入学率达 92%。村民称赞这种办法"合乎庄户人的心意，像个庄户学堂"。"庄户学"之名由此传开。接着，该村又相继成立了成人班、妇女班、民兵班及村干部班。这些班均根据群众的需要和习惯，灵活确定学习内容、时间和组织形式，教材也是根据当时的斗争形式，由教员自编而成的，深受群众欢迎。人们以快板的形式歌颂"庄户学"：

庄户学，真正好，群众办，党领导。

边识字，边拾草，庄户活，误不了。

又写算，又读报，天下事，都知道。

大组大，小组小，看忙闲，论老少。

子教母，姑帮嫂，自动学，互相教。

要自愿，随需要，人人夸，都说妙。

从一般的冬学、民校、识字班到"庄户学"，这是根据地文化教育事业建设史上的一项重大变革，它使教育与抗日战争、教育与生产紧密结合起来，更加广泛地联系了群众，扩大了教育面。于是，"庄户学"成为根据地普及农民教育的一面旗帜。这一办学形式很快在山东各根据地推广开来，创办"庄户学"的张建华被省战时行政委员会授予"山东教育英雄"称号。据记载，滨海区莒南、莒中、日照3个县，参加学习的农民有近40万人，其中莒南14万人，占全县总人口的56%，鲁中沂蒙专区有25万人参加学习。

解放战争初期，解放区的民众业余教育，主要是通过村学为土改、支前、生产三大任务服务。1948年秋，临沂全境解放，各级政府着手整顿恢复民众教育。至1949年上半年，沂蒙专区已恢复冬学、识字班、民校238处；滨海专区恢复冬学、识字班、民校1352处。

在推行民众教育过程中，黎玉特别重视群众的初级教育，他说："（要）推动组织夜校、民校、半日学校、识字班，宣传学习的重要，选择贫农、中农或进步的小知识分子、群众领袖进行组织或做扩大宣传。一经建立或已建立，我应帮助上课，多讲抗日战争故事，引到革命的新思想上来，并教用字，研究讲课方式。"

根据地村村开办农村剧团，倡导妇女解放，放足剪发，提倡婚姻自由，解放区呈现社会新风尚。长期套在老百姓头上的封建枷锁被砸烂，老百姓热爱新社会，热爱新风尚。先进文化的普及，产生了巨大的精神能量。尤其千千万万社会地位卑微的农村妇女，她们通过组成识字班学习文化，明白了道理、事理，成了人民军队最忠诚、最得力的后勤保障部。她们做军鞋，做干粮，支援前线打胜仗，在拥军优属、参军支前、生产备战各方面都发挥了巨大作用。沂蒙山区红嫂群体的涌现，与当时的文化普及有着直接关系。

**群众说："共产党和八路军舍命护咱、救咱，真把我们当亲人哪！"**

毛泽东指出："依靠民众则一切困难能够克服，任何强敌能够战胜，离开民众则将一事无成。"八路军——五师刚到山东时，当地群众对部队不了解，因此不让部队进村，这时罗荣桓就说："群众不让我们进村，是因为对我们不了解。在这种情况下，我们应以自己的实际行动，向群众宣传我军抗日救国的主张，以取得群众的信任和支持，绝不能和群众为敌。"群众见部队秋毫无犯，便同意部队进村。部队进村后，罗荣桓立即号召部队帮助群众打扫卫生、劈柴、挑水、理发、看病，宣传党和军队的路线、方针、政策，很快拉近了和群众的距离。我们熟知的不让马啃树皮，挖野菜也要远离村庄，帮助缺种子的群众找种子，帮助群众秋收等爱民行动，在根据地广泛执行，由此形成了良好的军民关系。

危难时刻不惜牺牲自己保护群众。习近平总书记视察过的临沭县朱村就发生过这样的故事。1944年，农历大年三十的拂晓时刻，该村遭到驻临沂日伪军的袭击，驻守在附近的八路军滨海军区第四团八连的一个战士发现了敌情，马上给连长汇报，连长顾不得向上级请示，立刻果断地说，"枪声就是命令"，"先救老百姓的命"，接着紧急集合队伍急奔朱村阻击敌人，杀敌40多人。为了掩护群众，八连有24位

朱村"枪声就是命令"雕塑

战士献出了宝贵生命。第二天，也就是大年初一，朱村的乡亲不约而同齐聚村内存放八路军烈士遗体的王氏祠堂，他们捧来一碗碗热腾腾的饺子，大声说："是八连救了我们，没有八连就没有我们啊！今天，过年的第一碗饺子不敬天不敬地，要敬八连牺牲的战士，他们是我们的亲人哪！"从此以后，这个村的村民在每个周年的忌日，都要先给烈士们上坟，这已经成了一条村规。2012年，富裕起来的朱村村民自发捐款 60 余万元，建成了朱村抗日烈士陵园、八路军老四团钢八连纪念馆、朱村历史文化陈展室和朱村档案资料馆，以铭记那段红色历史，院里还有"枪声就是命令"的"钢八连"战斗雕像。村里珍藏着一面绣着"钢铁英雄连"的锦旗。这面旗其实是朱村村民在那场战斗后第六天自发赠予八连的，它表达了朱村人民对八路军的深情厚谊。这也成为后人铭记这段历史的生动见证，成为军民"水乳交融、生死与共"的鲜活信物。

战争年代，党员干部把群众的利益放在心上，还体现在一些"小事"上。赵镈任中共鲁南区委书记时，他的马踩坏了老百姓的两个西瓜，他当时就掏出两个铜钱，放在了被踩烂的西瓜旁，第二天又亲自找到瓜农赔礼道歉。

1940 年 2 月，费县抗日民主政府成立时就约法三章，其中之一就是承诺"民主政府要绝对做到廉洁奉公，不贪污、不腐化、不浪费公家一分钱"。

沭水县抗日民主政府第一任县长王子虹，下乡搞调研时经常背着粪筐捡粪，盛满了就倒在老乡的地里。一位老农慈爱地拍着这位年轻县长的背说："你看这家伙背了多少筐粪倒进我们的地里，以前有谁见过这样的县长？从前，当官的闻的都是他们姨太太的香水味，怎么闻得了这大粪的味呢！"老百姓从耳闻目睹的事实中，感受到了共产党的县长和旧政权县长的区别，还有什么比这更生动，更有说服力呢？

莒南县抗日民主政府第一任县长王东年，生活艰苦朴素。冬天，他头戴一顶旧的黑毡帽，身穿粗布棉袄，腰束一根布绳，脚穿芦草毛窝子，人们亲切地称他为"庄户县长"。据《莒南县志》记载，从 1942 年到 1944 年，莒南连续三年大旱，还发生了严重的蝗灾，旱灾和蝗灾引发了大饥荒。面对一群群面黄肌瘦、衣衫褴褛的灾民，王东年忧心如焚、寝食难安，思量后提笔给父母写了一封信。信的大意是：父母大人，我们这里闹饥荒，乡亲们过得很苦，没有穿的，没有吃的，连树皮都吃光了，有些人饿死了，有些人病死了，我非常痛心。我知道家里也没有多余的财产，咱还是把祖林里的那些大柏树卖了吧，用这些钱能救活好多孩子和老人。我知道，卖祖林属大逆不道，是咱家族的一种耻辱。但自古忠孝难两全，儿子不能愧对我的乡亲，只能愧对列祖列宗。几天后，老家派人送来卖树的 200 块大洋，他用这笔钱救助了大批群众。许多群众感动地说："自古以来，有谁能舍得卖了祖林救助咱穷人呢？只有共产党才会这样做，共产党真把我们当亲人哪！"

在没有战斗的时候，部队官兵除了昼夜站岗巡逻，保卫群众之外，还经常帮助群众劳动。部队是扛枪的老百姓，老百姓是不穿军装的八路军。久而久之，军民就自然而然地打成了一片，而劳动则成了部队联系群众的基本方式之一。因此，黎玉在总结工作经验时说，"帮助群众劳动是爱民的具体表现，是军民打成一片最有效的行动……一种是帮助群众季节性生产劳动，如春耕、夏收、秋收，并在边沿区配合抢收、抢耕、抢打场；一种是帮助群众日常劳动，如倒粪、抬粪、推粪、挑水、铡草、推磨、抬土、推碾、托胚、打炕、挖水沟、搬草、钻磨、摘花生、切瓜干、起地瓜、捕蝗虫、盖房、剃头、劈柴、打场、喂猪、拦鸡、垫牛栏、喂牛等，要尽我们可能的力量，处处为群众打算"。群众对八路军的态度，逐步从"无情"到"有情"再到"深情"，干群关系融洽了。所以，帮助群众劳动成了沂蒙党政军人员的一贯做法，成为沂蒙党政军始终得以扎根于人民群众之中的法宝之一。

打开尘封的历史画卷，穿越时空长河。重新体验和感悟党和军队真心爱护沂蒙人民，沂蒙人民真心爱党、爱军的真实历史，复活一曲曲感人故事，名垂青史，浩气永存。

### 坚定不移跟党走

在白色恐怖笼罩的岁月里，山东省委先后遭受十多次打击破坏，多位领导人被捕，甚至惨遭杀害。在抗日战争最艰苦时期，沂蒙革命根据地区域面积大大减少，形势十分严峻。但沂蒙人民对党的信念不动摇。据说蒙阴县垛庄镇垛庄村"燕翼堂"的堂号是清朝乾隆皇帝御赐。刘晓浦、刘一梦叔侄，在上海求学期间加入了中国共产党。1931年4月，叔侄二人在济南就义，年仅28岁和26岁，他们用壮烈而短暂的一生践行初心和誓言。当家人刘云浦立志救国，号召全家人以刘晓浦、刘一梦为榜样，坚定跟共产党走，拥护共产党的抗日战争主张，积极投身抗日斗争。在其教育动员下，刘氏全家先后有30多人参加革命，多人加入中国共产党，有6人献出了年轻的生命。正如沂蒙大姐李桂芳所说，"战时的沂蒙山区，村村是医院，户户是病房，人人都是护理员"，沂蒙人民与党和人民军队共渡难关。

原美国战地记者西奥德·怀特讲述过这样一个经历："1947 年，我跟随 3 名国民党士兵在沂蒙山区行军，人困马乏。在一个村庄里，国民党士兵对老乡谎称是八路军，索要了草料和水。我感到很惊讶，正想反问时，这名士兵小声跟我说，'要是知道我们是国民党军，他们就不会给我们弄了'。"当时，他心里就得出结论，国民党必败了。一名在孟良崮战役中被俘的国民党军官曾说："老百姓对共产党是'要人给人，要粮给粮'，对我们却'坚壁清野'，到村里别说人和粮了，连鬼都找不到。"

在孟良崮战役打响前夕，一支解放军部队赶到了天马山脚下的黄家峪村，部队由于长途行军，没有顾得上吃饭，村长李在修得知后就赶忙组织村民筹粮，给部队送去。四周全是光秃秃的山石，部队找不到做饭的柴火。怎么办？李在修二话不说，回家拆了自家的团瓢屋，把木头和苇草送给炊事员，用来烧火。他坚定地说："为支援前线，让战士吃上饭，俺不怕倾家荡产。等解放了，俺一定再盖新的！"沂蒙山普普通通的农民，在部队急需粮草的紧要关头，甘愿把自家唯一的房子拆掉，给解放军烧火做饭。古今中外，闻所未闻。

沂蒙人民亲身经历黑暗与光明、地狱与天堂、磨难与幸福的交替，以及压榨与抵抗、血与火、生与死的重大考验，最终得出刻骨铭心的结论："跟着共产党走，生活就会一天比一天好。"因而无论遇到什么困难和压力，沂蒙人民对党和人民军队的感情，一直炙热，滚烫。

### 踊跃参军参战

在长达 12 年的革命斗争岁月里，蒙山沂水间发生过大大小小的战斗 4000 余次，在当时根据地 420 万人口中，有 120 万拥军支前，20 多万人参军参战，10 多万将士血染疆场，村村有红嫂，村村有烈士。全民族抗日战争时期，沂蒙山区有 4 次参军热潮。第一次出现在全面抗日战争爆发后的 1938 年至 1939 年；第二次参军热潮发生在最艰苦的 1941 年至 1943 年，那时参军往往意味着牺牲，但群众的参军热情不减反增。广大农民打破"儿子是父母传宗接代的希望""丈夫是妻子的顶梁柱"等传统观念，涌现出大量"母亲送儿打东洋，妻子送郎上战场"的感人事迹。"一门双英""一门三英""一门四英"的模范家庭，几乎每个县每个区都有。费南县第一次动员参军就有近 1000 人入伍。当时，临沭县夏庄的陈大娘有 4 个儿子，前两个儿子在前线都牺牲了，然而在第二次动员参军中，她还是送三儿子、四儿子参军，经村干部再三劝说，她才留下四儿子。1945 年，三儿子负伤回家，她又把四儿子送上了前线。在 1945 年下半年的"动员参军"运动中，鲁中区两个月参军 19800 人。在莒南县周边区一次参军的 137 人中，有 30 多人是兄弟 2 人或 3 人同时入伍，还有 7 家把唯一的儿子送上了前线。此后，在解放战争、抗美援朝等重要节点上，沂蒙子弟参军参战的热潮更是高涨。

### 救护伤员

历史上沂蒙山区长期封闭，受男尊女卑封建糟粕思想影响，妇女地位十分低下。随着抗日形势的发展变化，越来越多的青壮年男子奔赴前线，后方农业生产和家庭事务都落到了女人肩上。这是革命最艰难的时刻，面对日寇残酷的扫荡和屠杀，沂蒙红嫂群体在战火中涌现出来。

俗话说："十个聋子九个哑。""红嫂"明德英虽是哑巴，耳朵却好使，这也是命运冥冥之中的安排吧。1941 年冬，一名八路军小战士在反"扫荡"中负伤，跑到沂南县马牧池村西河岸边，家住在墓穴、正在给孩子喂奶的哑巴妇女明德英早早听见了。她手里抱着孩子，等望见小战士，迎上去便将他拉进自家窝棚里，盖上破烂不堪的被子。不一会儿，两个日本兵追赶过来，向明德英比画着，问她见没见到小八路，明德英毫不犹豫地朝西山指了指，把日本兵支走。日本兵走后，明德英上前揭开被子，发现小八路因伤口流血过多，已经昏迷。情况危急，怎么办？正在哺乳期的明德英来不及烧水，毅然用乳汁救活了小八路。随后，她又和丈夫宰了家中仅有的两只鸡，为他补充营养。半个多月后，小八路伤愈归队。"沂蒙母亲"王换于和儿媳张淑贞创办战时托儿所，从 1939 年秋到 1942 年年底，在三年多时间里，抚养了一个又一个革命后代和烈士遗孤。当时物资十分匮乏，她们就把自家刚出生的孩子放到一边吃糊糊汤，把奶水喂给年龄小、体质差的托儿所孩子。40 多个革命后代和烈士遗孤健康成长，而王换于自己的 4 个孙子，却均因营养不良不幸夭折。

抗日战争期间，沂蒙老区 15.5 万余名妇女先后以不同方式掩护了 9.4 万余名革命军人和抗日战士，4.2 万余名妇女参加了救护八路军伤病员的工作，共救助伤员 1.9 万余人。

有人问，为什么沂蒙山区红嫂多，男性英雄少？几千年来妇女受帝国主义及封建制度的双重压迫和束缚，地位十分低下，再加上沂蒙山区偏僻落后，农村男尊女卑、重男轻女观念根深蒂固，沂蒙妇女忙于"缝衣煮饭，养儿孵蛋"，迈出家门都很难。妇女要缠脚，"小脚一双，眼泪两缸"。男女双方在政治、经济、文化等方面的权益均不平等。婚姻父母包办，很多女子从十几岁出嫁开始即因丈夫离世而守寡，直到终老。党领导的沂蒙根据地开展轰轰烈烈的妇女解放运动和文化教育运动，动员妇女放足、剪发、识字，参加"减租减息"，唤醒了处在社会最底层的广大妇女。部分进步妇女逐渐实现了从父母包办婚姻、童养媳到自主选择配偶、自由结婚的转变，这极大地激发了妇女迈出宅院支援、参加生产的积极性。广大妇女成为重要的进步力量。随着抗日队伍的不断扩大，越来越多的青壮年男子奔赴前线、不幸牺牲，后方的工作就落到了女人肩上，在残酷的对敌斗争中涌现出沂蒙红嫂这个伟大的群体。此外，也涌现出了抗日英雄王保胜、"活电台"高廷光、"宋炸弹"宋美续、"张楞子"张西柱和"中国保尔"朱彦夫等众多红哥，他们展现出沂蒙爷们的英雄气概，同样不容忽视。

### 拥军支前

费县南部山区沾化庄出身贫苦农民家庭的李自兰，第一个送儿上战场，当时，独生儿子年仅 16 岁。在她的带动下，全村青壮年踊跃参军，出现了许多"父母送子，妻子送郎，兄弟争相上战场"的动人场面。有公开宣言"谁第一个报名参军，俺就嫁给谁"的梁怀玉；也有丈夫在前线打仗一直没有音信，为照顾常年有病的婆母，说服父母，按当地风俗由嫂子怀抱一只大公鸡拜堂结婚的李凤兰。支前模范李桂芳，在孟良崮战役期间带领众姐妹跳进冰凉的河水中扛门板、架"人桥"，让战士们从肩膀上快速通过，奔向火线。在支前方面，沂蒙人民开路架桥，保证交通线畅通，筹备粮食、副食、柴草，向前线运送粮食、弹药等军需物资，抢救、转运、护理伤员，守护交通线，看押俘虏，打扫战场，维持后方社会治安。

在淮海战役 66 个昼夜的战火中，543 万群众奋勇支前，平均一名解放军身后就有 9 名普通百姓"护驾"。男女老少齐上阵，给解放军送军粮、送衣被、送武器、运伤员，仅小推车就动员了 88 万辆。淮海战役胜利后，华东野战军司令员陈毅曾深情地说："我进了棺材也忘不了沂蒙人民，他们用小米养育了革命。"

沂蒙人民拥军支前的传统和精神传承至今。下岗职工朱呈镕，自立自强，自谋职业，现任山东朱老大食品有限公司党支部书记、总经理。15 年来，她时刻把拥军放在首位，将沂蒙精神传递到军营，先后走访了 139 个部队，行程 10 余万公里，认了 2000 多个兵儿子，被誉为"新时期的沂蒙红嫂""最美兵妈妈"。在她的倡议下，2009 年成立了临沂市拥军优属协会，带动更多的人，把沂蒙老区人民拥军的光荣传统发扬光大。2020 年底，我们来到建在山东朱老大食品有限公司的临沂首座红嫂文化纪念馆，见到一张写有"赠给敬爱的余政委，雷锋，1960 年元月 3 日"的十分珍贵的照片。那是 2015 年 11 月 7 日，在朱呈镕为鞍山老红军余新元过生日时，余老动情地说："这张照片我精心珍藏了 50 多年，雷锋给我的其他物品我都捐献了，就是这张相片，我一直没舍得。我今年都 93 岁了，出去做雷锋精神报告也走不动了。你建'沂蒙红嫂文化纪念馆'，我也没啥送的，就送你这张雷锋当年给我的照片，由你替我到部队继续传承红军精神、红嫂精神、雷锋精神吧！感召后人'做永不生锈的螺丝钉！'"

### 支援国家建设

沂蒙山区为中国革命做出了重大历史性贡献。当年，以沂蒙为中心的山东根据地，是全国面积最大、人口最多、最完整的根据地，曾经面积达到 12.5 万平方公里，人口 2400 万人，党员 20 万人，成为最强大的战略区之一。1938 年底一一五师主力来到沂蒙时，兵力不足万人，抗日战争胜利时已发展到 27 万人。8 年共歼敌 51.4 万人。解放战争时期，鲁南战役、莱芜战役、孟良崮战役等著名战役，都发生在沂蒙地区。沂蒙革命根据地的党和人民军队吃的是人民群众捐筹的粮，住的是乡亲们腾让的房，穿的是红嫂缝补的衣。他们依靠人民群众这个铜墙铁壁，粉碎了敌人一次次的铁壁合围、清剿蚕食、反共摩擦、经济封锁。

新中国成立后，面对战争造成的创伤和一穷二白的面貌，沂蒙人民继续发扬沂蒙精神，坚定不移地跟党走，走合作化之路、社会主义之路，自力更生、艰苦奋斗、战天斗地、建设家园。新中国成立初期，仅兴修水利一个方面，就硕果累累，建造大中小型水库上千座，40多万库区移民几乎是在毫无补偿的情况下无怨无悔地奉献出了28万余亩赖以生存的土地田园。最困难的1959年至1962年这3年，是共和国历史上沉重的一页。在那金子不如窝窝头的年月，沂蒙人民默默地慷慨奉献。"国家遇上坎，我们就得冲在前！"他们勒紧腰带，吃糠咽菜，硬从口里省出粮食上缴国家。沂蒙人民共交售粮食24.7354亿斤，比国家下达的任务指标（前三年）多交售4.88亿斤。许多群众都是粮食一下来就晒干扬净，先把最好的缴给国家，剩下的秕子和糠壳多是留给自己，伴以野菜和树叶度日。在国家有难之时，他们倾其所有，慷慨奉献；而当自己遭受灾重大自然灾害时，他们除了生产自救，就是默默承受，从不向国家表功和伸手。自1964年始，为响应"深挖洞，广积粮""要准备打仗"的号召，沂蒙山区的沂源、蒙阴等县陆续接纳了十几家军工企业。要什么，沂蒙人民就给什么，要多少就给多少，什么时候要就什么时候到，一路开绿灯。新中国成立初期，为响应国家巩固边防、加快边疆地区开发建设的号召，大批沂蒙人民离开至亲和祖祖辈辈生活的故土，迁移到黑龙江、青海、内蒙古和新疆等边疆地区。1956年，包括莒南、蒙阴、郯城等县在内的临沂专区的移民在黑龙江的甘南、肇州、萝北等20多个县建立了306个新村。从临沂移民到黑龙江甘南县兴十四村的垦荒人，在"房无一间，地无一垄，树无一棵"的极其艰苦的条件下，克服了常人难以想象的困难，坚定不移走共同富裕道路。通过他们艰苦卓绝的奋斗，兴十四村已发展成为黑龙江第一村。

2003年抗击非典疫情期间，沂蒙人民捐款捐物，踊跃献血。4月下旬，"北京急救用血告急"的电话打到了临沂。市委号召，"为需要的人再流一次血"，临沂人民奔走相告，争相献血。短短几天，就有

2944 人献血，献血总量达 766500 毫升。莒南农村的李振宋听到消息，专门坐公共汽车到百余里外的献血点献了 200 毫升的血。他说，别的他也做不了，就献点血吧。当时，临沂向北京提供的血液占各地支援北京临床用血量的 49%。2008 年汶川地震，2020 年抗击新冠肺炎，沂蒙人民都是踊跃捐款捐物，全力支援。

沂蒙人民顽强的斗争精神和爱党爱国的革命情怀，源于党的思想引领和教育培养。

南方"三元里抗英"，北方"渊子崖抗日"，这两个故事早已镌刻进中华民族抵御外敌侵略的英雄史诗。

1941 年 12 月 19 日，在抗日战争最艰难的时期，对抗日根据地"铁壁合围"大扫荡的日军，把抗日情绪高涨的沭水县板泉区渊子崖村（现属莒南县）围得水泄不通。全体村民在年仅 18 岁的庄长林凡义的带领下，用土枪、土炮、大刀、长矛、铁叉和铡刀，与装备精良的日军展开了整整一天的殊死搏斗。这是抗日战争历史上，中国农民自发组织的一次激烈悲壮的浴血保卫战。渊子崖保卫战，日军被歼灭 112 名、伤者无数，147 名村民壮烈牺牲。此战很快闻名全国，延安《解放日报》发表社论，高度评价该村是"村自卫战的典范"，该村被誉为"中华抗日第一村"。

当年，渊子崖村处在敌占区和根据地之间的"拉锯区"，村民过着"白天怕见人跑，夜里怕听狗叫"的日子。1940 年 1 月，八路军山东纵队二旅独立营进驻渊子崖村，10 月"抗大"工作团来村里，向村民宣传抗日救国的道理，还组织周边村庄组成 12 个队汇演文艺节目，以地方戏的形式宣传进步思想。年底，村里建立了抗日民主政权，成立了抗日自卫队，当年刚满 18 岁的林凡义被推举为庄长。接着，村里又成立了"农救会""妇救会"和以青年为主的"游击小组"等群众抗日组织。1941 年 5 月，山东战工会在渊子崖村举行八大剧团汇演，这极大

莒南县渊子崖抗日烈士纪念塔

地激发了群众的抗日热情。渊子崖村成为敌人的眼中钉、肉中刺，驻在沭河西岸小梁家据点的日伪军，处心积虑地要摧毁这个村的抗日组织，曾扬言要"血洗渊子崖"。

91岁的林崇兴介绍说："俺这个村是姓林的'父子村'，当年各大家族推荐出九个'支长'，庄长一声令下，各个支一呼百应。再说俺村有舞刀弄枪的传统，多半村民懂些拳脚，'游击小组'的成员人人有武艺。关键时刻人心齐，敢拿起手里的家伙。庄长年轻有冲劲，有号召力，敢打敢拼，极大提振了士气。"

2019年初春，我到渊子崖村拜访健在的亲历者时，88岁的林祥林给我们哼起当年的革命歌曲《渊子崖抗日崖》：

一九四一年沂蒙山刮起西北风，

鬼子扫荡沭河东，

渊子崖人民要革命。

十八岁的青年团放土炮，

八十岁的老头装药包，

打得鬼子哇哇叫，

妇女也参战，

手拿菜刀上前线，

送茶又送饭，

小儿童真勇敢，

搬运石头当炮弹，

打倒鬼子一大片，

八路军同志一救援，

打跑了鬼子和汉奸，

渊子崖百姓重新见了天。

　　我凝神细听，还不时请教询问。老人哼完这首歌，抿了抿嘴唇，笑了笑，又好像蓦然想起了什么，大口大口地抽着旱烟。那粗糙、青筋凸起的大手似乎有些颤动。烟袋锅里掩在烟沫下的火种一亮一亮的，当时阳光透过院里的树枝刚好落到老人身上，在他的烟袋和胡须上闪耀。那一刻，我怦然心动。我推测，他肯定又想起童年记忆中那惨烈的场面了，我不忍心再刺激他，赶忙开口分散他的注意力。

　　尽管战争硝烟早已散去，但我们什么时候都不能忘记，我们是从哪里来，要到哪里去。不能忘了历史，不能忘了先烈，更不能忘了老区。党和政府在各个历史时期始终扯牵着沂蒙人民。至于在新的历史条件下，怎样概括沂蒙精神才更聚焦、更准确，理论界和基层的同志都在思考中。

.

# 沂蒙精神聚英雄气、铸时代魂

"蒙山高，沂水长，军民心向共产党，……续一把蒙山柴炉火更旺，添一瓢沂河水情深意长……"这种诞生在战争年代，水乳交融、生死与共的党群、军民、干群关系，不仅是沂蒙精神的真实写照和生动体现，更是沂蒙精神的特色和特质。沂蒙山经历了艰苦卓绝的革命斗争历程，每一座山头都燃起过抗日战争的烽火，每一个村庄都举起过抗日战争的旗帜，每个人都拿起过抗日战争的武器，真是村村有红嫂，村村有烈士。在这片贫困闭塞的山地上，善良质朴的沂蒙百姓爱党、爱军队。"一粒米，做军粮；一块布，做军装；一个破棉袄，盖在担架上；最后一个儿子，送战场。"这种大仁、大义、大爱，属于沂蒙人民，属于组织和发动沂蒙人民的中国共产党，更属于我们这个多灾多难的民族。

沂蒙精神是和时代同步共生的。既是历史的，又是现实的；既是永恒的，也是发展的；既是地域的，也是全局的。革命战争年代，齐鲁儿女在党的领导下积极参军参战、踊跃支前，涌现出了与日本侵略者血战到底的全国抗日楷模村渊子崖、用乳汁救伤员的沂蒙红嫂、支前模范沂蒙六姐妹、陈毅担架队等许多可歌可泣的英雄事迹。"沂蒙红嫂"的故事家喻户晓，这是抗日战争时期真实发生在沂蒙山的感天动地的故事。危急时刻红嫂用自己的乳汁，救活了一名生命垂危的八路军战士。用乳汁救伤员，集中展现了沂蒙山区数以万计的红嫂充满母爱的大爱情怀，在人们心中树立了一座崇高而神圣的精神丰碑。还有连同刚出生不到一个月的小女儿一齐惨死在日军刺刀下的革命母亲陈若克；为照顾八路军后代，4个亲骨肉先后不幸夭折的"沂蒙母亲"王换于；毅然跳进刺骨的河水搭人桥，以便让部队快速通行的那群年轻沂蒙女性；还有为部队当向导、送弹药、送粮草、烙煎饼、洗军衣、做军鞋、护理伤病员的支前模范群体"沂蒙六姐妹"……英雄人物，犹如历史长河中的耀眼星辰、光芒如初；英雄故事，犹如滔滔的沂河水，虎啸龙吟、如雷贯耳。

社会主义建设时期，沂蒙山区的党员干部群众全身心地投入到党领导的伟大建设事业中，涌现出了厉家寨、王家坊前、高家柳沟、沈泉庄、九间棚等一大批先进典型。改革开放新时期，又高举中国特色社会主义旗帜，把握时代脉搏，紧跟时代步伐，敢于冲破各种束缚和阻碍，敢于战胜各种艰难困苦，锐意创新、开拓进取，涌现出王传喜、赵志全、朱呈镕和临沂商城等典型，实现了超常规发展和历史性跨越，走上了建设经济文化强省的新路，迎来了经济社会发展最快最好的历史新时期。许多人一到沂蒙山就油然而生"一次沂蒙行，一生沂蒙情"的情感共鸣和心灵震撼，时常热血沸腾，潸然泪下。

在中国共产党的领导和培育下，沂蒙人民与山东党政军一起，铸就了水乳交融、生死与共的沂蒙精神。许多同志到沂蒙山区接受党性教育后，得出结论："党的根基在人民，血脉在人民，力量在人民"，"走过100年光辉历程的中国共产党要开创更加辉煌的未来，必须始终不渝地牢记和践行以人民为中心的初心使命，访民情、释民惑、惠民生、聚民智、暖民心，始终与人民心连心、共命运"。

历经长期的革命、建设和改革开放实践，沂蒙精神昭示了一条颠扑不破的真理：中国共产党始终是"为中国人民谋幸福，为中华民族谋复兴"的核心力量，广大人民群众始终是推进党和国家事业前进发展的坚强靠山。只有始终坚持党的群众路线，从人民群众的根本利益出发，为人民群众的美好幸福生活奋斗，人民群众才会把心交给党，坚定地听党话、跟党走，与党心连心、肩并肩、同呼吸、共命运，这也是沂蒙精神历久弥新、久盛不衰、永葆活力的真谛所在。

沂蒙精神不仅属于临沂，属于山东，也属于全党全国。我们党领导的革命、建设、改革和复兴为沂蒙精神诞生提供了土壤和条件，党的红色基因始终是沂蒙精神的根和魂。我们党的革命文化与中华优秀传统文化、社会主义先进文化的完美融合，赋予了沂蒙精神历久弥新的可贵品质和新鲜血液。

# 阐释沂蒙精神内涵的轨迹

改革开放之后，在国内曾一度出现过否定党的领导，主张全盘西化的错误思潮。如何确保改革开放的正确轨道，在新时期继续保持和发扬老区的优良传统，成为一个重大的时代课题。20 世纪 80 年代末 90年代初，苏联和东欧发生剧变，我国发生严重的政治风波。在严峻的国际国内形势和空前的压力与挑战面前，我们党岿然挺立、从容应对，经受住了重大考验。党中央和各级都在思考"建设什么样的党、怎样建设党"这个重大现实问题。党的十三届四中全会召开之后，临沂地委为落实中共中央关于充分发挥党的政治优势，大力加强党的建设和思想政治工作的要求，提出要继承和发扬老区光荣传统，大力弘扬沂蒙精神。1989 年 12 月 12 日，《临沂大众》刊发题为《发挥老区优势，弘扬沂蒙精神》的文章，首次在报刊上阐述沂蒙精神。1989 年 11 月，临沂地委宣传部提出《关于在全区开展学习九间棚活动的意见》，要求全区广大党员干部群众学习和发扬"团结奋斗、自力更生、坚忍不拔、艰苦创业"的九间棚精神。此后，一个向九间棚学习的活动在全区广泛开展起来。1990 年 2 月，时任山东省委书记姜春云在莒南县杜家岭和大峪崖村调研时提出：沂蒙人民在长期的革命和建设中形成了"立场坚定、爱党爱军、艰苦创业、无私奉献"的沂蒙精神。在战争年代，沂蒙人民做出了巨大贡献，靠的是沂蒙精神；现在搞"四化"建设，更需要沂蒙精神。1991 年 5 月，山东省委宣传部、省社会科学联合会和临沂地委在济南、临沂联合召开了山东省首届沂蒙精神理论研讨会，深入挖掘沂蒙精神的丰富内涵和时代特征，这为弘扬宣传沂蒙精神提供了理论支撑。其后，沂蒙精神被确定为"爱党爱军、开拓奋进、艰苦创业、无私奉献"十六个字，这是对沂蒙精神最早的一个具有权威性的提炼。

据记载，沂蒙精神的弘扬和宣传，得到了中央领导的肯定。1992 年，江泽民同志在临沂视察时题写了"弘扬沂蒙精神，振兴临沂经济"的题词，勉励老区人民把过去一心一意干革命的那种精神拿出来，实现"后来居上"。1999 年，胡锦涛同志在临沂视察时指出，临沂是革命老区，在长期的革命斗争中，临沂人民为中国人民革命事业的胜利创立了光辉业绩，做出了巨大贡献。解放后，临沂人民为改变贫穷落后的面貌，进行了不懈的努力。改革开放以来，临沂人民把发扬革命传统同弘扬时代精神结合起来，形成了具有时代特征的沂蒙精神。2001 年 6 月，《人民日报》头版以《沂蒙精神支撑临沂腾飞》为题，对临沂人民弘扬沂蒙精神及在改革开放中取得的巨大成绩进行了报道，并配发评论《可敬的人民，崇高的精神》。习近平总书记在视察临沂时强调，"军民水乳交融、生死与共铸就的沂蒙精神，对我们今天抓党的建设仍然具有十分重要的启示作用"。可以说，研究宣传和弘扬沂蒙精神的氛围越来越浓，各种高质量的文学艺术作品相继问世。同时，临沂在飞机场、火车站、长途汽车站及重要交通枢纽沿线设立沂蒙精神的标志，张贴沂蒙精神的图标、标语以及其他沂蒙精神元素，以此增强临沂的城市文化辨识度和沂蒙精神的感染力、吸引力，让每一个普通群众和外来游客都能感受到沂蒙精神的伟大魅力和时空穿透力。

根据党的十八大做出的战略部署，全党轰轰烈烈地深入开展了以

"为民务实清廉"为主要内容的党的群众路线教育实践活动,切入点是贯彻落实中央八项规定,这是新一届中央领导集体吹响作风建设的"集结号",发出全面从严治党、严肃党内政治生活的"动员令",目的是引导全党同志"照镜子、正衣冠、洗洗澡、治治病",正确处理好权与情、权与利、权与责的关系,更好地保持同人民群众的血肉联系,全面提高党的建设科学化水平。在这样的时间节点,习近平总书记视察了沂蒙革命老区,并多次强调弘扬沂蒙精神。这其中有什么深谋远虑呢? 当时,中国共产党不仅面对着错综复杂的国际环境和国内繁重的改革发展稳定任务,党自身也面临着前所未有的"四大危险"和"四大考验",党员干部队伍也存在思想不纯、组织不纯、作风不纯的问题,人民更加自觉坚定地把实现中华民族伟大复兴的希望寄托在中国共产党身上,党也更希望凝聚团结全国各族人民形成战胜困难与风险的磅礴力量。从这个意义上讲,沂蒙精神"对我们今天抓党的建设仍然具有十分重要的启示作用",意义特别重大。应当说,这是以习近平同志为核心的党中央立足加强党的全面领导、长期执政和国家长治久安千秋伟业的战略高度的深邃谋划、驭世韬略和历史考量。把沂蒙精神的特质高度概括为"水乳交融、生死与共",这深刻揭示了党同人民、军队与老百姓同心同向、血肉相连的紧密关系,回答了党如何永葆先进性和纯洁性、永葆青春活力这一需要切实解决好的重大时代命题。

沂蒙精神形成的基本脉络和逻辑关系是:自革命战争年代,党政军把沂蒙人民的利益放在第一位,人民群众翻身做了主人,获得基本的经济、政治、文化等方面的权益,真心实意地爱党拥军,听党话、跟党走;党无论面临多大挑战和压力,无论付出多大牺牲和代价,都始终不渝、毫不动摇地坚持以人民为中心的发展思想,增强人民的获得感、幸福感、安全感;党和人民互为支撑,形成闭环,良性循环。

沂蒙精神与党的性质宗旨，与党的优良传统作风，与党的思想路线、政治路线、组织路线和群众路线的价值目标，与当代中国共产党带领全党全国人民实现中华民族伟大复兴"中国梦"的使命担当是高度一致的，内涵也是铆合相通的，具有鲜明的地域特色和革命传承的本质特征。

我们所熟知的沂蒙精神，"爱党爱军、开拓奋进、艰苦创业、无私奉献"这十六个字，集中形成于 20 世纪 90 年代，伴随改革开放的光辉历程，发挥了重大作用，尤其是始终激励着沂蒙人民，不断创造新的辉煌。在当年特殊时代背景下，党群关系正处在经受严峻考验的关键时刻，山东省委、临沂地委作为党的地方组织，在概括时侧重了沂蒙人民"爱党、爱军"的特性，党和军队"爱民、为民、救民"的本质体现得不够充分和鲜明，客观上是有一定局限性的。沂蒙精神是党领导沂蒙军民水乳交融、生死与共铸就的，准确概括也应在更高站位上。

习近平总书记在参观沂蒙精神展时动情地指出："革命胜利来之不易，主要是党和人民水乳交融，党把人民利益放在第一位，为人民谋解放，人民跟党走，无私奉献，可歌可泣啊！沂蒙精神要大力弘扬。"研究思考如何让沂蒙精神在新的历史背景下，再现水乳交融、生死与共的状态、场景和情节，为党和人民的事业注入不竭的动力，是沂蒙人民的责任、山东的责任，也是全党的责任。

概括提炼沂蒙精神的内涵，应当充分考虑历史、地域、民风、时代以及文化传统等多种因素和维度，放在党的全面建设、长期执政更广阔、更长远、更高层次上考量。有的同志提出，沂蒙精神可概括为"党群同心、忠诚忘我、攻坚克难、生死与共"，我认为有一定道理。这种概括最大的贡献是，突出了党和人民这两个主体及其相互作用，深刻揭示了中国共产党 100 年发展历程的基本规律和核心本质，有必要进一步深入研究完善。

"党群同心"是逻辑起点和初心宗旨；

"忠诚忘我"是家国情怀的思想境界和特质；

"攻坚克难"是勇往直前的精神状态和责任担当；

"生死与共"是矢志不移的政治追求和目标。

沂蒙精神超越时空、地域和民族，成为山东精神、中国精神的重要组成部分，更是党的宝贵精神财富。

英雄和先辈已经远离我们，走进历史深处，精神和风骨根植沂蒙大地、生机勃勃，激励着有血性、顽强拼搏的沂蒙子孙。新时代，沂蒙各级党组织坚持"以人民为中心"的发展思想，把弘扬沂蒙精神融入联系群众、服务群众、依靠群众和接受群众监督等具体实践，千方百计为群众办实事、谋幸福，进一步密切了党群、干群关系。

沂蒙山区一幅幅新时代乡村振兴的美丽图卷，是沂蒙人民用"红、黄、绿"三原色绘就的。擦亮大地的金黄色，做强红色特色，坚守绿色底色，合力保证了脱贫攻坚、全面建成小康社会、推进乡村振兴的成色。红色文化润泽蒙山沂水，实现红色文化和绿色生态的"共生、共融、共美"。

临沂市发挥党的领导优势、制度优势、组织优势和聚集人才的优势，多方发力，推进脱贫攻坚和乡村振兴的有机衔接。这个拼搏奋斗的过程，同样体现出精神变物质、物质变精神的辩证法。沂蒙精神成为临沂高质量发展的"秘密武器"。

我国社会主要矛盾已经转化为人民日益增长的美好生活需要和不平衡不充分的发展之间的矛盾。当下，我们党"为人民谋幸福"，就是要不断满足人民日益增长的美好生活需要，着力解决不平衡不充分的发展的问题，推动公共福利均等化，建立全国统一的社会保障制度，让每个人都拥有公平的起点，让人人都享有人生出彩的机会。团结就是力量。在探索中国革命道路的曲折过程中，中国共产党战胜无数艰难险阻，得出一条历史结论：越在危难时刻和紧要关头，中国人越要听党话、跟党走，发扬众志成城、攻坚克难的民族精神，心往一处想、劲往一处使，翻越无数"娄山关"、火焰山。沂蒙精神的独特宝贵之处，就是揭示了中国共产党努力跳出历史周期律、实现中华民族伟大复兴"中国梦"和执政使命的奥秘——"党爱民，民爱党，必定天下无敌"。

特别是在全球贫困状况依然严峻、一些国家贫富分化加剧的背景下，我国提前10年实现了联合国《2030年可持续发展议程》的减贫目标。这是一个百年大党为攻克世界性难题做出的卓越贡献。中国共产党为什么能？党的领导和社会主义制度的优越性在其中发挥了决定性作用，其中一个重要方面就体现在我们始终坚持以人民为中心的发展思想，坚定不移走共同富裕道路。先富带后富，实现共同富裕，是中国共产党慎终如始的追求；小康路上一个也不能少，是中国共产党始终不变的承诺。"社会主义道路上一个也不能少，全面小康大家一起走。"朝着共同富裕的目标，我们不仅注重做大"蛋糕"，更注重分好"蛋糕"，让发展成果惠及最广大人民群众。

# 沂蒙精神"传家宝"

"传家宝"，是家中历代相传的珍宝，是家族情感的寄托，也最能体现一个家族的文化底蕴。通过交接"传家宝"，接力传承一个家族的文明和修为，这是对前人的缅怀，也是对世人的指引。

土地革命、抗日战争、解放战争……回望历史，无论条件多么艰难，环境多么险恶，中国共产党心里装的始终是人民。求解放、战贫穷、奔小康……中国革命、建设、改革的百年历程，为中国人民谋幸福，是中国共产党始终坚定不移的信念追求。中国共产党历经 100 年的苦难辉煌，无数革命先烈献出自己的生命，用鲜血擦亮了群众路线这个党安身立命的"传家宝"。坚守人民立场，把生命根须牢牢扎在人民当中，践行与群众"一块苦、一块过、一块干"的铿锵誓言，这是中国共产党发展壮大、成长成熟的"传家宝"，也是党战无不胜的利器和秘密。党和人民群众保持血肉联系，党就成长壮大；脱离群众，党就陷入挫折，局部脱离则局部挫折，整体脱离则整体遭受挫折；重新恢复和保持同群众的血肉联系，党就重新焕发生机，继续前进。"水乳交融、生死与共"铸成的沂蒙精神，具有历史和时代特征，具有超越时空、疆域的永恒价值和不竭的生命力，既是党和国家的宝贵财富，也是山东人民，尤其是沂蒙人民的"传家宝"，当然也是千千万万普通沂蒙家庭的"传家宝"。沂蒙人民在长期革命、改革和建设实践中创造和传承沂蒙精神，创造出彪炳史册的人间奇迹，见证着沂蒙精神这跨越近一个世纪的永续传承和排山倒海、波澜壮阔的伟大力量。

"治理国家和社会，今天遇到的很多事情都可以在历史上找到影子，历史上发生过的很多事情也都可以作为今天的镜鉴。"国外有关机构和人士也在寻找中国历史性成就蕴含的"中国基因"，寻找"中国成功之谜"，破解中国历史性变革背后的"中国密码"。说一千道一万，最核心的是坚持了中国特色社会主义道路，最关键的是发挥中国共产党的领导这一政治优势，其中包含中国特色政党制度的优势和社会治理体系的独特优势，最重要的是发挥了人民群众的伟大创造精神。我们学习党史，必须以历史的大视野、大逻辑明辨大局、大势与大事，由此探寻成功的规律。站在实现"两个一百年"奋斗目标的历史交汇点上，面对中华民族伟大复兴的战略全局和世界百年未有之大变局，党的百年历史经验启示我们：中国是一个大国，大国必然需要一个大党的领导与支撑；越是大党，越是面对风险挑战，越需要有自己的核心与领袖。临沂人民无论遇到什么风浪，始终与党同频共振，遥相呼应。即使党有时犯错误、有偏差，沂蒙人民也从没丧失信心，因为坚信，党的性质和宗旨决定了党是人民的党，是代表人民最根本利益的党，是为人民服务的党，同时是坚持真理、随时修正错误、自我完善修复能力极强的党。

一代又一代共产党人，在100年筚路蓝缕的革命、建设、改革、复兴的奋斗征程中，继承中华传统美德，发扬中国革命道德，从石库门到天安门，从兴业路到复兴路，从延河到金水河，先后在不同时期、地区和领域创造了近百种革命精神。习近平总书记在不同场合深刻阐述了这些伟大精神的科学内涵和实践要求，比如五四精神、红船精神、井冈山精神、苏区精神、长征精神、遵义会议精神、东北抗联精神、延安精神、太行精神、吕梁精神、抗日战争精神、沂蒙精神、西柏坡精神、抗美援朝精神、北大荒精神、大庆精神和铁人精神、雷锋精神、红旗渠精神、焦裕禄精神、王杰精神、改革开放精神、劳模精神、劳动精神、工匠精神、特区精神、伟大抗疫精神、脱贫攻坚精神、伟大建党精神等等。这些精神，构成中国共产党的精神谱系，涉及经济、政治、文化、社会、生态、教育科技等方方面面，可以按事件、内容、人物、群体、时间等进行分类，其精神成果的历史形成过程、基本内涵、历史意义和时代价值等也各有特点。从基本内涵上看，有的侧重信仰信念，有的侧重党的宗旨和群众路线，有的侧重艰苦奋斗的精神和作风，有的侧重首创精神和自我革命精神，有的侧重意志品质和牺牲奉献精神等；从创造主体上看，有些是我们党领导人民直接创造的，有些是攻坚克难的英雄群体集体创造的，有些是烈士、英雄和先模人物个人创造的，有些是由党和人民共同创造的。

　　沂蒙精神闪耀着中国共产党伟大精神的光芒，在中国共产党的红色谱系史中具有特殊的地位和作用，其独特性在于它是在中国革命最艰难的时刻，由党和人民两个主体同心同向共同创造的，呈现出"水乳交融、生死与共"的状态、归宿和成效，经过岁月洗礼，已融入党的精神血脉，随着时代的变迁历久弥新，成为党和国家的宝贵精神财富和"传家宝"，当然也是山东人的"传家宝"，尤其是沂蒙人的"传家宝"。站在"两个一百年"的历史交汇点上，面对"两个大局"交织激荡的历史关口，对于建党百年、长期执政、肩负中华民族伟大复兴历史使命的中国共产党而言，沂蒙精神更具时代价值和镜鉴意义。识宝、爱宝、护宝、用宝应当成为自觉行动。

　　沂蒙红色故事、沂蒙精神的主角是人民群众，是普普通通的老百姓，许许多多的红嫂、支前模范、爆破大王、担架队队员，甚至连名字都没留下。就单独的个体来讲，他们做出的是一件件惊天动地的大事，但作为一个群体，被我们党号召起来、发动起来、组织起来，他们就形成了一种撼人心魄、扭转乾坤、令敌人闻风丧胆的巨大力量，一种用喷香的煎饼、暖融融的鞋垫、急匆匆的担架和吱吱呦呦的独轮车推动和改变历史的力量！

　　沂蒙人民很普通，很平常，就像漫山遍野的野草，在山前，山后，田畔，房跟，路旁，河边，沟底，石缝等顽强自由地活着。近看有形，远看有影。根扎贫瘠山地，默默生长，微笑着面对所有风雨雷电，在微风里摇曳，散发着淡淡的清香，尽自己淡微的色彩装扮群山和河滩，从屋前、山脚一直到山顶，浩浩荡荡，绵绵不断。镰刀可以割头，锄头可以斩根，但依然顽强地活着。或为饲料，或为肥料，或为灶柴。一旦有火种，就会燃起冲天大火，排山倒海，势不可挡。

　　弘扬革命精神，不仅是为了诉说、追忆和铭记光辉的过去，更是为了坚持正确的历史观和发展观，迎接和开创更加辉煌的未来。沂蒙人民牢记习近平总书记视察临沂的嘱托，依托宝贵的红色资源，着力打造并持续扩大沂蒙党性教育基地，把沂蒙精神这个"传家宝"抛光擦亮，使其成为党员干部和人民群众固根涵源的营养液、揽镜自照的清醒剂、开拓未来的航标灯。山东省委非常重视挖掘和发挥沂蒙精神的作用。我的一位同事为打造沂蒙党性教育基地，先后跑了100多趟临沂，从熟悉沂蒙到讲述沂蒙，再到挚爱痴迷沂蒙，不敢讲沂蒙，说起沂蒙就动情落泪。近几年，临沂市委按照"党引领服务相信群众—人民群众爱党爱军—共同推动革命和建设成功"这一逻辑主线，引导各县区突出各自优势和特点，在原有纪念馆、纪念地、旧址基础上，进行修旧如旧，复原革命战争年代的历史场景，建设沂蒙党性教育的红色殿堂。经过10年努力，已建成并投入使用的现场教学点18处、红色展馆30多个，许许多多的老党员、老战士、老干部、将帅后人、红嫂后代成为红色义务讲解员。同时，在临沭朱村、莒南渊子崖、沂南岸堤、沂水西墙峪等著名红色堡垒村，初步规划分期分批建设13个展馆群、108处展馆，全市红色展馆群呈现出"集聚态势"和"规模效应"。

这些红色场所成为沂蒙人民"家门口"的教育基地。据统计，这些年临沂市的党员干部就近到各基地、展馆接受党性教育培训的人数达310余万人（次）。随着沂蒙精神进机关、进社区、进企业、进学校、进教材的步伐加快，沂蒙精神进入百姓日常生活，激励沂蒙山区的党员干部自觉接受红色文化洗礼，争做沂蒙精神的维护者、传承者、弘扬者、践行者和受益者，积极访民情、释民惑、惠民生、聚民智、暖民心，在推进改革、发展和稳定的伟大实践中冲锋在前。

2012年，临沂市为推进传统商贸市场转型升级，确定在临沂南部建设十大组团式商业综合体。罗庄区盛庄街道处于临沂市和罗庄区中间，区位优越，是拆迁重点区域。这里商业发达，社情民情比较复杂，群众对拆迁不理解，有意见。尽管安置政策比较优厚，但是无论怎么苦口婆心地做思想工作，有些群众就是坚决不同意，有的村村支部书记也有意见："给我多少钱，我都不拆迁。"这是全市的重点工程，一年多的时间没拆动，区镇干部愁得头痛。怎么办？最后，盛庄街道党委带领镇村干部和部分重点拆迁户的户主赴蒙阴孟良崮战役纪念馆、沂南马牧池沂蒙红嫂纪念馆，重温党的光辉历程，接受党性教育。大家听着声情并茂的讲解，眼前浮现红嫂乳汁救伤员，农户在天寒地冻的冬天把自家房子让出来给八路军伤员住，妇女以血肉之躯架"火线桥"的情景，感动得热血沸腾，许多人热泪盈眶。接受了一次鲜活的红色教育，如同打开了思想的窗户，绽放了心灵深处真善美的花朵。当晚就地上党课时，多位党员干部踊跃发言，"我们的前辈舍命支前、救护伤员，今天我们享受着和平生活，就该积极配合拆迁，支援国家建设。何况拆迁是为了长远发展，是为子孙后代开拓发展空间，政府还把我们老房子换成了新房子，我们没有任何理由按兵不动"。许多人立即表示，不仅要自己带头拆迁，还要积极当志愿者，帮助拆迁队做工作。区镇借势推动，不到10天就完成了拆迁任务，创造了罗庄拆迁速度和奇迹。自此以后，罗庄的干部找到了做群众思想工作的窍门，每每遇到像拆迁这类攻坚克难的任务，都先组织党员干部去接受沂蒙精神教育，然后再讨论为什么干、怎么干、怎么干好、党员怎么带头干。

临沂市这些红色展馆像强"磁场"一样吸引了来自全国各地众多班次的学员。10年来，已累计承接国家部委、省内外各类班次6000多个，培训干部46.7万余人（次），其中厅局级以上学员1.5万人（次）。有的青年干部到沂蒙山区接受党性教育后说，我仿佛与前辈进行了一次穿越时空的心灵对话，一定接好传承红色血脉的火炬。中央党校中青一班38期的一位学员说："在现场教学中，心灵一次次受到洗礼，情感一次次得到升华。一次沂蒙行，一生沂蒙情。当年沂蒙军民用生命和鲜血熔铸的沂蒙精神，给我们留下了刻骨铭心的终生印记。不但群众观念深入人心，理想信念也更加坚定。"

沂蒙精神，已融入沂蒙人的骨髓和血液，成为临沂有效衔接脱贫攻坚与乡村振兴、推动绿色发展的"红色引擎"。随着临沂市全域旅游品牌的打造，春天走进沂蒙山，到处清水绿岸、鱼翔浅底，尽态极妍，一幅幅山水田园画，让你沉醉于至纯至美的大自然，流连忘返。怪不得许多人在参观考察临沂回来后，常常发出这样的感慨："临沂真漂亮呀，青山绿水，花果飘香，诗情画意，沂蒙山让人看不够，爱不够！"

九　美丽中国沂蒙版面

临沂因濒临沂河而得名。古称琅琊郡，沂州府。沂山、蒙山山连山，有山就有水，而且水系发达，源远流长。著名的河流有沂河和沭河，两条河流好似沂蒙大地的动脉、静脉两根律动的主血管。沂河发源于沂源县，流经沂源、沂水、沂南、兰山、河东、郯城等，自北向南，入江苏进海。沭河源出沂山南麓，同沂河平行南流，过郯城县入江苏入海。涑河、祊河等河属沂河支流。很多的支流犹如繁茂的树根，爬满了沂蒙大地。大地上河流滋养着稻谷和麦子、玉米和番薯、棉花和油菜花、芦苇和竹子，还有青草和树木。这些河流伴随日出、日落此起彼伏，一年四季从不间断，三百六十五天，天天欣欣向荣。

2016 年 4 月，习近平总书记在安徽凤阳县小岗村主持召开农村改革座谈会时强调："中国要强，农业必须强；中国要美，农村必须美；中国要富，农民必须富。"不管怎么改，都不能把农村土地集体所有制改垮了，不能把耕地改少了，不能把粮食生产能力改弱了，不能把农民利益损害了。要把乡村建设得更好，为农民群众创造更加多彩多姿的生活。

中国是古老的农业大国。美丽家乡，美丽中国，一直是中华儿女追求的梦想。随着社会的发展，人们穿梭在城市与乡村之间，渴望同时享受城市的繁荣和乡村的宁静，对"绿水、青山、蓝天、清洁空气、干净土壤"的需求越来越迫切。人心中都有一幅至纯至美的山水田园画卷，来滋养和装饰着心灵。沂蒙山分明是镶嵌在美丽中国版图上的一块沂蒙版面！

临沂市委、市政府按照党的十八大提出的"建设美丽中国"的要求，在 2009 年实施生态文明乡村建设的基础上，出台了《关于加快推进美丽乡村建设标准化建设的工作方案》，以实现要素整合布局美、基础完善设施美、环境清新生态美、服务健全生活美、文明和谐风尚美"五美"为目标，扎实推进美丽乡村建设，不断改善农村人居环境，打造农民幸福家园。沂南县常山庄获评 2015 年度"中国十大最美乡村"，兰陵县代村被评为"2015 年度中国最美休闲乡村"。更为重要的是，2017 年 9 月，山东省委、省政府在临沂召开了全省美丽乡村建设现场会，总结推广沂南、费县、蒙阴县的经验，要求各级各部门以美丽乡村建设为"三农"工作的总统领、总抓手，将其与脱贫攻坚紧密融合，坚持先难后易，突出问题导向，强化政策措施，实行重点突破，加快美丽乡村建设。

# 绿色发展新动能

21 世纪以来，生态环境问题已然是全球的一个中心议题，绿色发展相对于曾经征服掠夺自然、转移转嫁危机的世界现代化进程的"黑色发展"，是对现代化发展道路和发展模式的重新选择。绿色与人和其他生命乃至整个大地共同体有着密切关系，涵盖了包括人类在内的地球生物链中的生命万物乃至整个大自然。共生原则融合了丛林法则和市场法则的优点，既崇尚自由竞争、物竞天择，又呵护弱者、和合共生，真正"适者生存"，共享千姿百态的美丽与繁荣。西方文明是建立在以抢劫为主的海盗逻辑之上的，具有强烈的征服欲和排他性。这种思维方式导致不断为自己制造更加强大、更难对付的敌人，譬如，两次世界大战的爆发。工业领域特别是化学工业制造的环境灾难，更是不胜枚举。中国自古以来就有"道法自然""天人合一"等生态思想，更有西方学者把《老子》称为"救世之书"，认为老子哲学所蕴含的道法自然的生态观，是东方的《绿色圣经》，绿色，种子，希望，轮回……

习近平总书记曾深刻指出：坚持绿色发展是发展观的一场深刻革命。绿色成为普遍形态是高质量发展的题中之义，是生态文明建设的必然要求。为了子孙后代生活得更美好，必须把生态环境保护放到重要位置，坚持走生态优先、绿色发展的新路子，形成节约资源、保护环境的空间格局、产业结构、生产方式、生活方式，为子孙后代留下天蓝、地绿、水清的生产生活环境，实现从工业文明到生态文明的跨越。杀鸡取卵、竭泽而渔，是目光短浅，是自我毁灭。只有顺应自然、保护生态的绿色发展，才有美好的未来。痛定思痛，我们需要在坚持节约优先、保护优先、自然恢复为主的前提下，通过绿色科技创新和绿色生产力发展，"既要创造更多物质财富和精神财富以满足人民日益增长的美好生活需要，也要提供更多优质生态产品以满足人民日益增长的优美生态环境需要"。

生态文明发展，以生态农业为突破口，推动生态修复工程、打好生态产业脱贫、转型绿色发展、创造绿色财富、助力绿色福祉、实现生态富民，让"绿水青山就是金山银山"的发展思想鲜活地刻画在中国大地上。在构建新发展格局、供给侧结构改革、绿色发展、健康中国、新型城镇化的大背景下，发展生态农业更迫切。生态农业既关心庄稼的健康生长、饭菜的清香，又关心土壤这个生命共同体的品质，还有良种、阳光、空气和水，以及逐渐摆脱对农药化肥的依赖，大气候与小气候互动互补，形成良性生态圈，最后走向生态文明，为全球低迷的经济复苏提供活力。

处在新的发展阶段，我们确实需要反思快与慢、多与少、好与坏、长与短的辩证关系了。竭泽而渔式的发展，资源、环境、人心都受到损坏，未来的路怎么走？我们的后代怎么办？新时代推进乡村振兴战略，需要有新的思维、新的理念和新的载体做支撑。田园综合体项目通过土地整合、土地流转，实现农村从单独经营到集体经营、从农民单纯种地到企业化生产分红、从种养加工销售、一产到三产融会贯通，通盘"粮囤子""菜篮子""果盘子"，土地集中、生产集约，效益更加凸显。以绿色、休闲、生态为定位，挖掘历史文化，既有美丽田园风光，又能充分体现青山绿水的生态原貌和地域特色，闻得见花香，听得见鸟鸣，让游客在农耕文化传承中获得情感熏陶，在与大自然亲密接触中找到心灵归属，真正看到绿水青山、五彩田园、幸福民居，农民收获发展致富的希望与梦想。它对于交通便利的城市及周边实现乡村振兴战略也有辐射和带动作用，是精准脱贫、彻底改变贫困村落后面貌的有效途径。

沂蒙山区地处中纬度地带，自然条件复杂，植物资源种类繁多，分布广泛。沂蒙山腹地的临沂市，这些年全市累计完成造林 26 万多亩，森林覆盖率达 23.49%，林业产业总产值达 1500 亿元。

2019 年 4 月 17 日，联合国教科文组织执行局通过决议，正式批准中国提交申报的沂蒙山为联合国教科文组织世界地质公园，成为我国第 38 个世界地质公园。沂蒙山地质公园也是山东继泰山之后的第二家世界地质公园，昔日穷山恶水，今朝青山绿水，努力将自然之美与人文之美传向世界。

天蒙山，不仅是红色革命老区、著名山东民歌《沂蒙山小调》的诞生地，还是东夷文化的发源地和东夷民族的核心生活集聚区。在老一辈人的记忆中，曾经的天蒙山地处偏远、交通闭塞、人迹罕至，青山绿水的环境在百姓眼里也只是可以寻找珍贵苗木卖点零碎钱的山头。直到 2011 年，对天蒙山进行了高标准的规划及建设。十年间，天蒙景区建设了沂蒙山小调活态博物馆、世界第一人行悬索桥和江北第一悬崖栈道等一大批精品项目。如今，走在银座天蒙旅游区的乡野山间，巍巍青山与潺潺绿水相依，宽阔村道通到家门口，休闲健身广场村村标配，美丽乡村正从"一处美"迈向"一片美"。《沂蒙山小调》悠扬婉转的旋律，依然回响在沂蒙山区的山涧、田野和课堂。记得2006年秋，我去西藏看望山东援藏干部，夜宿海拔4400多米的昂仁县。缺氧不缺精神、十分干旱的昂仁县下起了小雨，竟然有歌手纵情高唱这首具有山东地域特色的民歌，在青藏高原用高音高唱浓郁山东味的旋律，我按捺不住内心的激动，不知不觉泪水盈满眼眶。

2019年春，我两次观看山东创排的民族歌剧《沂蒙山》，感动得热泪纵横，又专门去了一趟《沂蒙山小调》诞生地——临沂市费县薛庄镇白石屋村。《沂蒙山小调》这首歌的新一代传唱人说："我们组织过'万人同唱'等活动，尤其是教会孩子们唱，把《沂蒙山小调》一代代

《沂蒙山小调》诞生地（聂鹏／摄）

传唱下去，传承好红色的基因和血脉……"

为更好地弘扬沂蒙精神、传承红色基因，天蒙景区坚持"红绿并重"的产品打造路径，在打造一流山岳旅游产品的同时，将红色文化和研学旅游深度结合。

自 2016 年开园以来，天蒙景区先后吸引了近百万名党员干部前来参观学习、接受教育，数十万名中小学生进行红色研学。如今，《沂蒙山小调》诞生地已先后被定为山东沂蒙党性教育基地的教学点、中共临沂市党校教学科研基地，成为传承沂蒙老区光荣传统的重要载体和宣扬沂蒙精神的重要阵地。

一批又一批的红色党建团队，通过学唱红色经典《沂蒙山小调》，参观沂蒙山小调纪念馆，重温革命历史，切身感受革命老区党和人民水乳交融、生死与共铸就的沂蒙精神，和乡村振兴为沂蒙山区带来的由"绿水青山"到"金山银山"的巨变。

绿色，正成为沂蒙山区高质量发展的底色。生态为民、生态惠民、生态利民成为共识，吃得放心、住得安心、活得开心成为目标。各级政府坚持用刚性约束倒逼发展方式转变，提升生态环境的治理效能。老百姓养花、栽树、护绿已成为自觉行动，绿已成为根植心灵的颜色。

## "沂蒙蓝"气质清爽

"前人种树，后人乘凉。"建设"美丽中国"，必须向环保领域的"沉疴顽疾"开刀，这必然伴随"阵痛"，甚至面临与真金白银的生死博弈。打赢蓝天、碧水、净土保卫战，便可为子孙后代留下天蓝、地绿、水清、美丽的山川河流，展示色彩斑斓、诗情画意的田园风光，

沂蒙蓝（任重国／摄）

国人兴奋陶醉、世界羡慕……

2015年春节过后，临沂大地刮起了"环保风暴"，全市人民铁腕治污，在切肤之痛中寻找重生的契机，把生态文明融入城乡发展总体规划，实施"生态立市"战略，提升临沂城乡"气质"，保卫久违的"沂蒙蓝"，涵养自然纯美、鸟语花香的田园风光。

在曾经沉积过苦难、被战火烧焦的土地上，一旦将泪水、汗水和血渍化作肥料，必定可以开出灿烂的花朵，结出丰硕的果实。山水田林湖草是生命体，注重恢复和保留乡村传统优势和特色，走绿色生态发展之路，就能留住乡愁的形体与记忆。享誉"商贸名城、物流之都"的临沂，步入新发展阶段，站在"两个一百年"奋斗目标的交汇点上，胸怀格局更大，正扬长避短，"东拓、西联、南融、北接"，加强与中

　　原经济区、"一带一路"国家和地区联通合作，向南融入长三角，向北对接京津冀。乡村振兴、城乡融合的大幕正徐徐拉开。突出优质、特色、绿色，调整优化农业产业结构，推动农村各产业融合发展。村庄已不是原来的模样，大都保留了乡土的自然本色。

　　"民族要复兴，乡村必振兴。"从世界百年未有之大变局看，稳住农业基本盘、守好"三农"基础是应变局、开新局的"压舱石"。习近平总书记强调，"脱贫攻坚取得胜利后，要全面推进乡村振兴，这是'三农'工作重心的历史性转移"。当下临沂的乡村多了许多现代、时尚、技术、文化等元素，而这些元素恰恰成为乡村振兴的关键元素和启动"因子"。传统的乡村被心灵手巧的沂蒙人民，描摹成一幅幅带有时代印记和地域特色的风俗画、风景画、风情画，传达出古朴悠远的情感热度和心灵的温暖愉悦。

　　经过四十多年的快速发展，在城市这一端，城市居民生活也发生了一种新的重大变化。相比农村，城市则少了些人间温情和泥土味、烟火味。有的人甚至患上物质富足恐惧症。有的人为躲避焦虑不安、恐惧失落的情绪，毅然选择宁静朴素的农村，追寻"乌托邦"式的农庄社会。不仅田地没有荒废，蔬菜园里还长满各种各样的果蔬，养着土鸡，自磨豆腐，自觉地追求简单质朴的生活，消费意向转向"健康"，文化元素成了"戏眼"，舒心自由成了"卖点"，社会上也开始崇尚和宣传朴素的生活态度。高尚的信仰和绿色简约的生活，已经成为新的生活潮流。拓展高尚而随性的人生境界，留一份安静、留一份空白给自己，寻找新颖的时尚感和俭朴的仪式感，释放情感，释怀压力，平凡生活添一抹雅致古朴之风。传统农学思想、栽培方式、耕作制度、农业技术和工具等农耕文化，木匠、石匠、瓦匠、篾匠、刺绣、酿造等技艺，田园景观、村落民居、社会生活景观和自然环境等景观，衣食住行、婚丧嫁娶等习俗都属传统文化范畴，如何保护与传承？如何赋予其时代内涵与精神？如何将其作为乡村文化振兴的文化基石和历史标识？

　　城市和乡村这对孪生兄弟，目前还是一高一矮、一长一短，如何共存共荣？尤其是贫困村这位穷哥们，如何才能走出困境？主动融入"乡土中国"向"城乡中国"跨越的洪流，接纳城市的辐射和拉动，激活和释放自身发展的潜力和热量？要想巩固脱贫攻坚成果，必须将其嵌入乡村振兴发展战略，打好特惠性政策与普惠性政策的组合拳，实现城乡共赢和良性循环。当然，如果用城市化的单向思维破解乡村问题，则会拐进窄道、死胡同，反而使其成为一道无解的题。鼓励城市与乡村之间的产业良性互动，城市要素进乡村回报率高，乡村产业多样化、多元化发育，产业在城市与乡村之间交叉挽臂平衡生长。推进乡村振兴和城乡融合发展，建设绽放欢声笑语、亲近自然、与动物植物和谐互融的乡村生活乐园，既能满足当前人民日益增长的美好生活需要，又能为子孙后代留下美好家园和生存空间。一句话，宏观目标是天更蓝，山更绿，水更清，地更洁，人更富；微观目标是产业兴，百姓富，生态美，人气旺。思路层面有四句话很重要：产业兴旺是根，文化传承是魂，生态宜居是基，人丁兴旺才是本。

沂蒙山的土地瘠薄，但作为土地，依然拥有土地的胸怀、土地的秉性和土地的精神，总有一类种子适合它，只要浇上心血和汗水，必有属于自己的好收成。把人民的利益放在第一位，咬紧牙关，迎难而上，执着拼搏就能创造奇迹！客观地讲，沂蒙山区的脱贫事业和乡村振兴，也不是十全十美，同样存在不均衡、不充分的问题。我走访的大都是比较成功的典型，是各级共同修枝、打药、施好肥结出的果实，但我相信，有典型在前，必定可以实现由点到线、串点成面的演变，最终蓝图变成现实，创造出高质量发展、高品质的生活。沂蒙人闷声实干，爱拼、能拼、会拼，未来必定农业更有奔头，农村更有看头，农民更有盼头，美丽、文明、善治、殷实的乡村图景正在生成，美丽乡村正入眼入画，沁人心脾。

2020年，临沂市为系统展示守护沂蒙蓝的丰硕成果，在全社会进一步营造树立生态文明理念的良好舆论氛围，举办了随手拍"沂蒙蓝"摄影大赛活动，组织广大市民和摄影爱好者用镜头生动展示"沂蒙蓝"带给临沂人的美好生活。获奖代表在分享拍摄心得时说："享受蓝天白云，呼吸清新空气，是大家共同的梦想；守护'沂蒙蓝'，传递生态文明理念，是大家共同的责任。我们会继续拍摄'沂蒙蓝'，让'沂蒙蓝'成为沂蒙人民美好的公共产品。"

蒙阴岱崮地貌（王勉励／摄）

# 崮顶桃花红

　　"岱崮地貌"是沂蒙地区独有的一种特异地貌景观，是中国第五大岩石造型地貌。成因是古生代寒武纪灰岩经受了强烈的地壳切割和抬升运动，地壳切割和抬升运动区经过侵蚀、溶蚀、重力崩塌和风化等多重动力作用，形成了现在外表呈圆形、山顶平展、周围峭壁如削、峭壁以下陡坡逐渐由陡到缓的崮。在地理学界正式定名之前，"崮"被形象地称为"方山"或"桌山"，老百姓比喻崮是戴石头帽子的山，也有人把崮顶比喻成是大山精壮的芽尖破山而出，是大地生命深腔鼓出的喷嘴！

　　"崮"主要分布在沂蒙山区的蒙阴、沂水、沂南、沂源、平邑、费

县、枣庄市山亭区等 7 个县区境内，较为知名的有上百座，形成了美丽的沂蒙"崮"群，其数量之多、地域之集中、形态之壮美，为世界罕见。比较有名的是龙须崮、抱犊崮、吴王崮、孟良崮、纪王崮、南北岱崮、板崮、卧龙崮和唐王崮等，龙须崮最高海拔 707 米。素有"沂蒙 72 崮，岱崮 36 崮"之说，蒙阴县岱崮镇被众多专家、学者誉为"中国崮乡"。

蒙阴县地处沂蒙山区腹地，素有"七山二水一分田"之说，山地丘陵占全县总面积的 94％，水土易流失，生态基础脆弱。自 1983 年起，蒙阴县发动群众大规模整地改土、治理荒山。近些年全面打造"崮秀天下·世外桃源"县域品牌，按照"山顶松柏戴帽，山腰果树缠绕，山脚水利交通配套"的模式，系统推进山、水、林、田、路、村治理，一治一座山，一治一条峪，治一片、绿一片、富一片，走出了一条"生态好、群众富、可持续"的特色发展之路，让人民群众分享"生态红利"，共享"绿色福利"。目前，蒙阴县林地面积已达116万亩，林木覆盖面积超过70%，90%的水土流失面积得到有效治理，10多万亩跑肥、跑土、跑水的"三跑田"，变成了增绿、增产、增收的"三增田"。描绘出绿水滋润青山，青山涵养碧水，绘成了果在山上、村在林中、山山披绿、溪流潺潺的美丽画卷。

沂蒙山区有72崮，蒙阴县有36座，其中光地处蒙阴东北方的岱崮镇境内就有南北岱崮、大崮、龙须崮等18座之多，享有"天下第一崮乡"的美誉，2019年联合国授予沂蒙山岱崮园区世界地质公园称号。战争年代，这里发生了岱崮保卫战、大崮突卫战等多场重要战役。崮四周是垂直状悬崖，上崮的路如缠刻在崮上的细长藤，又似一条隐于树林灌木丛的蛇，任人寻觅踩踏和攀登，真是"一夫当关，万夫莫开"。那天，我们一行气喘吁吁地爬上大崮山。大崮山四周是五六层楼高、草木不生的光滑峭壁，崮顶平坦、险峻，植被茂密，有东、西、南、北四座天门。抗日战争年代，八路军鲁中军区独立团团部及一个营300余人在此防守。跨进北门，只见崮顶树茂密，灌木丛生。护林员刘征伟的住处就斜挂在山坡上，他的足迹遍布沟沟坎坎和每一片山梁、每一片树林。我们突然来到他的住处时，他不知道去哪里寻山了，小院的门直接开着，连柴门都没挡，石头房子的门也大开着，看来实在没有关门的必要，只有院里两棵核桃树上挂满了金黄色的玉米棒，透出生活的气息。我钻进他冬天为抵挡寒风居住的石窨里巡视了一番，搭的地铺其实兼为储物间。

我情不自禁想起南宋叶绍翁曾经写下的《游园不值》："应怜屐齿印苍苔，小扣柴扉久不开。春色满园关不住，一枝红杏出墙来。"很难想象这位护林员，同时作为满崮独特红色宝贵资源"卫士"，其日常衣食住行，会面临多少问题和困难。门口的黄狗对我们的到来无动于衷，甚至吝啬它的叫声，依然迎着阳光安静地喂它两个可爱的小狗崽。狗等动物也有与人类共通的情感？它们为了繁衍生命，勤劳捕食、哺育后代，必要时会不惜牺牲自己，展现令人震撼的生命之美、情感之美。当地村民说，在这里老鹰叼走鸡很常见，有人还见过老鹰叼走山羊的情景。

当年八路军创建的兵工厂、弹药库、粮库等垒砌的石头屋旧址在崮顶上依稀可见。护林员房子的后边就是零散的旧址，有的已经长满了灌木。有个磨盘，磨齿清晰，但没有磨脐和磨膛，磨盘上有个炸药包大小的石夯，木柄已经开始腐烂。这大崮山始终弓起钢铁脊梁，亲眼见证了抗日斗争艰苦卓绝的峥嵘岁月，见证了八路军将士的坎坷艰辛和突围的勇猛，见证了敌人"梳篦式"扫荡、无恶不作的凶残，更见证了硝烟未散、老百姓自觉收殓掩埋烈士遗骸的感人场面，这是一座独特、原始的革命历史纪念馆。据徐向前元帅回忆，在那次反扫荡中，"我一小分队 18 名指战员，在岱崮上阻击 500 多名日军的进攻，最后被逼到一悬崖上，子弹打光，全部跳崖牺牲，被誉为'十八勇士'"。当时敌军狂轰滥炸，炮声隆隆。1941 年 11 月 7 日深夜，中共山东分局妇委委员、省妇女救国联合会常委、省临时参议员驻会议员陈若克，奉命由警卫员搀扶着从岱崮山东门转移。由于她身孕八月，行动越来越慢，渐渐与队伍失去联系，最终被日军抓获。在敌人的残酷折磨下，第二天她便早产生下了一女婴。1941 年 11 月 26 日，寒风凄凄，天昏地暗。敌人把已被折磨得昏死过去的陈若克母女用门板抬往刑场。刑场上，孩子无力的哭声唤醒了陈若克，她挣扎着抬起身，伸出流血的手，对孩子说："孩子，你来到这世上，没有吃妈妈的一口奶，现在就要和妈妈一起离开这个世界了，你就吸一口妈妈的血吧！不是妈妈狠心，为了天下所有的母亲和女儿，妈妈只能做出这样的选择……"说着，她把手上的鲜血滴进孩子的嘴里……

陈若克说完紧紧地把孩子抱在怀里。残忍的敌人在她和孩子身上连捅27刀，年仅22岁的陈若克和出生不到20天的孩子一起壮烈牺牲！高耸威严的岱崮、静静流淌的沂水河，永远铭记着母女二人英勇就义的悲壮场面！

那天我是被快60岁的村支部书记王筠照搀扶着走下来的。走到崮下，我两腿发软，回头仰望，只见崮四壁的岩石刀削一般整齐，很难想象当年的陈若克烈士一行在深夜是如何突围出来的。我和王筠照边走边聊起了陈若克的孩子。

"假若活到现在，也是八十岁的老人了。"

"忘记历史，就意味着背叛；忘记烈士，就是数典忘祖。"

"三十功名尘与土，八千里路云和月。"可以告慰革命先烈和前辈的是：山河安泰，国富民安！崮顶的蓝天上露出星辰欣慰的笑容。

黎明的曙光，挥洒在沂蒙大地上。岱崮镇上茶局峪村北山脊上有棵树龄1500余年的"江北第一美松"——将军松，尽展将军风采。看上去像盆景的造型，实则根盘有力，主干粗矮，数百根虬枝，自主干分岔后，向四周匍匐斜下伸展，飘逸苍劲，遮天蔽日。将军松四季常青，即使在冰封的冬日也一树苍翠，如一把绿色巨伞罩在山坡上，成为岱崮地貌核心地最美的一处生态景观。相传汉王刘秀南下途径岱崮时曾在此树拴马休憩，树下东邻有一处石屋民居。抗日战争期间，徐向前元帅曾在此房居住，指挥作战，故名将军树。此树以其苍劲之躯见证着这片神奇土地的古老历史，瞩望着它的辉煌未来。在岱崮地貌这种区域，能长出这么大的树，可谓奇迹。这如同开春农人耕田，赤脚走进麦田里，泥浪翻滚，散着土地的温热，地气亲吻着厚实的脚板，酥软、温柔、体贴。松树的根扎到了什么地方，我们不清楚，但它供养着将军松，蓬蓬勃勃、岿然不动。

蒙阴县已成功创建国家生态文明建设示范县，并成为山东省唯一同时拥有"绿水青山就是金山银山"实践创新基地和国家生态文明建设示范县两项荣誉称号的县（区）。为从根本上解决荒山绿化难这一问题，蒙阴县探索出一条"由政府购买服务、引进社会资本、培育民间林长"的行之有效的路径，充分调动了农民群众的积极性和创造性，使其树立起"守住绿水青山就守住金山银山，失去绿水青山难保金山银山"的观念。曾有一外地客商看中蒙阴县旧寨乡杏山子村的环境，想打着旅游开发的旗号开办一家化工厂，村"两委"的同志一合计，果断地拒绝："为子孙后代保护好自然环境是我们的底线，谁来都不行，赚钱再多也不干。"

我们来到獐子崮家庭农场时，青石板上造果园的当代"愚公"公茂田，正巧在家。说起他垦荒造田，成功引进和培植蜜桃扁桃，以及带动和造福周边众乡亲的故事，70多岁的他掩饰不住内心的兴奋，说

蒙阴旧寨乡杏山子村桃林（公维勇／摄）

话间跳上自己的越野汽车，带我们游览"花果之崮"的美景。黄昏时刻，夕阳的余晖洒在崮上，金光闪闪。虽然春寒料峭，但路两旁的桃花的花蕾已经鼓起了嘴巴。公茂田说："绿水青山，只要有好品种，结出高品质，定能卖个好价钱，真正成为金山银山。"蒙阴县岱崮镇十字涧村村民李忠臣说："我有二亩桃，原来卖不了几千，换栽了茂田引的新品种后，亩均卖一万多，价钱翻了十倍，我算服气了！"天还没亮，我就漫步在獐子崮下，崮下农家大公鸡的叫声，如此响亮、清脆，在树枝间跳来跳去的喜鹊和麻雀欢唱着，不时有汽车和三轮车从我身边跑过，这仿佛是不期而遇的"崮乡交响曲"。

生态学家奥尔多·利奥波德在纪实性散文作品《沙乡年鉴》中提出土地伦理问题，首次推出"土地共同体"这一概念。他认为土地不等同于土壤，它还包括气候、水、动物和植物，人只是这个共同体中的普通一员，必须改变其在共同体中的征服者的地位。他还倡导处理人与土地，以及人与在土地上生长的动物和植物之间的关系。沙乡虽是贫瘠的，但同时也是充满生命律动的，"有一些鸟也只能在沙乡发现"，原因很简单，因为它们喜欢僻静，沙乡便是一个真正理想的所在。正因为他在与大地亲近厮磨中，逐步认识到自然的可爱、土地的可贵、绿色的可亲，这才形成了此番生态价值观。随着工业化、城镇化的持续推进，那些原始的、带有农耕文化痕迹的风情与景观，与我们渐行渐远，有的甚至连个图片也没留下，孩子们只能听老师用语言描绘。沂蒙岱崮上的树木凛然站立，如大地耸立的毛发，这源于沂蒙人民对大自然的爱与尊重。"像山那样思考"，这是树之幸，也是人之幸。这是一种古老精神和现代意识的觉醒，一种对简朴生活方式的回归。

蒙阴县，中国蜜桃之都，桃林65万亩。春天从县城前往岱崮地貌旅游景区，沿途全是一片片的桃树。一进入岱崮景区，更是漫山遍野桃花开，好一个世外桃源，让你那孤独了一冬的感官享受一次听觉与视觉的双重"盛宴"。位于蒙阴县岱崮地貌的梭头崮崮顶的崮上草原，因为宛若塞外草原的风光和天苍苍、野茫茫的异域美景而得名。崮顶面积 100 余亩，因为周边全是悬崖绝壁，地势险峻，仅一处隘口可达崮顶，所以更让人流连忘返。南邻是逼真的天然山体坐佛——神佛崮。这里真是天然的山地型露营地，晴空万里时眺望连绵起伏、钟灵疏秀的绵绵群崮，令人豁然开朗。夜幕降临时，在繁星点点的静谧中，幽静隐秘的神奇之感弥漫身心，别有洞天。

"绿水青山富了我，我要让大山更绿，河水更蓝。"绿水青山既是自然财富、生态财富，又是经济财富、社会财富。实现经济社会发展与人口、资源、环境相协调，经济效益、社会效益和生态效益相统一，并不遥远。

# 沂蒙彩色家园

乡愁到底是什么？《诗经》曰："昔我往矣，杨柳依依；今我来思，雨雪霏霏。"贺知章感叹："少小离家老大回，乡音无改鬓毛衰。"余光中吟唱："乡愁是一枚小小的邮票，我在这头，母亲在那头。"席慕蓉比喻："离别后，乡愁是一棵没有年轮的树，永不老去。"乡愁就是思念家乡故土的深情，隐藏在游子内心深处刻骨铭心的记忆和难以割舍的情愫，也可以说是对大自然、对原生态生活的向往与留恋。人一旦远离故土或被城市文明长期纠缠，这种情绪便会或急或缓、或早或晚、或深或浅地涌流而出。我国又步入太平盛世，人类已步入自由流动的地球村时代，人们仍然在经历离乡、怀乡，以及他乡成故乡的心灵轨迹。随着我国工业化、信息化、新型城镇化和农业现代化的快速推进，村

厉家寨高铁站

庄的开发与保护，依然在激烈与残酷地展开利益博弈。也可以说现代化和文明程度越高，人们思乡、念乡的情结便越浓。因此，蕴藏乡愁的思乡曲不会随着城镇化的前行而消失，会永远伴随着人们的美好记忆与回忆，萦绕盘结在我们心头。城乡变奏，融合发展，同生共荣是历史必然，是人心所向。

当然，对乡愁，每个人都各有各的定义和理解，与年龄、经历、学识和心情有关。可能是一棵树、一垄庄稼、一间老屋，或是一道山梁、一座青山，一条溪流……最基本的是文脉延亘，是精神归属。可喜的是，许多地方的旧村改造已经跳出传统的盖新房、住新房那种单纯温饱层次的追求，而是更注重产业发展和生态平衡、生产生活的协调，注意把农房当作乡村风土人情和文化传承的载体，既保留传统的文化因素和历史记忆，又有现代生活气息和时代的身影，成为展示乡土文化根脉的幸福家园和美丽乡村，涌现出了"来了不想走，走了还想来"的现代

自然田园，彰显着"现代骨、传统魂、自然衣"，留住山水、留住记忆、留住文化和精神的根，保护好村镇千百年来传承的自然景观、生产方式、邻里关系、家训家规、民风民俗等田园牧歌式的乡愁。

莒南县朱芦镇因纵穿全域的绣针河两岸的红色芦苇而得名。它的北部和西部背靠浑厚的沂蒙山腹地，南部濒临江苏和山东绿色引擎激活的现代化工业基地，往东几十公里就是汹涌"诗与远方"的蓝色海洋，甲子山前静卧的大山水库若一粒翠绿的蓝宝石悬挂在沂蒙山胸前、熠熠生辉，这里有一串以"彩"命名的村庄，散落着鬼谷子和孙膑在此修炼的遗迹，还有全国唯一以村庄命名的"厉家寨高铁站"，区位优势独特。最近正在按照产业兴旺、生态宜居、乡风文明、治理有效、生活富裕的总要求和全市乡村振兴的总体设计，准确把握本镇的区位和功能定位，着手打造"沂蒙彩色家园"。试想，那深厚的红色底蕴和大片的红芦苇，漫山遍野、色彩缤纷的桃花、杏花、枣花、栗花、

莒南县朱芦镇"老彩沟"

柿花、樱桃花、山楂花、石榴花和有名无名的野花，田间地头上紫色的桔梗花、黄色的金银花、缠攀在篱笆上的紫色牵牛花，农家门前的山杜鹃、大丽花、牡丹、月季、栀子花、紫藤花和野菊花……那五彩的花朵一丛丛、一簇簇、一层层、一季季铺满了沟沟坎坎、山顶沟底，蝶舞蜂闹，飞瀑鸣弦；花彩人家散落其间，山花烂漫，车流如织，歌声悠扬，乡风民风淳朴，山区群众勤劳真诚善良，人声鼎沸；春的繁华，夏的绿荫，秋的丰硕，冬的冷峻，似一幅幅滚动播放的版画，真是色彩斑斓、让人羡慕和陶醉的原生态山乡景象。我们期待她早日浓彩重墨地化蛹为蝶，成为旅客游山赏花、观光采摘、修身健体、休闲度假的胜地。不知不觉，仿佛又有精美的图画扑面，又有花草清香萦绕在鼻息间。

　　俄罗斯诗人叶赛宁只有在那个平庸丑陋的小村庄，才有"紫罗兰，

你拼命地作响吧"的经典吟唱。诗人海子行吟：从明天起，做一个幸福的人／喂马，劈柴，周游世界／从明天起，关心粮食和蔬菜／我有一所房子，面朝大海，春暖花开。走进保存、恢复和修葺一新的村庄，情不自禁地激活"独在异乡为异客，每逢佳节倍思亲"的乡愁，继而滋长"今夜月明人尽望，不知秋思落谁家"的乡恋，心头汹涌澎湃着"剪不断，理还乱"的乡情，铭记着爷爷胡子上拴系的老故事、奶奶纺车上缠绕的安眠曲、爸爸老茧叠加的手掌、母亲白发掩盖下的满脸皱纹……家乡的一草一木、一枝一叶牵引一串滚烫的泪珠，风俗人情也是一串闪耀美丽光泽的文化项链。

真是"沂蒙山上好风光，沂蒙山下好日子"。

"只要政府支持，市场化运作，就富有活力，就能实现由'输血'到'造血'的转变。"农民群众的积极性一旦被唤醒，他们便会迸发无穷的创造力。如今，无人机、物联网、大数据……现代农业生产手段比比皆是。夜晚，天上繁星闪烁，地上灯火明亮，虫鸣蛙叫，清风徐来，稻花香里"听"丰年，充满诗情画意。我时而含情脉脉地静候凝望，流连忘返。只见月亮把洁白如纱的光轻柔柔地投向大地，带有果瓜的香，树叶的香，还有野花的香，月色缭绕，芬芳四溢，令人神往……

　　沂蒙人民为人民解放、民族独立和改革建设事业做出了巨大努力与牺牲，在沂蒙红色土地上涌现出无数英烈与模范人物，诞生了伟大的沂蒙精神。沂蒙精神的核心要义是党爱民、民爱党，党群同心，步调一致，战无不胜、所向披靡。虽然产生和发展于沂蒙老区，但它并不仅仅限于临沂；虽然孕育和诞生于战争年代，但它并不仅仅代表历史，而是纵跨革命、建设、改革和复兴各个时期；虽然它原产于沂蒙老区和齐鲁大地，但更是党和国家的宝贵财富。沂蒙精神的红色基因和光荣传统已注入沂蒙人民的血脉，代代相传。在打赢脱贫攻坚战、推动乡村振兴的新征程上，沂蒙人民正以新的良种、新的播种方式，在沃野上书写丰收和乡愁的现代版诗词，弹唱一曲用幸福谱写的乡村奏鸣曲，描绘乡村脱胎换骨、绿色发展、美妙绝伦的画卷。我作为沂蒙子弟，听到这一则则消息，看到这一帧帧景象，心跳一次次加速，分明聆听到沂蒙大地激情燃烧、焕发生命光彩、暖心暖肺的怦怦心跳，内心惬意痴迷起来，不知不觉陶醉其中。

　　文化符号的留存、抢救修复和光大，是文化尊严与自信的生动体现。我们叩心而问，随着信息技术的发展和物质的极大丰富、生活水平的大幅提高，人渐渐成为流水线上的一个机器，连吃饭和娱乐都程式化，生活日渐单调和乏味，越来越多的人身心疲惫，情绪异常、脆弱、焦虑、恐慌，甚至抑郁。农民离村率高、土地荒芜现象严重，相伴经济落后的是读书不吃香、科学落后、卫生不良、陋习盛行、道德不修等不良现象。放眼城乡，心浮气躁、急功近利成为一种社会病，无论男女老少，都混淆了衡量道德、是非的标准。真与假、美和丑、善与恶、新潮和传统如何区别？人的行为具有从众性、传导性和比较性。当群体达到一定数量，会给其他个体传递出人多势众的信号和从众的引导。如何传承传统文化，改变重物质轻道德、重功利轻道义、重外在轻内修的倾向？这份责任乡村承担不了，但乡村在实践，从复原起始，从心灵开始。城市让我们享受到工业化带来的物质财富，而让我们记住乡愁的乡村，却承载着在城市中无法找到、金钱无法买到、物质无法替代的精神与文化。城与乡的关系，就像大树的树冠与树根的关系。村庄这棵大树是城市生命的根源，支撑着树冠上的动物和飞禽在打、在吵、在闹。即使大树的冠被砍、被折，只要根在，便能重新生长，长出新枝。

五千年的农耕文化，在这片广阔富饶的农村土地上孕育了太多的故事、风俗、文化和传统。人们留恋乡村，根据地理资源、历史文化和生态环境等因素，可以相继打磨出桃源乡村、诗意乡村、田园乡村，远古村落、名人村落、神话村落、梦幻村落，工艺村落、耕读村落、茶香村落、花卉村落等等，赋予村落深邃的内涵和无限的想象空间。在大城市居住的人群开始厌倦千篇一律的生活，建立在车轮和轨道上的生活方式又拓展了其活动的范围，这让他们在快节奏生活中，萌生出要在工作之余休闲，体验生活的念头。数以亿计的城里人都愿意且有条件到乡村来度过一段宁静的时光，几十年来一直喜爱倾力建房造屋的农民，完全可以为民宿游提供宽敞、舒适、廉价的民宿房子，"让居民解馋，让农民挣钱"。丰富的乡村民俗风情和自然景观，为乡村民宿游提供了诱人的大市场。民宿旅游带来最完全的市场经济，更是让农村的变化在短时间内超过过去几十年，甚至几千年的总和。农民渐渐成为物质生活上富裕，精神生活上富足，生活有尊严、有品质、有吸引力的职业。

# 有机农业萌新芽

2021年3月1日，我们冒着开春的第一场春雨，来到了地处平邑县卞桥镇蒋家庄的"弘毅生态农场"。中国科学院植物研究所研究员，山东省泰山学者特聘专家，"弘毅生态农场"负责人，长期从事植物生态学、生态农业研究的蒋高明，把我们带到储存牛饲料的青贮池旁，抓起一把用玉米秸秆发酵的饲料让我闻。饲料不但形状、颜色如旧，还散发着淡淡的清香。他告诉我们，他们的农场里有三个大青贮池，可储存1500吨，能供300头牛吃一年。理论上讲，密封好储存两年没有问题，实际上也不需要储存这么久，第二年玉米棒收获后，用鲜秸秆继续加工即可。饲养的牛是夏洛莱与西门塔尔。每头牛每年净效益3500元，如果在屠宰网上销售，收益能翻倍。接着，他领我们来到他恢复地力的田地旁，顺手撕下一把芹菜，让我们闻味道。我们几个人闻了闻，确定味道纯正。他告诉我们那就是当地的老芹菜品种，经过培植，留种都可能。

蒋高明是2006年7月，带着"生态农业"研究课题和一支由10多人组成的科研团队，回到家乡山东省临沂市平邑县卞桥镇蒋家庄的。当时他按照本地两倍的价格承包了40亩低产田，办起了"弘毅生态农场"。他承包的地块有的年份连种子都收不回来。他和他的团队认为，由于现行农业模式种地不挣钱，传统的精耕细作被抛弃，农民转而依赖化肥、农药、农膜、除草剂，进而造成土壤板结、酸化、有机质下降、重金属污染，耕地退化。因而他还提出了生态农业"六不用"原则：不用化肥，不用农药，不用地膜，不用除草剂，不用人工激素剂，不用转基因技术。从沂蒙山走出来的蒋高明深知，这些年由于过度使用化肥、农药和除草剂，不仅没从根本上控制住害虫和杂草，反而把有害成分留在了土壤、水体、空气中，既污染了生态环境，也大大减少了野生物种和乡村生态多样性，直接导致土壤地力下降。这种状况，土地不喜欢，虫子不喜欢，草不喜欢，农民也不喜欢。恢复地力，出路在生态循环农业上。农民最务实，只相信眼睛，不信耳朵。他和他的团队试验的结果，让乡亲们为之一振：2008 年，他们种的小麦和玉米产量两季加起来一亩不足 500 斤；但到了 2011 年，小麦亩产 450 斤、玉米亩产 550 斤，比周围农田产量高出近一倍；如今，小麦、玉米周年亩产量一直保持在 1 吨以上。经过这 10 多年的试验，昔日的低产田已经被改造成高产稳产的吨粮田。

生态威力开始发挥，土壤变得松软，并且有了比较厚的表土层，肥力下降的土地重新焕发了生机。据蒋高明教授介绍："目前的弘毅生态农场，土壤里的重金属基本为零，农产品没有农药、塑化剂、重金属超标等问题。山鸡、燕子、蜻蜓、刺猬、青蛙、蛤蟆、蛇、蜜蜂、螳螂、瓢虫等动物，重新回到了农田。这里 40 厘米厚、1 平方米的果园土壤里面，有四五百条蚯蚓，而其他果园里最多的也只有十几条，有的甚至一条也没有。"来参观考察的权威人士认为，这实际上已经高出了有机农产品的标准，是更健康、更值得信赖的有机农业标准。这些实打实的数据，证明"六不用"的生态耕作技术完全可以比肩甚至超越西方传统的用化肥农药撑起的现代农业模式。一旦这种"六不用"模式在中国农村得以推广，那么"三农"问题可望迎刃而解。同时，化学农业造成的土壤肥力下降、生态破坏问题也就迎刃而解，此外，还能探索出实物产品中的生态价值和附着在实物产品上的生态服务价值的转化路径。

蒋高明越说越兴奋，他认为通过发展生态农业，不仅可以促进精准扶贫，而且由于化肥、农药、除草剂、农膜等使用量大幅度下降，因而能够生产出大量优质安全的生态农产品，从而提高农产品的经济附加值，生态效益、经济效益与社会效益显著。在发展中保护、在保护中发展，就能彻底摒弃以牺牲生态环境换取一时一地经济增长的短视做法。

曾有人说：没有有机农业，就没有健康中国。有机农产品，要从娃娃吃起。细琢磨，这话确实有道理。

蒋高明引导我们到他的办公室，给我们泡上有机茶，请我们品尝有机熟花生等农产品，欣赏他在网上销售的有机农产品，他畅谈起中国农业的未来：围绕生态种植、生态养殖、生态加工与生态农产品的销售，实现农业一、二、三产的融合发展；增加就业机会，引导农二代、大学生二代进入生态农业领域，吸引年轻人回乡创业。广大农民积极参与；不采取化学对抗的办法，同样可以保证国家粮食供应和安全，最终形成生态农业的良性循环和可持续发展。

我们不能让心中那由人、树、鸟和石屋、炊烟等元素构成的村庄，在几十年的飞速发展中灰飞烟灭，而应当努力使其复原、复活。

# 生态文明"活化石"

"空山新雨后，天气晚来秋。明月松间照，清泉石上流。"唐代诗人王维的这首《山居秋暝》老幼皆知。可见，我们的祖先已经意识到维护自然生态平衡的重要性。《论语》记载，孔子"钓而不纲，弋不射宿"，不用网将大小鱼捞尽，不捕射归巢的鸟，意思是说要有节制地合理利用资源，维护生存环境的可持续性。《孟子·梁惠王上》记载了孟子说的一段话："不违农时，谷不可胜食也；数罟不入洿池，鱼鳖不可胜食也；斧斤以时入山林，材木不可胜用也。"儒家的这种生态伦理思想也广泛存在于传统乡规民约中。譬如许多乡村成立封山会、禁山会、青苗会等民间组织，普遍制定和实施严禁砍伐林木的制度，鼓励乡民种植和保护林木，警示其不干吃祖宗饭、砸子孙碗的愚蠢事。

这次我专程跑到沂蒙山区有村在花中、人在画中之称的"紫藤山庄"——费县大田庄乡周家庄村，一睹紫藤树的风采。

我们步入年近70岁的张宝华老人家，见到了他家院里那棵紫藤树。粗壮的干和枝蔓架满院子和院墙，那婀娜多姿的紫藤花串，如一条条淡紫色的瀑布从空中垂下，遮住了小院，甚为壮观。

据介绍，石马子自然村紫藤园的紫藤花，数量和品相都非常好。花朵鲜艳硕大，品种珍稀多样，花穗普遍能长到60—90厘米长，最长者甚至可超过150厘米。农家乐如雨后春笋般兴旺起来，紫藤花蔓下摆起了桌椅，农家菜肴喜迎八方来客。美化环境也是生活的重要内容。人民生活水平提高了，心情好了，便会自发出去，看看花、摘摘果，

费县大田庄乡紫藤山庄（王勉励／摄）

享受幸福安康。"最多的时候一天得来两三万人，院子里、路上都是满满的人，车一堵堵好几个庄。"

1980 年春天，看山的老人从蒙山南玉皇顶上的玉皇庙旁的山坡上拔下一棵小苗，送给了爱倒腾花草的张宝华，他便将其栽到了自家院子里。张宝华像照料孩子一样精心呵护。这紫藤树真争气，很快长满了院子。不久，酷爱养花的张宝华便成为村民争相效仿的对象。路上，我们遇见他的兄弟，他正忙着修剪门前的花草。他指着正开放着粉红花朵的"金达来"说："去年冬天太冷了，但它还是第一个报春。"

泰安市新泰市石莱镇白马寺，一说寺居山中，而山像白马引颈长嘶而得名，又传是《西厢记》中的白马将军杜确镇守的关隘。寺内有三棵古银杏树，呈鼎立之势，中间那棵最为挺俊，冠如华盖，繁荫数亩。据专家考证，此树有 2800 多年历史，传说圣人孔子曾在此品茶乘凉。

郯城县是著名的"银杏之乡"，建有万亩银杏园。那棵 3000 多岁，被当地人尊称为"老神树"的银杏树，至今枝叶茂盛，耸天矗立，巨影婆娑。《北窗琐记》载有关于老神树的诗：老树传奇十八围，郯子课农亲手栽。莫道年年结果少，可供祇园清精斋。我们几个人按风俗绕树一圈，我问："这树怎么个神法？"他们告诉

万亩银杏森林（王勉励/摄）

莒县"银杏王"

我:"其中一神就是发芽比同类树提前半个月,落叶比同类晚一个多月,且是三四个小时内一次性落尽,场面十分壮观。"据统计,郯城县100年以上的银杏古树有2万多棵,300年以上的有1500余棵。

说到生态,必然想到位于沂蒙山区东部、黄海之滨的莒县的浮来山上的那棵"天下银杏第一树"。据中国科学院植物研究所的资料记载,这棵银杏树是世界上现存最古老的一株银杏树——俗称"银杏王",1990年被列入吉尼斯世界纪录。一年四季,这棵银杏王景色各异,美不胜收。尤其是深秋黄叶凋零时,天空中犹如有无数黄灿灿的蝴蝶飘飞舞动,地面上铺满黄叶地毯,唯美惊艳,堪称奇观。黝黑粗大的树干皮上时常能看到几叶簇一果,这树老枝干上不长枝条,叶子竟然能直接结果。传说,莒县这棵银杏树是母树,郯城那棵是公树。这对"老夫妻",相距150公里,几千年遥首相望,照常"生儿育女",家族越来越兴旺。

中华文明源远流长，5000 年生生不息，而莒县这棵银杏王已顶天立地陪伴 4000 年。原因在于，此树脚下土壤深厚，水肥充足，背风向阳，冬暖夏凉，独特的气候环境和沂蒙人民的精心呵护，使其免受天旱、虫灾、雷击、火烧、人为破坏等天灾人祸，因而其龙盘虎踞，稳如泰山，成为守护绿色生长的活标本，诠释着生态文明的恒久答案。

莒县深厚的文化底蕴，为这棵巨大的银杏树提供了丰富的生命营养。莒县入选我国第一批千年古县，文化灿烂，镌刻着历史文化的恒久年轮。中共中央政治局原常委、已愈百岁的宋平曾题词："莒国文化源远流长。"莒文化与齐文化、鲁文化并称山东三大文化。浮来山属莒文化的发源地，南北朝时期著名文学评论家刘勰的校经楼就闻名遐迩。郭沫若亲题"校经楼"和"文心亭"。刘勰所著《文心雕龙》，与这棵

家家银杏，户户金甲（王勉励 / 摄）

历经沧桑的古银杏同辉共荣。银杏树端直、刚劲、生命力强，象征着百折不挠、生生不息的民族精神。据传，当年孔子过莒之南隅，路遇孩童在路中用土筑城墙，孔子主动下车避让，并说："孩子筑的土城也是城呀，理应避让。"坐北朝南、朱门红墙的"三教堂"香火兴旺，殿堂内供着儒、道、佛三教始祖孔子、老子和释迦牟尼塑像，不同信仰，同堂礼拜，任何人的愿望都能在这里寄托。1929年，中共莒县第一个党支部在浮来山校经楼上成立，自此点燃红色革命的火种。据了解，当地人把"银杏王"当作神灵一样仰慕敬奉，精心呵护与保护，使其免受天旱、虫灾、雷击、火烧、人为破坏等天灾人祸。抗日战争时期，曾有西方商人想花巨资购买回国展览，被僧人和翻译巧妙劝止。"文革"时期，那天不怕、地不怕的闯将不敢动大树一根毫毛。树下上演的故事与传奇不计其数……银杏王，是传承民族血脉的图腾树，是中华文明的"活化石"，是美丽中国的靓名片。

愿纯粹充盈于每一刻寻常时光，也愿幸福充满社会的每一个角落，让温暖之花时时处处绽放芬芳。

2021年2月3日，恰逢立春，山东省人代会上，代表们心潮澎湃地讨论山东"十四五"规划和新一年的发展目标。当天晚上，临沂市委书记王安德参加完大会主席团会议一回到房间，我就拜访了他，听取他对乡村振兴的思考和建议。"临沂是革命老区，必须不忘初心、牢记使命，立足新发展阶段，贯彻新发展理念，构建新发展格局，一定从实际出发，抓紧做实'三农'工作，持续巩固脱贫攻坚成果，努力在乡村振兴中走在前列，不负党和人民重托。"

时光荏苒，岁月如梭。岁末一场洋洋洒洒的大雪，透彻中带着蛮横，覆盖了2020年这个病毒肆虐、世人心焦的庚子年的年轮与记忆，铿锵的脚步顶着几十年不遇的寒冷，气壮山河地抵达2021年的门槛。沂蒙山区的党员干部又背负起沉甸甸的责任，穿行在沟沟壑壑、村村落落，脚步进这门跨那院，精心谋划着乡村振兴的新篇章。

正如康德说的："既然我已经踏上这条道路，那么，任何东西都不应妨碍我沿着这条路走下去。"

1935 年，著名教育家张伯苓在南开大学的开学典礼上，连续问了学生三个问题："你是中国人吗？你爱中国吗？你愿意中国好吗？"其言谆谆，其意切切。在庆祝中国共产党成立 100 周年这庄严神圣的时刻，我们面对日益强大却依然面临诸多困难的祖国，清醒地再次重温这横跨岁月的历史之问、时代之问、未来之问依然涤荡心灵、振聋发聩！我们庆幸赶上实现中华民族伟大复兴全局和世界发生百年未有之大变局的交汇期，欣逢盛世，当不负盛世，由衷感恩党和人民，倍加珍视难得的人生际遇和干事创业的舞台，倾尽自己的微薄之力，踏碎拦路石，守护好自己的灵魂，在创造和享受属于自己的美好的同时，笃定信心，在人生考场上考出最好的成绩。

中国人一直推崇"天人合一"的发展理念，耕读文明也是我国的软实力。古代岁首年尾，皇帝要净身食素叩拜天地，祭祀来自四方的"五色土"。清朝皇帝每逢春天，还要到北京先农坛亲自演示耕作。北京颐和园有个景区叫"耕织图"，陈列着几十块石刻图像，每一块图像表现一种农事活动的一个阶段环节，如种水稻，从育秧、插秧到耘田、秋收，最后到打场、藏粮等。北魏时期农学家贾思勰所著《齐民要术》，是中国现存最早的一部综合性农学著作，农史学家称赞该书使中国农学第一次形成精耕细作的完整结构体系。这部著作很重要的贡献是强调农业生产要遵循自然规律，农作物必须因地种植，不误农时。1909 年，美国土壤学家富兰克林·H. 金偕妻子考察中国等国农业，写下《四千年农夫》一书，在西方引起强烈反响。他在书中这样评价中国农民："中国人像是整个生态平衡里的一环。这个循环就是人与'土'的循环。人从土里出生，食物取之于土，泻物还之于土，一生结束，又回到土地。一代又一代，周而复始。靠着这个自然循环，人类在这块土地上生活了五千年，人成为这个循环的一部分。他们的农业不是和土地对立的农业，而是和谐的农业。"岁月刚刚翻过 100 多年，但人类社会以及人类与自然的关系已经发生了太多、太大、太深刻的变化，人类需要反思生产、生活方式的变化给大自然造成的影响。当然，我们也不可能回到仅仅依靠人力、畜力和自然力的自给自足的小农经济社会，但在新的生产力发展基础上构造一种新的农业和谐关系是应该的，也是可能的。党和国家全面实施乡村振兴战略，就是要解决我国经济社会发展中最大的结构性问题，通过补短板、强底板，解决快速推进现代化进程中的"三农"问题，使农业、农村同步现代化，防止出现农业衰落、农村凋敝、农民消沉，让亿万农民共享现代化建设成果，核心是解决农民增收、农业发展、农村稳定、城乡同步的问题。简要地讲，其实是居住地域、从事行业和主体身份一体融合的问题。农业绿色发展是农业发展观的一场深刻革命。习近平总书记强调，绿水青山就是金山银山，良好的生态环境是农村的最大优势和宝贵财富。鲜活的事实证明，优美良好的自然生态是乡村振兴的战略支撑点和持久动力源。

从"满天星斗"到"月明星稀"再到"繁星闪烁"，从源于自然到改造自然、控制自然再到尊重自然、顺应自然、保护自然，这是否是人类文明发展的基本轨迹和必然反映？我们既要守护头顶那片璀璨的星空，又要呵护脚下绿意盎然的大地，既爱参天大树的"一枝独秀"，又爱山花烂漫的"百花齐放""万紫千红"。

# 江山如画

　　"江山如画，一时多少豪杰"，苏轼豪放地把江山与古今历史相糅合。

　　"江山如此多娇，引无数英雄竞折腰。"1936 年春毛泽东写下《沁园春·雪》，不仅赞美了祖国山河的雄伟和多娇，同时抒发出伟大的抱负和宽广的胸怀，歌颂了创造奇迹的人民。

　　习近平总书记强调："历史充分证明，江山就是人民，人民就是江山，人心向背关系党的生死存亡。"突出强调人民群众的主体地位和作用，深刻阐释了新时代中国共产党治国理政为了谁、依靠谁、发展成果由谁享有的重大时代课题。

　　江山与人民是一体的，是统一的，命运相连，生死与共。

　　在全党上下、全国人民庆祝中国共产党 100 华诞、铺展更壮丽画卷的庄严而神圣的时刻，我们重新学习和领悟习近平总书记这段话，能感受到中国共产党从人民中汲取的磅礴力量和以人民为中心的炽热情怀，不仅感到温暖、清晰、直爽，更坚定了我们对未来的信心和方向，周身充满力量。

　　人类历史雄辩地证明：每个政权的命运，都由民心决定。得民心者得天下，失民心者丢江山，这是一个亘古不变的真理。

　　几代中国共产党人始终把老百姓放在心中最重要的位置，把老百姓的利益高高举过头顶，把"人民对美好生活的向往"作为奋斗目标，心无旁骛地拼搏奋斗，初心纯洁，责任闪光，成效显著。如果说前些年还有人在指责、怀疑和唱衰，自从在人命关天的"抗疫"大考中交出合格答卷以来，活生生的事实捂住了一些人的嘴，也警醒了一些人。当然，我们也承认有问题和不足，不过那是前进过程中的，都是局部、枝节性和操作性的，不是根本性的，因为根本方向始终是"一切为了人民，一切依靠人民"。

这也就是沂蒙人民铁心跟党走，甚至不惜牺牲个人生命的根本原因所在！

这也就是沂蒙精神历久弥新，在新时代焕发出更加耀眼夺目光芒的价值所在！

百年大党，风华正茂，征途如磐，初心历久弥坚，践行造福人民的诺言。百年沂蒙，面貌巨变惊天下，英雄传奇震古今，基因镶嵌信念，崇尚对党忠诚的大德。

2021年，是建党100周年，是"十四五"开局之年，也是乡村振兴的世纪元年。

翻开中国近代史，我们每位中华儿女无不义愤填膺，我们愤怒帝国主义的无耻侵略，我们悲痛中国人民经受的苦难，我们感慨仁人志士为国捐躯的豪情，我们自豪中国人民的伟大与坚韧。今天醒来的中国睡狮，正站在实现"两个一百年"奋斗目标的历史交汇点上，统筹中华民族伟大复兴战略全局和世界百年未有之大变局，以自信的战略定力，自强不息地走自己的道路，再铸新的辉煌。

越是接近中华民族伟大复兴的目标，越充满风险和挑战，甚至惊涛骇浪。这必将是一个不平凡的年代，将开启沧海桑田的深刻变革和历史嬗变，这在中华民族历史上、人类历史的长河中也许只是一个瞬间，却是天下大势、发展必然，是向着人类文明峰巅的又一次登攀。

我们铭记中华民族百年屈辱史，更铭记中国共产党成立100年来带领中国人民攻坚克难的探索史、奋斗史和辉煌史。

说到新中国的发展，每个中国人心里都有一本账。如果以时间为"经"，以民生故事为"纬"，新中国70多年特别是步入新时代以来快速前行的脚步，就是亿万中国人收获改革奋进、创造美好生活的巨幅画卷，每一个地方、每一个家庭、每一个人都是这幅精彩的长轴画卷的一部分。如果说前些年"灯塔神话"还能迷惑一些人，当"中国之治"与"西方之乱"的事实鲜活地摆在面前，再精妙的语言也无法蒙蔽理性的双眼。却仍然有一些人置本国经济危机、政治危机于不顾，继续恶意抹黑中国、扼制中国、阻挡中国，无不让中国人民感到气愤、反感。

人类文明的潮流，历史前行的脚步，中国的和平崛起，均势不可挡。

人间正道是沧桑。曙光早已跃出东方地平线，太阳在蒙山顶上闪烁光芒。这是一个逐梦前行，勇于突破与超越的时代，这是一个抵制物欲、平心静气的年代，这是一个生活迈上高质量、高品质的年代。愿每一个人心底都荡漾着获得感、满足感、幸福感、成就感和安全感，愿每一个人脸上都洋溢着纯粹、真诚的笑容。

沧海横流显砥柱，万山磅礴看主峰。2021年3月，令人翘首瞩目的全国"两会"如期开幕；7月，中国国家统计局发布2021年1—6月中国国民经济运行情况的最新数据。国内生产总值（GDP）为53.216万亿元，同比增长12.7%，规模以上工业增加值同比增长15.9%……这份炫目的成绩单向世界展示了中国经济良好的复苏态势。"超出预期""积极因素增多""令人羡慕"……各大外媒一片赞叹，期待中国进一步融入经济全球化大格局，继续引领世界经济复苏。中国的胸怀和自信，带给人类共同居住的这个星球一抹希望的亮光。

为更好营造庆祝建党100周年良好舆论氛围，2021年3月21日上午，"红歌飞出沂蒙山"大型系列文化活动暨"沂蒙红歌万里行"正

"红歌飞出沂蒙山"系列活动

式启动，现场 300 余名合唱团团友手举红旗，唱响红色经典。4 月起合唱团从嘉兴南湖红船开始，依次走完井冈山、延安、西柏坡等红色圣地，举红旗、唱红歌、访红军，追忆红色精神，缅怀老一辈革命家的丰功伟绩，弘扬沂蒙精神，汇聚"万众同唱红歌、跟党走"的恢宏气势和磅礴力量。

中华民族站在一个重要历史交汇点上，沂蒙山也站在了新的历史起点上。脱贫攻坚目标任务如期完成，小康社会已全面建成，再出发的号角已经吹响，全国人民正铆足了劲，拼搏，登攀，投身全面建设社会主义现代化国家的新征程。沂蒙人民以最真挚的情怀谱写战歌，把最动听的凯歌唱给祖国，给后人以心灵启迪和精神营养……

2021 年 2 月 25 日，党中央召开全国脱贫攻坚总结表彰大会，习近平总书记发表的重要讲话，在全党、全社会、全世界引起热烈反响。大家一致认为，中国创造了彪炳史册的人间奇迹！中国能走出一条中国特色的减贫道路，也一定能走出一条具有中国特色和中国乡村特点的中国乡村振兴道路!

我按捺不住激动的心情,数次跑到沂蒙山区的乡村山间,在火热的乡村振兴一线"淘宝"。脚下踏泥土,心中涌真情。乡村振兴工作队的同志说:"我们一定不负党和人民重托,继续做好'三农'服务,当好人民群众的服务员,发挥'三牛'精神,积极推进脱贫攻坚与乡村振兴的有效衔接。"县乡村的同志经常挂在嘴上的一句话是:着力推进脱贫攻坚成果巩固和乡村振兴的有效衔接、无缝衔接,切实抓好乡村振兴骨干队伍和乡村治理体系建设。乡村振兴必须从实际出发,不能"翻烧饼";抓乡村振兴,一定要明白责任主体是谁,必须有历史耐力和耐心,决不能急功近利、一蹴而就;不仅要重视基础设施和公共服务,提升原色乡村风貌、保护乡村民俗文化,更要研究和解决如何留人、聚人,提升人气。

美国斯坦福大学教授、发展经济学家罗斯高,40多年来一直致力于中国农业和农村发展问题研究。他说,20世纪80年代他第一次来到中国偏远农村,目之所及是土坯房或木头房,没有水泥板,没有自来水,自行车都少见,更别说汽车了。现在,中国农村住房条件极大改善,农民收入增加了,"中国农村发生了巨大变化"。

罗斯高高度称赞中国政府持续不断的努力:从实施家庭联产承包责任制,到农产品市场兴起,再到农民工进城……现如今,越来越多新兴服务行业为农民提供了新的工作机会。在偏远农村地区,随着"扶贫车间"落地,农民们在家门口就能打工挣钱。

俯仰天下,沧海桑田。山峦锦绣,河清海晏。

我记得爱国诗人屈原在《渔父》中有这么一段话:"渔父见而问之曰:'子非三闾大夫与?何故至于斯?'"生于斯、长于斯、歌哭于斯的沂蒙山,是历代沂蒙子孙灵魂和精神的诞生地、成长地、栖息地。祖祖辈辈刀耕火种,面朝黄土、背朝天,从土地上、从大山里解放出来，跨上时代列车，笑迎八面来风，坚守着乡野韵味、山上人家、天上人间。

朗朗乾坤，大美无形，令人惊讶、屏息凝视。我牵肠挂肚、魂牵梦萦的沂蒙山山河锦绣，人心甘醇，不愧是一幅美妙绝伦的巨幅画卷：美得如诗如画，那是一种青山绵延、绿水缠绕、百鸟飞翔的自然生态美；美得如酒如歌，那是一种祥鸟图腾揽日月、翱翔蓝天千古俊的古朴文雅美；美得如琢如磨，那是一种家国情怀、大义大爱、风骨凛然的神圣崇高美；美得如梦如幻，那是一种精彩纷呈、美轮美奂、百读不厌的纯粹灵动美……

> 山美水美人更美，
> 踏进沂蒙不思归；
> 且在沂蒙赊月色，
> 栖身田园醉一回。

"人事有代谢，往来成古今。江山留胜迹，我辈复登临。"沂蒙山既是铮铮铁骨的红色山系，又是绵延的绿色生态山系，更是沂蒙人民的金山银山、幸福之山。跨入春季的沂蒙大地翠绿如染，生机盎然，花枝招展，五彩的花朵在风中点头微笑，美得让人流连忘返。金灿灿的阳光正自如挥洒，温柔地召唤和抚慰着河流山川、田野庄稼，自然界的风声、水声、鸟声在合奏天籁之音。大自然这么神奇，纵笔挥洒，墨彩飞扬，浑厚苍莽，勾画出了如此五彩斑斓、令人钦羡和惊艳的写意画，彰显先声夺人的视觉冲击力、震撼力。

"忽报人间曾伏虎，泪飞顿作倾盆雨。"沂蒙革命老区在打赢脱贫攻坚这场大决战后，迅即展开了乡村振兴的新蓝图。这是几代沂蒙人响应遵从党和国家的号令，一棒接一棒跑接力跑的光荣传统。从"不要说我们一无所有，我们要做天下的主人"到"中华民族到了最危险的时候，每个人被迫着发出最后的吼声"；从"向前向前向前，我们的队伍向太阳"到"勤劳勇敢的中国人，意气风发走进新时代"。侧耳倾听，战歌铿锵激昂，壮歌激情澎湃，凯歌旋律悠扬。这充满激情、脍炙人口的凯歌，音调高低起伏，旋律抑扬顿挫。面对这个伟大时代出的题目，可亲可敬的沂蒙人民用辛勤汗水填词，用热爱蘸着遐想与憧憬谱曲，用青春和生命弹奏重音符、主旋律。沂蒙人民为党放歌，为民高唱，抒发新时代的豪迈，为党的 100 岁生日喝彩！

底蕴醇厚、旋律优美、悦耳动听的《沂蒙山小调》和《谁不说俺家乡好》等歌曲，唱红了沂蒙山的秀美风光和沂蒙人的朴实坦荡。乘着歌声的翅膀，许多国内外游客慕名而来。我的耳畔又响起熟悉的旋律：

> 一座座青山紧相连，
> 一朵朵白云绕山间，
> 一片片梯田一层层绿，
> 一阵阵歌声随风传。
> 哎！谁不说俺家乡好，
> 得儿哟呀儿哟，
> 一阵阵歌声随风传……

"沧海横流，方显英雄本色。"沂蒙人民，热爱沂蒙山这片古老而神奇的土地，是如此执拗与骄傲！

中国共产党人始终保持建党时永不懈怠的精神状态和一往无前的奋斗姿态，永远保持对人民的赤子之心，奔跑在因时而变的"赶考"路上。

"永远跟党走"，这是沂蒙人民在革命最残酷的年代、最艰难的时刻喊出的心里话，今天沂蒙人民依然如此执着坚定！

一个时代有一个时代的奋斗主题，一代人有一代人的光荣使命。

时代光鲜亮丽的霞光，不可能照亮每一个个体生命的全部，但天平的每一次轻微摆动，都可能让一代人、一群人、一个人的命运彻底华丽转身。

跨过腥风血雨的千难万险，还有险峻雄奇的万水千山。中国共产党是一群重情重义、有血有肉、知疼知热的人，对国人没有厚薄、远近之分，手心手背都是肉，不放弃中国的每一个角落，不丢下中华民族的每一个儿女，守护着每一家中国人围桌而坐的幸福、温暖与感动。

2021 年是牛年。在中华文化里，牛是勤劳、奉献、奋进、耐力的象征。大力发扬孺子牛、拓荒牛、老黄牛精神，踏着春天兴奋的节拍，踩着奋斗的鼓点，既着眼长远，又干在当下，同时间赛跑、同历史并行，为乡村振兴的蓝图和中华民族伟大复兴的伟业辛勤耕耘，不辜负党的期望，人民的期待，民族的重托！那跳动的文字、回响的声音、奔走的形象、丰硕的成果，都是鲜活生动的见证。

春天奔跑在温暖的沂蒙大地上，那是万物生命深处的呐喊与呼唤，那是消融寒冬的歌声、焚烧沉沦的阳光，那是栖落岁月门槛的精灵与希望，那是岁月的激情、生活的芬芳。

今日的沂蒙，今日的山东，今日的中国，星空璀璨，灯火辉煌，城乡繁荣，江山如画。

"等闲识得东风面，万紫千红总是春。"奋斗是时代最亮丽的底色，春天是万物复苏的好时节，更是希望和梦想的新起点。新发展阶段的号角已经吹响，新征程已经扬帆起航。英雄的沂蒙人民紧跟新时代波澜壮阔的改革发展的铿锵步伐，搏击中国新一轮经济社会转型的历史潮流，奏响从摆脱贫困到乡村振兴可持续发展的壮丽凯歌！

最美的风景在路上。春暖花开的清晨，我被大红公鸡的啼鸣声叫醒。太阳露出圆圆的红彤彤的笑脸，凝望着沂蒙大地、山川、河流、绿树、芳草、鲜花、翔鸟和开始忙碌的人群。晨雾还没有散尽，若一幅浓淡相宜、若隐若现的中国画，我仿佛从画里穿越而来。鸟群在恣意追逐，翻飞打闹，和鸣着远处清爽悠扬的山歌声、音乐声，修茸一新的乡村路，箭一般钻进绿树映掩的村落，顽皮的春娃佩戴着红领巾，呼喊着自由奔跑……

2019 年 7 月 23 日启笔

2021 年 4 月 17 日一稿

2021 年 6 月 13 日定稿

于沂蒙老家厉家泉村"彦林书屋"

后 记

# 坚守党的立场、百姓的心

　　2021 年 6 月 10 晚，《人民文学》施战军主编告诉我，《沂蒙壮歌》将在《人民文学》第七期头题位置刊发。我渴望已久，感激不尽。我深知，中国共产党建党 100 周年是我们党和国家千载难逢的幸事，也是每位党员和每位中国人可遇不可求的幸事。在《人民文学》第七期这么重大的时间节点、这么重要的位置刊发歌颂沂蒙山、歌颂沂蒙人民的报告文学作品，我非常荣幸！

　　2021 年，中国共产党成立 100 周年。这波澜壮阔、可歌可泣的100 年，每一处红色坐标，都见证中国共产党筚路蓝缕、艰辛探索的伟大征程；每一种红色精神，都融入中国共产党气吞山河、彪炳史册的精神谱系；每一位共产党员，都是铭记誓言、攻坚克难、拼搏奉献的先锋战士。沂蒙山、沂蒙精神，以其独特的历史轨迹、科学内涵和重大贡献，镶嵌进党的历史长卷和壮丽篇章之中，熠熠生辉。我这位沂蒙子弟，这些年一直在为党默默准备和奉献文学礼物。2019 年我在创作长篇纪实文学《延安答卷》时，就曾立志为故乡沂蒙再唱赞歌，并得到了多方支持和鼓励。为沂蒙人民歌功颂德、树碑立传，于公于私，于情于理，我都责无旁贷。我怀着敬畏之心、报恩之意、感激之情，心无旁骛地投入《沂蒙壮歌》的创作。我始终坚守党的立场、百姓的心，坚守热爱文学的温度与浓度，坚守文学情怀的真诚与纯洁，坚持求真求实的创作态度，纵情为时代抒怀、为人民而歌，奋力用手中的笔为故乡、为父老乡亲、为沂蒙山的脱贫攻坚与乡村振兴尽一份敬畏心，出一把报恩力。

长篇报告文学《沂蒙壮歌》，主题主线是沂蒙人民在党的坚强领导下，弘扬和传承沂蒙精神，打赢脱贫攻坚战，又铺开乡村振兴的壮丽画卷；歌颂的主体是沂蒙山区普普通通的人民群众；时间跨度百余年，追溯到沂蒙革命根据地初创时期，重在讴歌当下波澜壮阔的乡村振兴，记录沂蒙人民在中国革命、建设和改革各个时期创造的丰功伟绩，突出沂蒙步入新时代发生的历史性巨变。从创作的角度讲，既讲述感人肺腑的人物、故事，又注意梳理历史脉络和平实道理。根据个人的理解和体会，对乡村振兴齐鲁样板、乡村振兴战略"五个振兴"目标的核心元素、沂蒙精神的形成历程和科学内涵，做了一些探索性的文学书写。

**以历史视野、现实视角、平民眼光聚焦沂蒙大地。**我忠于历史，信仰真实。"共产党打江山、守江山，守的是人民的心，为的是让人民过上好日子。"沂蒙山是耸立在党史、新中国史、改革开放史和社会主义建设史上的一座丰碑。党践行造福人民的誓言，人民履行对党忠诚的承诺，"水乳交融、生死与共"铸就的沂蒙精神，是党的精神谱系中的经典章节，生动诠释了党的初心使命，也是党群同甘共苦、生死与共最鲜活感人的样本，与天地并存，与日月同辉。经过时间的淘洗与沉淀，我深入探寻沂蒙人民为什么在最黑暗、最艰难的时刻铁心跟党走的历史答案，因为"共产党和八路军舍命护咱、救咱，真把我们当亲人哪"。我查阅各种史书、史料，座谈知情老人，找到了依然蓬勃鲜活的事实和数据。沂蒙人民的大情、大爱、大勇、大义，是历经坎坷磨难，用鲜血和生命代价换回的结论，清醒而坚定。无论遇到什么困难和压力，沂蒙人民对党和人民军队的感情，一直炙热而滚烫。因此笔下有了《跟着共产党走》这歌越唱越顺口，震惊世界的"毛泽东文献博物馆"，保持革命本色的"红色群落"，凭一股子"傻劲"治好"老大难"村的王传喜，"俺不给'地下党'丢脸"的脱贫群众，红火日子大家一起过的"沂蒙小棉袄""沂蒙扶贫六姐妹"等段落和章节。刚刚脱贫的贫困群众不忘党的恩情和国家关怀，"红火日子大家一起过"的境界、情怀和决心，朴实寻常，却让我特别敬佩和感动。

　　紧跟时代，书写时代，为时代发声，这是作家的责任和使命。沂蒙山见证了中国共产党人践行初心使命和不负人民、创造辉煌的万丈豪情。沂蒙历史是一部惊天地泣鬼神的英雄史、奋斗史和继往开来的创业史，总有一些人物、故事和瞬间值得感恩和铭记。我注意用平民视角，去探寻、去挖掘、去评价发生在沂蒙大地上的一切，用饱蘸情感的笔墨去讴歌。譬如写到"1995 年，沂蒙革命老区在全国 18 个连片贫困地区中率先实现整体脱贫"，我深入座谈追问得知，"那时，总体经济社会发展水平比较低，统一口径是以县为单位农民人均年纯收入超过 500 元就算脱贫"，"1995 年，沂蒙山区 7 个贫困县的农民人均纯收入达到 1544 元"。这个历史结论解除了我的疑惑。那么，沂蒙山区自然条件比较差，脱贫走在前列的奥秘在哪里？"要想富，先转脑筋、先通路。"我在纷纭复杂的资料中找到了线索：伴随改革开放的号角，临沂市委、行署下"先手棋"，花大气力抢了解放思想的"三板斧"，大胆摒弃那些落后的、愚昧的、腐朽的东西，克服那些安于现状、思想懒惰、惧怕变革、墨守成规的习惯势力和缩手缩脚、前怕狼后怕虎的行为方式，充分调动和保护了各方面的积极性和创造性。思想通了，道路通了，天地宽了，财神也就到家门口了。

　　2018 年 3 月，习近平总书记要求山东"发挥农业大省优势，打造乡村振兴齐鲁样板"。沂蒙革命老区怎么落地的呢？临沂市作为农业大市，及早邀请中科院地理研究所，编制临沂市脱贫攻坚可持续发展示范区规划，努力构建多业融合、多点支撑、多元发展的体制机制，推进脱贫攻坚与乡村振兴有效衔接和融合。遵循乡村建设规律，区别山区、平原、河岸、湖区优势和特色，扬长避短，推动城乡要素有机融合、一体发展。有计划、分阶段、分步骤地实施推进，实现农业高质高效、乡村宜居宜业、农民富裕富足，让农业成为有奔头的产业、农民成为有吸引力的职业、农村成为安居乐业的美丽家园。推进乡村产业、人才、文化、生态和组织这五大振兴内涵是什么？上层意见和基层意愿如何榫卯？切入点在哪儿？老百姓咋想的？可繁育普及的良种佳苗是什么？我带着一大堆问号，到生机勃勃的实践中去寻结果、找答案。

沂蒙大地上先进典型一代又一代生生不息，归结起来都是"为百姓谋福造福，为国家排忧解难，为子孙立标树杆"。从个人到社会，从历史到现实，从微小到宏大，这些普通党员和群众折射出的高尚人格力量，可触可感、可亲可近、入脑走心，推动沂蒙山知名度、美誉度逐步攀升。大家耳熟能详的沂蒙红嫂、沂蒙母亲、沂蒙六姐妹和沂蒙红哥等应当铭记挖掘，在建设和改革中涌现的新英雄也应褒扬。譬如，乡亲们夸奖把二奶奶的南瓜换成钱的沂蒙扶贫六姐妹之一的牛庆花，"牛庆花这孩子把乡亲们的事当事办，我信她"；出身贫困家庭、组织结对帮扶4000多名孤贫儿童、立志让"天下无孤"的徐军，"我们是沂蒙母亲的后代，于公于私、于情于理都应该"；在村公益岗位的彝族贫困群众，"我能为村里的老人们做顿热乎饭，感到生活又燃起希望，精神头也好了"；两个女儿同时考上研究生、"小辫朝天"的贫困群众积极服务他人；昔日光棍村崔家沟整体搬迁后举办了41场婚礼、迎来了46个娃；下岗安村父老乡亲自觉为扶贫工作立功德碑……奔走的形象、跳动的文字、回响的声音、丰硕的成果，都是鲜活生动的见证，撞击着我心灵的燃点，跳动起蓬勃的暖心火焰。

**以沂蒙精神讴歌沂蒙精神的创造者、实践者、传承者——沂蒙**

人民。2013 年，习近平总书记视察山东时强调，沂蒙精神与延安精神、井冈山精神、西柏坡精神一样，是党和国家的宝贵精神财富。这是党中央首次把沂蒙精神与党的其他几大精神并列起来阐述强调。沂蒙山是片神奇伟大的土地，每一座山、每一道梁，都曾发生过惊天地泣鬼神的英雄故事，每个家庭、每个人，都经历红色基因的炽烧与浸润。沂蒙人民是沂蒙精神的创造者、实践者和传承者，既是"剧中人"，也是"剧作者"。沂蒙山已经跨越封闭、落后，步入现代文明；沂蒙山村正率先实现脱贫攻坚与乡村振兴的有效衔接，悄悄改变着模样；人民生活已经全面步入小康，开始追求质量和品质。沂蒙山快速发展得益于党的领导、制度的优势，但其中最重要、最独特的原因，是沂蒙人民始终发扬沂蒙精神，"知党恩、听党话、跟党走"，靠执拗的干劲和勤劳的双手，创造了一个又一个感天动地的故事和奇迹。

党的立场、百姓的心，是我创作《沂蒙壮歌》坚守的价值标尺。我对沂蒙山做了一个全景式的观察和描写，涉及在扶贫工作领域，属于沂蒙革命老区的 6 市 18 个县，以及在山东根据地初创期发挥过重要作用的抱犊崮地区；沂蒙革命老区是一幅百年历史长卷，许多历史需要真实还原。渊子崖村抗日保卫战，不是中国农民自发的抗日行为，而是中国农民在党的思想引领下发生的一场壮怀激烈的浴血保卫战。1940 年 1 月，八路军山东纵队二旅独立营进驻渊子崖村，10 月"抗大"工作团来村里宣传抗日救国道理。1941 年 5 月，山东战工会组织周边村庄八大剧团在渊子崖村举行三天汇演，极大激发了民众的抗日热情。临沂市作为沂蒙山区的主体部分，发展变化在众多革命老区中是最大的，成功的秘诀是"一张蓝图绘到底、一届接着一届干"，不"翻烧饼"。当然，成功也离不开"为子孙后代保护好自然环境是我们的底线"的村干部；"不能老是政府来帮我们。咱村防疫值班，必须算我一个"的贫困群众；立足报效家乡和乡亲、昔日山崖上的羊圈被打造成

"陌上花开"景点的成功人士；冒雨趴在父亲用碎石垒砌的崮墙上痛苦抉择的返乡创业青年等。走进滚烫炽热的生活实践，走进沂蒙人家的田间地头和心灵深处，聆听他们的喜怒哀乐、酸甜苦辣，我时常热泪挂腮，一度哽咽。

**真心真意、脚踏实地、竭尽全力地讴歌沂蒙。** 德国诗人梵里斯说过："心灵的宝座是建立在内在世界与外在世界相遇之处，它在这两个世界重叠的每一点上。"故乡和亲人是我创作的原点和起点。沂蒙这片热土和繁衍生息在这片热土上的人民，是我讴歌的母体、主体。刻骨铭心的沂蒙情结，是一根剪不断的情感脐带、文化脐带和历史脐带。我脚踩坚实的沂蒙大地，置身沂蒙火热的社会实践，一切创作技巧和手段都成为说人记事述理的工具。沂蒙人坦诚善良、勤劳朴实，可敬可佩、可亲可爱、可歌可颂，沂蒙的山水、石头、草木有知觉、有灵性、有生命，笔下情不自禁地流淌出暖心的文字，"远处路口的那盏灯一直亮着，没有行人，那灯在为它自己亮着"。

红色基因嵌入我的灵魂，赋予我创作的动力。为沂蒙写一部像样的书，是我多年的梦想。文学创作是我报恩的方式，我要为普普通通的沂蒙人歌功颂德、树碑立传。为迎接建党100周年，我怀着一颗崇敬、感恩的赤子心，一颗浸染人间烟火的平常心，奔走在沂蒙大地上虔诚地淘拾珠贝，深入一线用真心、真情、真诚去"淘"宝，探寻与时代同频的脉搏和农耕文化的"泥土味"，力求文字骨性、筋道、有味道。我在现场看、听、问、想，脚下踏着泥巴，额头冒着汗珠，眼角闪着泪花，沂蒙群众如同自己的至亲，那朴实无华的言行深深地教育、鼓舞和激励了我。采访、写作过程，成为我叩问初心、锻造信仰、洗礼思想、纯粹心灵的过程。

沂蒙山是片红色热土，更是充满希望、成就梦想的土地。《沂蒙壮歌》正式出版，是沂蒙人民的纯正品质和红色血脉，赐予我属于沂蒙山、属于沂蒙人民的一份荣耀和收获。在创作过程中，中国作家协会确定本书为2021年度定点深入生活创作项目，《人民文学》施战军主编悉心指导，山东省委、省人大、省扶贫办、省委宣传部、省作协、临沂市及相关县市领导和同志，以及一些党史、党建的专家，给予大力支持和帮助，我拜访过的乡村党员干部和沂蒙群众真心实意地提供情况、材料和数据，令我感动。山东文艺出版社精心策划并出版。尤其是我妻子朱晓梅全力支持和帮助我完成创作任务。在此，一并表示感谢。

我敬仰的著名作家、文化部原代部长、九十八岁高龄的贺敬之先生，在家中接见了我，畅谈建党百年盛况，对《延安答卷》和《沂蒙壮歌》给予指导，破例为《沂蒙壮歌》题写书名，我非常感动。

在创作过程中，我拜读了许多相关的历史文献、著作和史料，借鉴了一些观点、数据等，难以逐一标注和陈列，深表感谢。同时，书中的一些地名、人名和历史事件，可能因我掌握不够准确或认识不到位略有误差，深表歉意。

我为自己是一名沂蒙子弟感到庆幸与感激、自豪与荣耀。沂蒙人民忠诚、执着、朴实的政治品格，不惧困难、追求卓越的进取精神，坚守平凡、以平凡铸造非凡的崇高境界，永远是我的营养剂和行为标尺。

我一路感恩，一路前行……

2021年7月1日于泉城

**图书在版编目（CIP）数据**

沂蒙壮歌 / 厉彦林著. 济南: 山东文艺出版社,
2021.10

ISBN 978-7-5329-6419-2

Ⅰ.①沂… Ⅱ.①厉… Ⅲ.①报告文学—中国—当代
Ⅳ.①I25

中国版本图书馆CIP数据核字（2021）第147942号

# 沂蒙壮歌

厉彦林　著

| | |
|---|---|
| **主管单位** | 山东出版传媒股份有限公司 |
| **出版发行** | 山东文艺出版社 |
| **社　　址** | 山东省济南市英雄山路189号 |
| **邮　　编** | 250002 |
| **网　　址** | www.sdwypress.com |

| | |
|---|---|
| **读者服务** | 0531-82098776（总编室） |
| | 0531-82098775（市场营销部） |
| **电子邮箱** | sdwy@sdpress.com.cn |

| | |
|---|---|
| **印　　刷** | 山东临沂新华印刷物流集团有限责任公司 |
| **开　　本** | 720毫米×1020毫米　1/16 |
| **印　　张** | 19.5 |
| **字　　数** | 320千 |
| **版　　次** | 2021年10月第1版 |
| **印　　次** | 2023年3月第4次印刷 |
| **书　　号** | ISBN 978-7-5329-6419-2 |
| **定　　价** | 59.00元 |